Im Licht der Zukunft

von

Christine Ferdinand

1

Es gibt Menschen
die einen daran erinnern
wer man wirklich ist
-

Danke Anna

Sarah

Funken sprühten und alles glitzerte in den schönsten Farben. Es knallte und zischte, was selbst durch die dicken Scheiben zu hören war. Aiden nahm mich fester von hinten in den Arm. Wir standen in seinem Loft in der Stadt und schauten aus dem Fenster. Vorsichtig legte er mir mein Haar nach hinten. Seine Berührung kribbelte. Ausnahmslos jedes Mal, wenn er meine Haut berührte kribbelte es. Ich schloss meine Augen, ließ sanft den Kopf nach hinten fallen und wartete darauf das er mich küssen würde. Doch das tat er nicht. Seine Lippen machten an meinem Ohr halt und flüsterten sanft: „Alles Gute zum Jahrestag", seine dunkle Stimme verschaffte diesen Worten eine noch tiefere Bedeutung.

Ich öffnete erneut meine Augen, drehte mich zu ihm herum und sah ihn an.

„Danke", lächelte ich. „Das wünsche ich dir auch", schließlich küssten wir uns so sanft, dass ich nahezu wahnsinnig von ihm werden konnte. Ich war ihm verfallen, mit allem was dazu gehörte. Alle sagten immer das nach einer bestimmten Zeit die Liebe und Zuneigung zueinander weniger wird. Der Alltag kommt und ein gewisser Trott stellte sich ein. Mit Aiden war das allerdings anders. Jeden Tag wurde es intensiver, wenn das überhaupt möglich war.

Noch vor einem Jahr und einem Tag hätte ich das nicht gedacht. Die wohl schrecklichsten Monate in meinem Leben hatten Aiden

4

und mich zusammengeführt. Seitdem wir uns gefunden hatten, glaubte ich an das Schicksal, von dem immer so viel geredet wurde. An dem letzten Silvesterabend in dem Club hatte er es sich endlich eingestanden, dass er auch etwas für mich empfand. Mittlerweile wusste ich, wieso es ihm alles so schwerfiel. Aiden hatte nach kurzer Zeit bereits so viel Vertrauen gefasst, das er mir alles von seiner Ex-Frau Amal erzählt hatte. So schwach vor mir zu wirkten, wie er es gerne nannte, war äußerst schwer für ihn. Er hat lange gebraucht sich diese Maske aufzusetzen und nach außen hin so ein Eindruck zu hinterlassen, wie er es eben tat.

„Warte kurz", sagte er und löste sich ein Stück von mir. „Ich muss nur kurz was holen", grinsend sah er mich an. Das Feuerwerk noch immer im vollen Gange leuchtete sein markantes Gesicht in den schönsten Farben. Wie ein Gemälde, welches zum Greifen nah vor mir stand.

„Aiden, wir hatten doch gesagt das wir uns nichts schenken wollten", stieß ich hervor und verschränkte unwillkürlich meine Arme vor der Brust.

Doch Aiden schien es nicht zu interessieren. Er lief rüber ins Schlafzimmer und kam, ohne ein Wort zu sagen zurück. Das Lächeln auf seinen Lippen war größer als je zuvor.

„Schließ die Augen", befahl er mir. Ich sträubte mich innerlich, ob ich seinen Worten jetzt Taten folgen ließ oder mich widersetzen sollte. Da ich heute allerdings kein Streit anzetteln wollte, schloss ich meine Augen.

5

„Gib mir deine Hand", sprach er weiter. Ich löste meine Arme von meinem Körper und streckte meine Hände, mit der Innenfläche nach oben, ihm entgegen.

Ein innerliches Hochgefühl erfüllte mich. Mittlerweile freute ich mich auf meine Überraschung.

Ganz vorsichtig legte Aiden etwas auf meine Hände. Es war nicht schwer und auch nicht sehr groß. Mein Herz schlug schneller. Mich überkam die Vermutung, dass er mir gerade eine ganz bestimmte Schachtel in die Hand gelegt hatte.

„Öffne die Augen", sagte Aiden leicht nervös.

Meine Vermutung bestätigte sich. Eine kleine Schachtel lag auf meinen Händen. Mein Puls beschleunigte sich weiter.

„Aiden", brachte ich so gerade noch heraus. Wollte ich das hier gerade wirklich?

Aiden prüfte meinen Blick, sah mit Sicherheit die Panik in meinen Augen.

„Mach es auf", forderte er weiter.

„Ich weiß nicht, ob ich das wirklich will", mein Blick fest auf die Schachtel vor mir gerichtete. Umso länger ich sie auf den Händen hielt, umso schwerer wurde sie.

„Es ist nicht, wie du denkst", nahm er mir jegliche Angst. Aiden kannte mich schon ziemlich gut. Ich verlagerte mein Gewicht auf mein anderes Bein, holte kurz tief Luft und öffnete die Schachtel. Wie er es mir gerade versprochen hatte, lag tatsächlich kein Ring darin, sondern ein Schlüssel. Als ich das registriert hatte, sah ich auf

6

zu Aiden. Dieser stand noch immer mit einem zauberhaften Lächeln vor mir. Sein mittlerweile etwas kürzerer Bart, rahmte es perfekt ein. Es gab jetzt mehrere Möglichkeiten, die der Schlüssel zu bedeuten hatte. Entweder war es ganz romantisch der Schlüssel zu seinem Herzen oder Aiden hatte uns eine Wohnung gekauft oder es war einfach nur ein Haustürschlüssel. Wobei ich zu seiner Wohnung in der Stadt mittlerweile sowieso einen besaß. Deswegen viel die Option für mich schon fast weg.

„Was", begann ich und schaute ihn an. Seine Miene änderte sich nicht. Ich zog die Augen enger zusammen.

Endlich begann er zu erklären.

Sanft legte er eine Hand unter meiner. Mit der anderen nahm er den Schlüssel vorsichtig hoch.

„Dieser Schlüssel ist nur ein Symbol", erklärte er. „Und eigentlich habe ich mich auch an unsere Abmachung gehalten, denn ich möchte dir das nicht schenken, sondern wollte dich fragen, ob du bitte bei mir einziehen möchtest Sarah", bei den letzten Worten legte er ein wenig den Kopf schief. Aiden hatte mich das ganze zwischendurch schon immer mal wieder gefragt. Aber ich hatte mein Zweifel. Nicht an unserer Liebe oder ob es richtig oder falsch war, lediglich wollte ich es nicht überstürzen.

„Aiden", sagte ich mit viel Gefühl in der Stimme. Im Augenblick wusste ich nicht, was eigentlich dagegensprechen sollte. Also war die Entscheidung gefallen. Mit großen Augen sah ich ihn an. Als würde er es erneut genau fühlen und wissen wie ich mich entschieden hatte, begannen seine Augen zu strahlen. Er schlang die Arme um mich, hob mich hoch und drehte mich im Kreis.

„Aiden!", rief ich lachend. „Ich habe doch noch gar nicht geantwortet", stoppte ich ihn. Er hörte auf zu drehen und stellte mich vorsichtig wieder auf die Füße.

„Wie lautet denn deine Antwort?", fragte er eindringlich nach. Abermals konnte ich mir ein Grinsen nicht verkneifen.

„Ja", sagte ich. Daraufhin küssten wir uns so lange, dass ich das Gefühl hatte, der Kuss würde nie aufhören. Genau das wollte ich auch nicht.

Draußen wurde es bereits wieder hell. Die Knaller und bunten Farben am Himmel waren verschwunden. Die Sonne begann den Horizont rot zu färben. Aiden und ich haben den Rest der angebrochenen Nacht auf der großen Couch verbracht. Ich lag in seinen Armen und linste nach oben. Er hatte die Augen geschlossen, schlief jedoch nicht. So oft wie ich schon neben ihm eingeschlafen war, wusste ich, wie sich sein Atem anhörte, wenn er schlief.

„Aiden", flüsterte ich. Meine Finger fuhren sanft über seine Brust und durch die kleinen Haare, welche sich darauf befanden.

„Mhh?", hackte er nach.

„Meinst du", ich wusste nicht genau, wie ich es sagen sollte. Im Moment kamen mir doch ein wenig Zweifel, ob wir nicht doch zu schnell wären.

Aiden spürte, das was nicht stimmte. Er öffnete die Augen und schaute zu mir herunter.

„Wovor hast du Angst?", fragte er direkt und ohne drum herumzureden. „Meinst du, wir würden uns auf die Nerven gehen und mit Tellern werfen, weil wir uns nur streiten?", bei den Worten begann er leicht zu lächeln

Wie ein scheues Reh sah ich zu ihm rauf. Langsam zog ich die Schultern nach oben. Ich wusste keine Antwort.

Aiden schob mich ein wenig von sich weg, drehte sich zu mir und legte eine Hand an meine Wange.

„Meinst du nicht, dass das schon längst passiert wäre?", sagte er noch immer ein wenig belustigend.

Mein Hirn lief auf Hochtouren.

„Wie oft hast du die letzten Monate bei dir geschlafen? Oder wenigstens allein?", wollt er wissen.

Als mir klar wurde, dass dies die letzten Monate überhaupt nicht vorkam, lächelte ich ihn an. Zwar haben wir hin und wieder auch in meiner Wohnung geschlafen, doch allein war ich nie. Er hatte recht, es gab wirklich nichts worüber wir uns Gedanken machen mussten. Ich wollte einfach nur nichts Falsch machen, deswegen verhielt ich mich so vorsichtig.

„Du hast ja recht", bestätigte ich ihn.

Aiden gab mir einen kurzen harten Kuss. Schließlich fixierte er fest meinen Augen.

„Ich habe immer recht. Vergiss das nicht", drohte er mir beinah. Ich

9

wusste das er, dass was er sagte, ernst meinte. Er vergrub sein Gesicht in meinem Haar und küsste meinen Hals. Dabei erwischte er eine Stelle, an der ich sehr empfindlich war. Ich lachte laut auf. Aiden ließ nicht nach. Den restlichen Tag verbrachten wir bei ihm zu Hause und ließen den Tag einfach Tag sein.

Der nächste Morgen kam viel zu schnell. Aiden musste heute bereits wieder in die Kanzlei. Sie hatten einen neuen Geschäftspartner bekommen zum Jahreswechsel und der wollte alle Partner zu einem Briefing zusammentragen.

„Was stellst du heute an?", fragte er und zog seine dunkelblaue Krawatte zu einem eleganten Knoten zusammen. Ich biss mir auf die Lippen. Viel zu oft kam es noch vor das mir der Atem stockte, wenn mir abermals klar wurde das dieser Mann mir gehörte.

Aiden machte einen Schritt auf mich zu.

„Lässt du mich an deinen Gedanken teilhaben?", stichelte er.

„Ich wollte mich heute noch kurz mit Nancy treffen. Sonst hoffe ich einfach das dein Meeting nicht so lange dauert", sagte ich hoffnungsvoll. Was mir jetzt erst auffiel das wir letzte Nacht, trotz des Anlasses und der elektrischen Stimmung kein Sex hatten. Wir genossen einfach unser beisammen sein. Heute Abend würde ich über ihn herfallen. Bei den verschiedenen Gedanken und Erinnerungen die Aiden in mir auslöste, biss ich mir fester auf die Lippe. Der blitzende Schmerz rüttelte mich ein wenig wach.

„Ich beeile mich", sagte Aiden, nahm mein Gesicht in seine Hände

10

und strich mit dem Daumen über meine Lippe. Dann küsste er meinen leicht geschwollen Mund.

„Bis später", raunte er. Meine Mitte kribbelte. Wir wollten beide mehr. Erneut begann ich ihn zu küssen. Meine Zunge suchte den Weg in seinen Mund. Aiden sprang sofort darauf an und drückte mich fest an sich heran. Auch er war hart an einer ganz bestimmten Stelle. Ohne ein weiteres Wort lösten wir uns schwer atmend voneinander und er machte sich auf zu seinem Meeting.

Wenige Minuten später, nachdem Aiden weg war und ich unter der heißen Dusche stand hatte sich mein Puls wieder beruhigt. Alles war einfach so intensiv mit ihm das ich selbst nach dem Sex oftmals noch völlig durch den Wind war.

Ich stellte das heiße Wasser ab, band mir ein Handtuch um und machte mich für das Treffen mit Nancy fertig. Sie war mittlerweile zu einer sehr guten Freundin geworden. Wir hatten beide ebenfalls fast die gleiche Position in der Firma. Sie hatte mir so viel geholfen, besonders in der ganzen Zeit nach dem das mit John passiert war. Bei dem Gedanken lief es mir kalt den Rücken runter. Lange habe ich die Gedanken zur Seite schieben können, doch in bestimmten Momenten kamen sie einfach so zurück. Besonders schlimm war es bei Gerüchen. Wenn ich Alkohol roch, dann wurde mir sofort schlecht. Dann kam alles hoch. Die Gefühle und auch der Schmerz, den ich in dem Moment gefühlt hatte. Schummerig trat ich aus dem

11

heißen Badezimmer. Schnell machte ich mir etwas zum Frühstück fertig und danach direkt auf den Weg Nancy.

Aiden

Wie leicht man Sarah doch aus der Fassung bringen konnte.
Belustigend stand ich vor ihr. Sarah hielt die kleine Schachtel in der
Hand, die ich ihr gegeben hatte. Die Panik in ihren Augen war kaum
zu übersehen.

„Mach es auf", sagte ich und schürte damit nur die Glut im Feuer.
„Ich weiß nicht, ob ich das wirklich will", sagte sie mit zittriger
Stimme. Ich konnte sie nicht länger auf die Folter spannen. Auch
wenn ich es unglaublich ansprechend fand, wenn ich so eine
Reaktion bei ihr hervorrief.

„Es ist nicht, wie du denkst", gab ich Entwarnung. Der Stein der
von ihrem Herzen viel war sehr groß. Mein Grinsen brach nicht ab.
Nervös wartete ich darauf, was sie dazu wohl sagen würde. Oft
schon hatte ich sie gefragt und sie gebeten das sie bei mir einziehen
sollte und jetzt nach einem Jahr wunderbarer Beziehung, wollte ich
einfach nicht mehr länger warten. Ich wollte jeden Abend neben ihr
einschlafen, sie beim Schlafen und Träumen beobachten. Morgens
neben ihr aufwachen. Sarah sollte morgens das erste sein, was ich
sehe. Nur mit ihr würde jeden Tag für mich die Sonne aufgehen.

„Was", sagte sie mit fragender Mimik. Kurzum erklärte ich ihr den
Sinn darin.

„Dieser Schlüssel ist nur ein Symbol. Und eigentlich habe ich mich
auch an unsere Abmachung gehalten, denn ich möchte dir das nicht
schenken, sondern wollte dich fragen, ob du bitte bei mir einziehen

13

möchtest Sarah", bat ich sie mit so viel Gefühl, wie ich nur aufbringen konnte. Diesmal würde ich kein Nein akzeptieren. Doch was würde ich nur sagen, wenn sie es noch nicht wollte?

„Aiden", kam nach einiger Zeit aus ihrem Mund. Wie sie meinen Namen sprach und nach dieser Bedenkzeit, war mir klar, wie ihre Antwort war. Für mich ging die Sonne auf. Sarah brachte nicht nur Licht in mein dunkles Herz, sondern auch in mein ganzes Leben. Ich schwang sie auf die Arme und drehte uns im Kreis.

„Aiden!", schrie sie mit ihrer Glockenhellen Stimme auf. „Ich habe doch noch gar nicht geantwortet", entrann ihr auf einmal. Umgehend stellte ich sie wieder auf die Füße. Sollte sich meine Menschenkenntnis gerade bei dem Menschen, der mir am wichtigsten war, etwa getäuscht haben?

„Wie lautet denn deine Antwort?", fragte ich ernst nach. Ihre Mundwinkel zuckten. Meine zogen sich wieder nach oben.

„Ja", flüsterte sie überglücklich. Dieses versprechen besiegelten wir schließlich mit einem langen Kuss.

Ich strich mir über das Gesicht. In meiner Hose drückte mir noch immer mein harter Schwanz gegen den Stoff. Sarah machte mich wahnsinnig. Besonders wenn keine Zeit mehr blieb, um mit ihr Sex zu haben, konnte ich kaum noch klar denken. Heute war allerdings ein wichtiger Tag, auf den ich keine Lust hatte. Unser ältester Senior Partner Elliot Louis hatte seinen Ruhestand angekündigt. Sein Posten als Nachfolger nahm sein Neffe Jered ein. Jered war in meinem Alter und ein Arsch des Herrn. Er war nur darauf aus, das große Geld zu machen. Und dafür war das Vermächtnis seines Vaters genau richtig. Leider besaß Eliot einundfünfzig Prozent der Firmenanteile. Arthur, unser anderer Partner und ich mussten entsprechen nicht um Erlaubnis gefragt werden. Mein Instinkt sagte mir das es noch eine Menge Ärger mit Jered geben würde.

Im Parkhaus vom Büro angekommen, hatte sich meine Hose wieder entspannt. Da heute fast jeder die Feiertage zu Hause verbrachte, kam ich gut durch den Straßenverkehr. Ich nahm meine Aktentasche, stieg aus dem Wagen und lief rüber zum Fahrstuhl. Im zehnten Stock machte er halt. Ein letztes Mal rückte ich meine Krawatte zurecht und betrat das Büro.

Im großen Konferenzsaal waren bereits eine Menge Leute zu finden. Darunter diverse Angestellte von uns, Arthur, Elliot und auch Jered.
„Aiden", begrüßte Natalia mich freundlichst. Ich sah an ihr herab und nickte ihr zu. Sie trug ein sehr kurzes Etuikleid. Auch wenn ich Sarah liebte, war Natalia ohne zu Lügen nett anzusehen. Von meiner Seite aus war jedoch kein Verlangen mehr da sie flachzulegen. Natalia war diejenige die mir den letzten Arschtritt gegeben hatte, endlich zu meinen Gefühlen zu stehen. Das wusste ich bis heute zu schätzen.
Sie kam näher an mich heran. Ich beugte mich ein Stück vor. Es war

15

zu sehen, dass sie mir etwas sagen wollte, was nicht jeder mitbekommen sollte.

„Hast du später noch einen Moment für mich?", fragte sie leise.

„Natürlich", sagte ich kurz und knapp. Mir war zwar nicht klar, was sie wollte, doch ich hatte ihr angeboten, wenn es etwas gab, dass ich für sie tun konnte, sollte sie mich ruhig darum bitten. Das war ich schuldig.

Ein Glas klirrte auf.

„Darf ich um ihre Aufmerksamkeit bitten!", stieß Eliot mit seiner kräftigen Stimme hervor.

Alle waren sofort ruhig.

„Ihr wisst, was heute für ein Tag ist", begann er seine Ansprache. „Ich werde ab heute meinen, ich denke doch, wohlverdienten Ruhestand antreten." Er machte eine kurze Pause. Jeder im Raum hörte gespannt, was Eliot zu sagen hatte. „Es ist mir eine Freude euch noch einmal offiziell Jered vorzustellen", Jered trat einen Schritt neben Eliot, „Mein Neffe, wird von heute an meinen Posten übernehmen und würdig vertreten", ergänzte er abschließend. Stolz legte er ihm eine Hand auf die Schulter und sah ihm tief in die Augen. „Vermassele es nicht!", scherzte er abschließend. Einige Leute lachten auf.

Dann übernahm Jered das Wort.

„Danke Eliot", sagte er und sprach weiter zu uns. „Es ist mir eine Freude nach meinem Studium, welches ich vor ein paar Jahren abgeschlossen hatte, diesen ehrwürdigen Posten zu übernehmen.

Ich freue mich auf die Zusammenarbeit!", er hob sein Glas, „Prost!"
Alle hoben ihre Gläser und stießen an. Ein kurzes Klatschen erfüllte
ebenfalls den Raum.

Danach mischten sich alle durcheinander. Arthur stellte sich zu mir
und lehnte sich etwas rüber. Arthur besaß die wenigsten Prozente
an der Firma und dennoch war er mir wesentlich sympathischer als
dieser Jered.

„Ich traue dem Kerl nicht", nuschelte er mir ins Ohr.

Ich nickte bestätigend.

„Ich auch nicht", sagte ich nur und trank einen Schluck aus meinem
Glas.

Fast jede Minute checkte ich mein Handy. Wieso meldete Sarah sich
denn nicht? Schnaubend steckte ich es zurück in die Tasche. Ich
würde nicht der erste sein, der sich meldet. Bei ihr war ich sowieso
schon schwach genug, an dieser Stelle würde ich wenigstens meinen
Mann stehen.

„Aiden", riss Natalia mich aus der Starre. Mir fiel ein das sie noch
mit mir reden wollte.

„Natalia", sagte ich bestätigend. „Wollen wir kurz rübergehen?", ich
zeigte auf die Tür. Dort hatten wir sicherlich mehr Ruhe und keine
ungewollten Zuhörer. Sie nickte und folgte mir.

Auf dem Flur angekommen, schnappte sie sich meine Hand und
zog mich Quer über den Flur. Sie schaute nach links und rechts ob
uns auch wirklich niemand gefolgt war. Vor dem Büro von Eliot

blieb sie schließlich stehen und öffnete die unverriegelte Tür. Wir standen im dunklen Raum. Natalia schloss die Tür und knipste ein Licht an.

„Natalia, was soll der Blödsinn? Was ist denn los?", sie tat so geheimnisvoll, dass mir die Vermutung kam, dass sie in großen Schwierigkeiten stecken könnte.

So schnell, dass ich es nicht sehen kam, stürmte sie auf mich zu, drückte mir ihre Lippen auf und begann mich wild zu küssen. Auch wenn ich genau so ein Verhalten vor Sarah unglaublich ansprechend fand, war ich kein Fremdgeher.

Ruckartig und nicht gerade rücksichtsvoll stieß ich sie weg.

„Hör auf damit!", fluchte ich ihr entgegen.

„Ach komm schon", sagte sie enttäuscht. „Du willst es doch auch", fuhr sie fort und machte einen Schritt auf mich zu.

„Hör sofort auf Natalia!", befahl ich ihr. Innerlich wurde ich wütend. Wie kam sie nur darauf, dass ich das hier wollte? Ich war glücklich mit Sarah.

„Aiden, du kannst dir ja gar nicht vorstellen, wie es mir geht!", ruckartig atmete sie aus. „Ich brauche dich. Das zwischen uns ist doch etwas Besonderes. Der Sex zwischen uns war einmalig", erklärte sie weiter.

„Genau", bestätigte ich sie, „es war nur Sex. Nicht mehr und nicht weniger." Unverstanden stand ich vor ihr. Wieso trieb sie mich erst in die Arme von Sarah und jetzt ruderte sie zurück?

„Ich werde jetzt gehen Natalia", sagte ich abschließend und ging an

18

ihr vorbei. Direkt neben ihr blieb ich stehen und sah ihr tief in die Augen. „Das zwischen uns wird es nicht mehr geben. Es ist vorbei", sagte ich so ernst wie es mir nur sein konnte.

Ich ließ ihr keine Zeit zu Antworten, sondern begab mich erneut auf den Weg zurück zum Meeting.

Im großen Raum angekommen, bemerkte ich das mein Handy vibrierte. Umgehend zog ich es hervor. Sarah hatte mir eine Nachricht geschickt.

Bin noch bei Nancy. Kommst du später nach?

Erleichtert atmete ich aus das sie sich überhaupt gemeldet hatte. Noch bevor ich antworten konnte, sprach Jared mich von der Seite an.

„Aiden", sagte er überheblich.

Sofort ließ ich mein Handy in meine Tasche gleiten.

„Jared", begrüßte ich ihn. Arthur stand neben ihm, doch wir hatten uns ja schon gesehen.

„Ich wollte dir nur mitteilen das ich Arthur und dich jetzt am Wochenende zu einem Trip nach Las Vegas einladen wollte", grinste er. Das hatte mir gerade noch gefehlt. Was ich am wenigsten wollte, war meine Freizeit mit diesem Kerl zu verbringen.

„Mein Einstand sozusagen. Und dabei können wir uns über die entsprechenden Kunden austauschen. Ich denke, da sollte es ein paar neue Regelungen geben", arrogant stand er vor mir. Nicht sichtbar ballte sich meine Hand zur Faust. Das alles konnte dieser

19

Arsch sich in die Haare schmieren, wenn Arthur und ich da nicht mitspielten. Diese Aussage sagte mir allerdings das ich tatsächlich bei dem Treffen dabei sein musste.

Ich nickte bestätigend und mit zusammen gebissenen Zähnen.

„Meine Herren", sagte ich umgehend und nutzte die Chance, um mich für heute aus dem Staub zu machen. Wenn ich hier noch länger beliebe, würde es nicht mehr lange dauern und mir kam die Galle hoch.

„Ich verabschiede mich dann für heute", freundlichste reichte ich Jared und Arthur die Hand. „Wir sehen uns morgen Gentleman."

Viel zu schnell fuhr ich durch die Straßen. Kurz nach Mittag kam ich in meinem Loft an. Mit viel auf das ich Sarah überhaupt nicht geantwortet hatte.

„Mist!", fluchte ich und zog mein Handy hervor. Sarah hatte noch nicht wieder geschrieben. Sie wartete noch immer auf eine Antwort von mir. Was mir jetzt allerdings am meisten helfen würde, um von der Wut herunterzukommen war Arbeit, Sport oder Sex. Arbeit schloss ich für heute aus. Für den Sex fehlte mir Sarah, also blieb mir nichts anderes übrig, als zum Sport zu greifen. Ich schmiss mein Handy auf den Tisch, streifte meinen Anzug ab und schmiss ihn in die Ecke. Schnell zog ich mir meine kurzen Sportshorts an. Da ich es mir zum Glück am Anfang nicht hatte nehmen lassen, hier oben einen privaten Fitnessbereich einzurichten, zahlte sich das jetzt aus. Ich betrat den Raum und lief direkt auf den Boxsack zu. Die schwarzen Knöchelschoner waren schnell übergezogen, als es dem schweren Sack vor mir so richtig an den Kragen ging. Die Wut in mir baute sich nur langsam ab, doch es half, wenigstens nicht ganz die Kontrolle zu verlieren.

Das heiße Wasser lief mir über die schmerzhaft trainierten Schultern. Mit den Armen stützte ich mich an der Wand ab. Als ich fertig war, ich wusste nicht genau, wie viel Zeit vergangen war, drehte ich die Brause zu. Ich schnappte mir ein Handtuch, band es mir um die Hüfte und ging aus dem Badezimmer. Im Schlafzimmer angekommen bemerkte ich das mein Handy aufleuchtete. Der Ton war noch immer auf Stumm. Entsprechend sah ich nur Sarahs Bild auf dem Display aufleuchten.

„Fuck", stieß ich hervor. Ich hatte ihr noch immer nicht zurückgeschrieben. Umgehend nahm ich ab.

„Sarah", sagte ich heiser.

„Aiden, endlich!", stieß sie hervor. „Geht es dir gut?", hakte sie sofort noch.

„Ja", sagte ich kühl. Mir war gerade so überhaupt nicht danach sich zu unterhalten.

„Es ist nur", begann sie weiterzusprechen. Es war ihr anzuhören das sie nach den richtigen Worten suchte. „Es ist schon so spät und ich hatte noch keine Antwort von dir", erklärte sie kurz.

„Ich glaube, ich kann alleine entscheiden, wann ich mich bei dir melde", schoss es aus meinem Mund. Im nächsten Augenblick tat es mir bereits leid. Doch zurückrudern oder sich gar entschuldigen, viel mir selbst vor Sarah noch schwer.

„Ich glaube ich habe verstanden", sagte sie nur.

„Sarah", begann ich gerade, als ich in der Leitung nur noch ein leises Tuten hörte.

Das fehlte mir gerade noch. Erst stellte sich meine gesamte berufliche Karriere auf den Kopf und jetzt auch noch Stress mit Sarah.

„Fuck!", schrie ich lauthals und schmiss mein Handy mit voller Wucht gegen die Wand, wo es in tausend Teile zerbrach.

Sarah

Seit bestimmt vier Stunden hatte Aiden nichts von sich hören lassen. Wieder und wieder checkte ich mein Handy. Da ich mittlerweile oben in meiner Wohnung war, schrieb ich sogar Nancy testweise ein paar Nachrichten, um zu sehen ob, die auch ankamen. Nancy antwortete sofort. Aber von Aiden fehlte jegliches Zeichen. Nach weiteren eineinhalb Stunden beschloss ich ihn anzurufen. Zwar dauerte es etwas, ging er doch endlich ran.

„Sarah", sagte er leise.

„Aiden, endlich", wenigstens wurde mir die Angst genommen das etwas mit ihm passiert sei.

„Geht es dir gut?", wollte ich wissen. Noch viel mehr Fragen schossen mir durch den Kopf. Wieso hatte er sich nicht gemeldet, ging aber jetzt ans Telefon?

„Ja", kam kalt aus seinem Mund. So kurz angebunden war Aiden selten. Es musste etwas passiert sein.

„Es ist nur", versuchte ich zu erklären und schluckte trocken. „Es ist schon so spät und ich hatte noch keine Antwort von dir."

„Ich glaube, ich kann alleine entscheiden, wann ich mich bei dir melde", war seine Antwort.

Mir klappte der Mund auf. Noch gestern wollte er das ich bei ihm einziehe und jetzt sprach er in so einem Ton zu mir?

„Ich glaube ich habe verstanden", brachte ich so gerade noch heraus. Schließlich legte ich auf. Die Tränen rannten mir bereits den

23

Wangen herunter. Mir war nicht ganz klar, was hier gerade ablief, aber es fühlte sich nicht gut an.

Die Nacht verging überhaupt nicht. Ich hatte, wenn es hochkam, zwei Stunden mit Unterbrechungen geschlafen. Da ich den Rest der Woche noch Urlaub hatte, beschloss ich heute nicht aus dem Haus zu gehen. Aiden war gestern mit seiner Aussage deutlich zu weit gegangen. Oder war es von mir zu viel ihm hinterher zu telefonieren?

Ohne etwas mitzubekommen, schaute ich verschiedenste Serien im Fernsehen, um mich abzulenken. Das Ganze funktionierte nur bedingt.

Am späten Nachmittag klopfte es an meiner Tür. Innerlich wusste ich das es Aiden war. Nancy, die unten im Haus wohnte, war heute und für das Wochenende, bei Mathew untergekommen.

Je weiter ich auf die Tür zuging, kam die Wut von gestern zurück. Vor der Tür angekommen zog ich ein letztes Mal tief Luft ein und hob den Kopf. Ich würde nicht kleinbeigeben.

Dann öffnete ich die Tür. Das erste, was ich sah, waren Blumen. Bunte Blumen, die mir direkt vor die Nase gehalten wurden.

„Aiden", sagte ich, ohne genau zu erkennen, wer da war. Ich ging aus dem Weg und lief ein paar Schritte in den Raum. Aiden kam mir leise nach. Ich drehte mich mit verschränkten Armen vor der Brust zu ihm um. Wir standen direkt voreinander. Als sich unsere Blicke

24

trafen ließen diese nicht mehr voneinander los. Es war schwer seine momentane Gefühlslage zu deuten. Aber die Geste, dass er mir Blumen mitgebracht hatte, zeigte mir, dass er sich entschuldigen wollte.

Wortlos hielt er mir die Blumen entgegen. Langsam löste ich meine Arme und nahm sie entgegen. Der Blick noch immer mit seinen Augen verankert.

„Danke", sagte ich leise. Die Stille war durchbrochen. Als wäre der Startschuss gefallen, kam Aiden ein Schritt auf mich zu. Kurz vor mir blieb er stehen. Sein Duft schwappte zu mir rüber. Mir lief förmlich das Wasser im Mund zusammen. Eine Spannung lag in der Luft das es bei einer falschen Bewegung zu explodieren drohte. Aiden suchte nach den richtigen Worten, um überhaupt etwas zu sagen, doch er fand sie nicht. Mir fiel auf das auch er anscheinend nicht viel geschlafen hatte. Seine Augen wirkten müde. Schließlich machte Aiden das, wie er sich am besten Ausdrücken konnte. Er nahm mein Gesicht in seine Hände und küsste mich hart. Die geballte negative Energie von den letzten Stunden war gerade zu spüren. Geleitet von meinen Gefühlen ließ ich die Blumen auf den Boden sinken und umfasste seinen Nacken. Auch wenn das unser erster Streit war, hasste ich es jetzt schon so etwas mit Aiden zu durchleben.

„Es tut mir leid", nuschelte er zwischen den Küssen. Ohne zu antworten, küsste ich ihn jetzt fester, wilder und williger. Er umfasste meine Taille, schwang mich auf seine Hüften. Die Wut in diesen Handlungen war noch immer zu spüren. Alles wirkte stockender und härter.

Wie bereits geahnt, trug Aiden mich in mein Schlafzimmer. Er schmiss mich aufs Bett, als er im nächsten Augenblick schon über mir war. Sein Duft hüllte mich ein, was mich im hier und jetzt hielt. Grob schob er meine Beine auseinander. Mir wurde übel. Aidens Duft reichte nicht mehr, um mein Anker zu sein. Ich war kurz davor zu einem Moment zurückgeschleudert zu werden, den ich nie wieder durchleben wollte.

„Aiden", sagte ich brüchig.

„Ich bin hier Baby", fing seine dunkle Stimme mich auf.

Er befreite mich von meinen Leggings samt Slip, so wie auch seiner Hose. Schnell lag er auf mir und drang in mich ein. Ich mochte durchaus diese Art von Sex. Aiden hatte mir eine Seite gezeigt, die ich selbst nach der Vergewaltigung genießen konnte. Im Augenblick jedoch herrschte so ein Chaos in mir, dass es mir schwer viel zwischen Realität und Vergangenheit unterscheiden zu können.

„Warte", flüsterte ich. Sanft begann ich ihn an Schultern wegzudrücken. Seine Lippen saugten sich an meinem Hals fest. Ungewollte Gefühle schossen mir durch den Körper. Mein Unterleib verkrampfte.

Schließlich hob Aiden meine Hände über den Kopf und fixierte sie. Diese Aktion war der Auslöser, dass ich erneut in diesen Moment komplett zurückfiel, der mein Leben gebrochen hatte. Ich landete gefühlt an dem Abend, wo John mich bei mir in meinem eigenen

26

Bett vergewaltigt hatte.

Aiden liebkoste mich weiter und doch fühlte ich nur noch Schmerzen.

„Stopp", rief ich lauter. Die Tränen liefen bereits. „STOPP!", schrie ich schließlich so laut, dass es auch ihn aus seinem Delirium riss. Aiden ging von mir runter und sah mich an. Durch meinen Tränenschleier war mir nicht ganz klar wie er gerade fühlen würde. Sofort rückte ich zurück bis ans Kopfende des Bettes. Ich zog meine Beine an, vergrub den Kopf in meinen Händen. Es tat alles so unglaublich weh. Die körperlichen Schmerzen nahmen mir jegliche Luft zum Atmen.

„Sarah", sagte Aiden. Ich wusste das er hier war. So sehr ich es auch wollte, ließ mein Kopf mich jedoch nicht zurück. Der Geruch von Alkohol stieg mir in die Nase. Ich wollte das nicht. Als würde ich alles noch einmal erleben fühlte mein Körper sich komplett zurückversetzt. Das Weinen war einfach nicht zu stoppen. Ich hätte nicht gedacht das nach so einer langen Zeit, so etwas überhaupt noch passieren konnte. Das letzte mal wo es mich so zurückgeworfen hatte war, bei Matt und Christin in der Küche. Erst wenige Wochen davor hatte John mich vergewaltigt. Da konnte ich es mir noch erklären, aber jetzt? Es tat so weh. Die Gedanken, Bilder und Gefühle waren so real. Ich drückte meine Hände auf die Ohren und schloss fest meine Augen.

„Aufhören, aufhören", wimmerte ich durch meine Lippen.

Die Bilder von John waren so nah. So fest ich konnte drückte ich

27

mir schließlich die Hände auf meine Augen. Der Geschmack von Johns alkoholhaltigen Atem war auf meiner Zunge zu schmecken. Etwas hüllte mich ein. Es war, als würde versuchen mich jemand aus einem Loch zu ziehen.

„Sarah. Ich bin hier", hallte es wie ein Echo in meinem Kopf nach. Der Geschmack auf meiner Zunge war verschwunden. Langsam legte sich Aidens Duft auf meine Lippen. Er war bei mir. John war nicht da. Er war tot.

Mit schnell schlagendem Herzen nahm ich meine Hände von den Augen und sah auf. Aiden saß dicht neben mir. Ich wischte mir die Tränen aus den Augen. Ohne darüber nachzudenken, schoss ich nach vorne und landete hart in seinen Armen.

„Aiden", weitere Tränen, diesmal allerdings der Erleichterung, rannten mir über die Wangen. Vorsichtig strich er mir übers Haar. Mein ganzer Körper begann unter seinem zu zittern. Mir war kalt und doch erfüllte mich eine innerliche Hitze das ich es kaum in meiner Haut aushalten konnte.

Gerade wollte er sich ein Stück von mir lösen, krallte ich mich an ihn fest.

„Bitte halte mich noch ein bisschen fest, bitte", schluchzte ich. Mein Körper hörte bereits auf zu zittern. Das zeigte mir das ich ihn gerade jetzt mehr brauchte als alles andere.

„Solange du willst", sagte er zärtlich, dass endlich wieder ein schönes Gefühl durch meine Adern floss.

28

Minuten später lockerte sich mein Griff. Ich nahm Abstand von ihm. Sein Blick war leidend. Seine Augen standen eng beieinander. Er machte sich Vorwürfe, dabei konnte er da doch nichts für. „Aiden, bitte", brachte ich gerade noch heraus. „Nicht", flüsterte ich und begann ihn zu küssen. Zärtlich begann ich seine Lippen zu küssen. Ich wollte ihm das Gefühl geben, dass er für mich wichtig war. Das wichtigste überhaupt in meinem Leben und das er sich nicht schuldig fühlen sollte.

Erst kurz nach meinen ersten Küssen folgte Aiden auch seinen Gefühlen und ließ sich auf die zärtlichen Berührungen ein. Jetzt war er es der ein wenig Abstand nahm. Unsere Gesichter befanden sich dicht aneinander. Seine Augen suchen nach einer Antwort in meinem Gesicht. Sanft strich er mir die wild zerzausten Haare hinter das Ohr. Mit seinem Daumen verstrich er die letzten feuchten Stellen auf meiner Wange, sodass sie fort waren. Mit einer unbeschreiblich aufkommenden Müdigkeit legte ich den Kopf auf Aidens Schulter. Dieser lehnte sich zurück, sodass wir Arm in Arm dalagen. Kurz darauf schlief ich ein.

Meine Augen öffneten sich wohl mit dem Wissen, was heute passiert war. Es war bereits mitten in der Nacht und dunkel im Zimmer. Ich sah mich um. Im sanften Licht, welches durch den Spalt der Tür in den Raum schien, suchte ich Aiden, konnte ihn jedoch nicht finden. Vorsichtig wickelte ich mich aus der dicken

29

Decke, die über mir lag, schnappte mir ein Shirt und warf es mir über.

„Aiden?", rief ich leise. War er überhaupt noch hier?

Auf Samtpfoten trat ich aus meinem Schlafzimmer. Aiden stand am Fenster und sah hinaus.

„Hi", sagte ich, als unsere Blicke sich trafen.

Schmerzlich sah er mich an. Er wollte so sehr verstehen, was das war, konnte ich jedoch selbst kaum eine Antwort darauf geben. Ich ging auf ihn zu. Aiden löste seine Hände aus seinen Taschen bis unsere Hände ineinander verschmolzen. Wir legten unsere Stirn aneinander. Ich schmeckte seinen köstlichen Atem auf meiner Zunge. Eine wohlige Wärme durchströmte mich. Ich hatte meinen Anker wieder.

„Sarah", sagte er brüchig und ging ein Stück zurück. Unsere Hände noch immer zusammen.

„Wie geht es dir?", wollte er wissen.

„Gut soweit", erklärte ich kurz. Das stimmte auch. Im Moment ging es mir gut.

Aidens Mimik sagte mir das er mir nicht glauben konnte. Nicht nachdem was vor ein paar Stunden passiert war.

„Wirklich", sagte ich mit Nachdruck. Auch mein Blick wurde jetzt ernst.

„Es tut mir so leid Sarah", sagte er überraschenderweise. Ich verstand nicht ganz.

„Was", hakte ich kopfschüttelnd nach. Meine Augen zogen sich eng

30

aneinander.

Aiden löste seine Hände komplett von meinen und strich sich über die kurzen Haare.

„Sarah, wenn ich dich nicht so benutzt hätte. Es ist unverzeihlich", mit mehr und mehr Worten entschuldigte er sich immer wieder bei mir.

„Warte", sagte ich deutlich und stark es mir möglich war.
Aiden blieb stehen und fixierte mich. Ich schloss die Lücke zwischen uns.

„Du hast nichts falsch gemacht Aiden", zärtlich nahm ich erneut seine Hand in meine.

„Bitte", flehte ich ihn an. „Gebe dir nicht die Schuld für etwas wo du keinerlei Grund zu hast."

Mir war klar, dass er sich nicht gerne etwas sagen ließ. Das zeigte mir auch sein Blick. Mit meiner freien Hand fasste ich in seinen Nacken und versuchte ihn zu mir runterzuziehen. Aiden hielt sich sichtlich zurück.

„Bitte Aiden", flüsterte ich. Unsere Lippen nur noch wenige Millimeter voneinander entfernt, küssten wir uns schließlich.
Diesmal war es jedoch anders. Es war, als würde Musik spielen als sich unsere Lippen trafen. Jeder von uns legte viel Zärtlichkeit in diesen Kuss. Ich hatte das Gefühl ihn fast verloren zu haben, doch konnte ich ihn so gerade noch zu mir zurückholen.

„Ich liebe dich", sagte ich bei einer kurzen Unterbrechung. Aidens Mundwinkel zuckten.

31

„Und ich liebe dich", erklärte er abschließend. Den Rest der Nacht bestand aus einem Austausch von vielen sanften Berührungen. Wir beide ließen den Sex an sich allerdings außen vor.

Aiden

Sie hatte meine Blumen entgegengenommen. Ich konnte es in ihrem Blick sehen, dass sie wusste, dass ich mich hiermit für mein Verhalten gestern entschuldigen wollte. Konnten wir es nicht einfach dabei belassen? Musste sie so verflucht dickköpfig sein das ich es aussprechen musste?

Ich versuchte einen finsteren Blick aufzusetzen, doch es half nicht. Sarah kannte mich und meine Maschen einfach schon zu gut.

„Danke", sagte sie leise und legte mir damit eine Steilvorlage. Mein Körper entschied für mich. Ich ging auf sie zu und begann sie zu küssen. Es war hart und grob. Die Verbitterung darin war förmlich zu schmecken.

„Es tut mir leid", sprach ich, noch während wir uns weiter küssten und kam ihr so ein Stück entgegen. Sarah zeigte mir, dass sie dieses Match gewonnen hatte, auch wenn es zwischen uns kein Wettkampf gab. Ihre Küsse wurden härter. Aufgeputscht von unseren kleinen Konkurrenzkämpfen, schob ich meine Hände unter ihren geilen Arsch und schwang sie auf meine Hüften. Es gab jetzt nur noch eines, was ich wollte. Und Sarah wollte es genauso.

Ich bahnte mir den Weg in ihr Schlafzimmer wo ich sie unsanft auf das Bett fallen ließ. Sofort folgte ich ihr. Ruckartig schob ich ihre Beine auseinander.

„Aiden", sagte sie mit rauchiger Stimme.

„Ich bin hier Baby", bestätigte ich. Wenn wir noch mehr reden würden, wäre es sofort um mich geschehen und ich würde kommen, ohne dass mein Schwanz auch nur einmal in ihr war. Ich löste meine Lippen und entblößte sie unten rum. Schwer atmend lag sie vor mir. Gekonnte befreite auch ich mich von meiner Hose und der Shorts, legte mich über ihr und stieß zu. Wir stöhnten gemeinsam auf. Sarah bog den Rücken durch.

„Warte", flüsterte sie und versuchte sich neu zu positionieren. Sie verkrampfte sich ein wenig unter mir. Mit einer rhythmischen Hüftbewegung versuchte ich sie zu lockern. Wenn sie weiter so eng wäre, war es jeden Moment um mich geschehen. Reflexartig schob ich ihr die Hände über den Kopf und verteilte Küsse auf ihren Hals.

„STOPP!", schrie sie plötzlich unter mir. Sofort nahm ich Abstand. Was ich dann sah, verschlug mir die Sprache. Auf Sarahs mittlerweile verweintem Gesicht war die pure Angst zu sehen. Schnell robbte sie an das obere Ende des Bettes und machte sich ganz klein. Mehr und mehr Schluchzer kamen aus ihrem Mund die mir durch Mark und Bein gingen.

„Sarah", sagte ich noch immer außer Atem.

Mit geschlossenen Augen saß sie vor mir. Es war, als würde sie sich in einer anderen Welt befinden. Und ich wusste leider nur zu gut, an was sie gerade die Situation erinnert hatte.

Hilflos rieb ich mir mein Gesicht. Sarah saß wie ein Haufen elend vor mir.

„Aufhören, aufhören", flüsterte sie zitternd.

Ohne darüber nachzudenken, rückte ich zu ihr rüber. Ich wollte ihr

34

zeigen, dass ich da war, dass sie nicht an dem Ort war, wo sie gerade zu denken schien. Zärtlich strich ich ihr über den Kopf, bis ich sie schließlich fest in den Arm schloss.

„Sarah. Ich bin hier", wiederholte ich wieder und wieder. Ihr Atem wurde spürbar ruhiger. Als sie endlich wieder bei mir war, löste sie sich ein Stück weit von mir. Mit Tränennassem Gesicht schaute sie in meine Augen. So gut es mir möglich war, fing ich sie auf. Sanft versuchte ich sie zu berühren, ihr zu zeigen, dass ich ihr nicht weh tun wollte.

In ihren Augen war zu erkennen, dass sie bei mir war. Dass sie wusste, wer ich war und das zeigte sie mir auch. Sarah fuhr nach vorne und fiel mir in die Arme.

„Aiden", wimmerte sie und begann am gesamten Körper zu zittern. Zwar wollte ich ihr gerne eine Decke umlegen, doch was noch viel wichtiger war, dass ich im Augenblick einfach für sie da sein wollte. Ich versuchte sie zu lösen, doch ließ sie es nicht zu.

„Bitte halte mich noch ein bisschen fest, bitte", flehte sie noch immer mit Angst in der Stimme

„Solange du willst", bestätigte ich und rückte kein Stück von ihrer Seite.

Eine lange Zeit später hatte Sarah genug Energie getankt, um sich ein Stück weit von mir zu lösen. Wir sahen uns an. Meine Gedanken liefen auf Hochtouren. Innerlich hatte ich mir bereits mehrere rechte Hacken verpasst. Ich wusste genau was in ihrer Akte stand.

Ich wusste genau, wie John sie vergewaltigt hatte und dann hatte ich nichts Besseres zu tun, als sie fast genauso zu nehmen?

„Aiden, bitte", waren ihre ersten Worte. „Nicht", flüsterte sie schließlich und begann mich zu küssen. Wie ein Staute saß ich da, während diese wundervolle Frau versuchte mein Herz aus Stein ein weiteres Mal zu erweichen. Als sich der Geschmack ihres süßen Atems auf meine Zunge legte, war es um mich geschehen. So zärtlich ich konnte, erwiderte ich ihren Kuss. Vorsichtig beendete ich ihn und gab etwas Luft zwischen uns. Sarah saß vor mir und schaute mich direkt an. Wenn ich jetzt noch mehr von ihr kosten würde, wüsste ich das wir erneut an den Punkt kommen, wo wir miteinander schlafen würden. Doch das würde ich nicht zulassen. Zärtlich legte ich ihr Haar nach hinten, um ihr so zu zeigen, dass ich da war. Wenn auch nicht sexuell, war ich hier und jetzt nur für sie da. Ich wischte die spuren der Panik davon. So gut es ging, entstand vor mir die starke Sarah, die ich am Anfang kennengelernt hatte. Es war kaum zu übersehen das Sarah sich vor mir deutlich entspannte. Sie Schloss die Augen und legte ihren Kopf an meine Schulter. Sanft ließ ich mich nach hinten fallen, dass wir Arm in Arm dalagen. Ein paar Atemzüge später war Sarah eingeschlafen. Sarah schlief so tief, dass ich es wagen konnte sie von mir zu lösen und mit einer Decke zuzudecken. Leise lief ich rüber ins Wohnzimmer und ließ das geschehene Revue passieren.

Die Bilder wie Sarah im Zeugenstand alles erklärte, wie sie es vor mir zu Protokoll gegeben hatte, schossen mir in den Kopf zurück. Er hat mich auf das Bett geschmissen. Dabei habe ich mir den Kopf hart angestoßen. Und dann war da dieser Druck auf mir drauf. Fast das gleich hatte ich mit ihr auch gemacht. Ich hatte sie auf das Bett geworfen und mich über sie gelegt.

„Fuck!", stieß ich laut hervor. Bewusst versuchte ich mich zu zügeln. Die Wände waren hier nicht die dicksten und Sarah sollte ruhig noch ein wenig schlafen. Das hatte sie sich nach allem mehr als verdient.

Noch einige Stunden schlief Sarah in ihrem Bett. Ich stand am Fenster und schaute in die Nacht.

„Aiden?", hörte ich Sarah leise rufen. Kurz danach betrat sie bereits das Wohnzimmer.

„Hi", lächelte sie mich an. Sie lächelte. Dieses Lächeln lag nach alledem noch immer auf ihren Lippen.

Sarah stand mittlerweile direkt vor mir. Mein Blick fest auf ihren gerichtet. Sanft streckte sie die Hände in meine Richtung aus. Ich reagierte sofort, löste meine Hände aus meinen Taschen und verwob unsere Finger miteinander. Mein Gedankenkarussell hörte sich bei der Berührung endlich aufzudrehen. Wir legten unsere Stirn aneinander.

Wie konnte ich ihr das nur antun. Sarahs große Augen sahen mich an.

„Sarah", sagte ich und schluckte schwer. „Wie geht es dir?", war das einzige was mich im Augenblick interessierte.

„Gut soweit", sagte sie mit fester Stimme.

Konnte ich ihr das wirklich glauben?

„Wirklich", sagte sie erneut, verdrehte die Augen ein wenig und schenkte mir ein Ausdruck in ihren Augen, der mich überzeugen sollte.

„Es tut mir so leid Sarah", schoss es aus mir raus.

„Was?", fragte sie erschrocken nach. Auch wenn sie mich gut kannte, wusste sie nicht immer, was in mir wirklich vorging.

Ich legte viel Abstand zwischen uns. Sobald ihre Haut nicht mehr die mein Berührte fuhr mein Karussell weiter.

„Sarah, wenn ich dich nicht so benutzt hätte. Es ist unverzeihlich."

Mit jedem Wort, das ich sprach, wurde ich wütender. Wütender auf mich und mein Verhalten. Was würden Worte schon ausrichten, für das was sie dank meines Handelns durchgemacht hatte?

„Warte", sagte sie laut. Ebenso laut wie zuvor im Bett. Ruckartig sah ich sie an. Umgehend kam sie auf mich zu, schloss die Lücke und stellte den mir so wichtigen Hautkontakt her.

„Du hast nichts falsch gemacht Aiden", stieß sie hervor. „Bitte, gebe dir nicht die Schuld für etwas, wo du keinerlei Grund zu hast", sagte sie mit schnellem Atem.

Wusste Sarah etwa doch, wie es in mir aussah? Sie fasste mir in den Nacken. Ich würde sie nie wieder so behandeln. Nie wieder würde ich ihr Angst machen oder sie in solch eine Situation bringen.

„Bitte Aiden", flüsterte sie.

Bis wir beide nicht widerstehen konnten. Es folgte ein Kuss, der kaum zu beschreiben war. Mit diesem Kuss gab ich ihr das stille versprechen, ihr nie wieder weh zu tun.

„Ich liebe dich", sagte Sarah leise.

Trotz allem ihre Liebe zu spüren und das von ihren vollen Lippen zuhören, katapultierte mich zurück auf eine Ebene, die ich mit ihr zuvor noch nicht ganz erreicht hatte.

„Und ich liebe dich", raunte ich bestätigend.

Abermals bekam ich nur wenige Stunden Schlaf. Diese waren Dank Sarah allerdings so erholsam, dass es dafür reichen würde den Tag zu überstehen. Morgen früh ging der Flieger nach Las Vegas. Für so einen Scheiß hatte ich aktuell überhaupt keinen Kopf. Viel lieber würde ich bei Sarah bleiben. Wären wir zusammen, viel es uns beiden einfacher Luft zu bekommen und zu Leben.

Ich schnürte gerade meinen letzten Schuh zu, als Sarah in ihrem viel zu großen Pulli um die Ecke kam. Da sie noch Urlaub hatte, wollte ich sie eigentlich nicht wecken.

Sie grinste mich von oben an. Ich saß auf meinem Knie vor ihr. Diese Situation war prädestiniert für einen Antrag, doch wir beide wussten das, wenn überhaupt, es noch lange nicht so weit war.

„Wolltest du dich etwa so aus dem Staub machen?", neckte sie mich. Nach ihrem Zusammenbruch gestern war sie heute wieder ganz die alte.

Ich erhob mich, zog mein Jackett gerade und warf ihr einen

39

finsteren Blick zu. Es funktionierte. Sarah kam leicht eingeschüchtert auf mich zu. Aktuell war ich nicht zu scherzen über. „Wollen wir heute Abend noch was essen gehen?", fragte ich heißer. Der Duft von Kokos, ihr Duft umschloss meine Nase. Ich spürte, wie mein Schwanz größer wurde. Es war mir noch immer nicht begreiflich wie ich so auf sie reagieren konnte.

„Gerne", sagte sie freudestrahlend. „Dann hol ich dich später von der Arbeit ab okay?", sie gab mir einen Kuss auf die Wange. Gerade als sie zurückging, umfasste ich ihr Gesicht. Ihr Grinsen verschwand für einen Moment, als wir uns einfach nur ansahen. Dann folgte ich meinem Gefühl und schenkte ihr einen Kuss, der sie noch den ganzen Tag an mich erinnern würde. Ich wusste das ich heute Abend nicht die Finger von ihr lassen würde. Und ihr ging es genauso. Das Verlangen zwischen uns wie sehr wir den anderen benötigten, um einfach normal zu leben, war unmöglich in Worte zu fassen.

„Bis später", hauchte ich ihr entgegen und verließ die Wohnung. Sarah schloss die Tür hinter sich. Ich war mir sicher ein aufstöhnen gehört zu haben und begann siegreich zu lächeln.

Auf der Arbeit angekommen, war es überschaubar. Viele hatten auch den Rest der Woche noch Urlaub.
Ich saß an meinem Schreibtisch und studierte meinen Terminkalender. Natalia hatte bereits für das kommende Wochenende die Termine eingetragen. Ebenfalls war eine E-Mail

40

von Jared mit dem Zeitplan der nächsten zwei Tage gekommen. Wir würden vor Ort noch einen potenziellen Kunden treffen. Es handelte sich um eine große Immobilienfirma. Wenn wir so einen Fisch an Land ziehen konnten, würde es der Kanzlei noch bessergehen als das eh schon der Fall war. Am Abend war noch ein Essen und Casino Besuch eingetragen. Damit wollte Jared sich sicher gut mit uns stellen.

Es klopfte an meiner Tür.

„Ja", sagte ich in meiner bekannt unfreundlichen Art.

Wie nicht anders zu erwarten betrat Natalia mein Büro.

„Hallo Aiden", sagte sie schüchtern. Ich hatte unsere Unterhaltung von vor ein paar Tagen noch nicht vergessen. Dementsprechende Reaktionen wurden in meinem Körper hervorgerufen. Meine Muskeln spannten sich an, meinen Kiefer biss ich fest zusammen.

„Natalia", ihr Name schnitt sich förmlich durch die Luft.

Sie sah sich kurz um, trat dann ganz in den Raum und schloss die Tür.

„Aiden, ich", begann sie. „Es tut mir leid. Ich wollte dich nicht so in Verlegenheit bringen. Bitte es wird nicht wieder vorkommen", entschuldigte sie sich bei mir.

„Ist schon gut", sagte ich stand auf und ging auf sie zu. Im Moment wollte ich einfach nur in Ruhe arbeiten.

Ich öffnete die Tür für sie.

„Wenn dann nichts mehr ist", sagte ich zu ihr. Sie verstand, was ich wollte und verließ mein Büro, ohne zurückzuschauen.

Sarah

Seit Aiden aus der Tür war, benötigte ich ein bisschen, um meine
Gedanken zu sortieren. Die letzten Tage waren emotional gesehen
ein ziemliches auf und ab. Wir hatten uns das erste Mal gestritten.
Oder war es überhaupt ein Streit? Zumindest hatten wir das erste
Mal seit Monaten eine Nacht ohne den anderen verbracht. Das
hatte mir und auch ihm, überhaupt nicht gefallen.
Jetzt würde es die nächsten Tage ebenfalls so weit
sein. Aiden müsste auf diese Geschäftsreise. Ich erinnerte mich
genau daran zurück, wie es mir in diesem Moment ging, als er es mir
vor ein paar Stunden gesagt hatte.

*Wir lagen auf meinem Bett. Aiden hatte mich fest an sich gedrückt. Wir
versuchten beide ein wenig zu schlafen. Leider blieb das bei uns beiden zuerst
aus.*
„Ich muss dir noch was sagen", erklärte Aiden und atmete tief aus.
Ich richtete mich auf und sah ihn an.
*„Was gibt es denn?" Dass mir die Frage nicht passte, konnte man in meinen
Wortlaut genau hören.*
*„Arthur und ich wurden von unserem neuen Geschäftspartner an diesem
Wochenende auf eine Dienstreise eingeladen. Da muss ich leider mit", nachdem
er mir dieses Geständnis gemacht hatte, drückte er mich zurück in seinen Arm.
Auch ich atmete jetzt tief aus. Die Arbeit war wichtig und gerade bei so einer
Übernahme oder neuen Geschäftspartnern war die Zeit am Anfang besonders*

42

ausschlaggebend. Obwohl ich es gerne akzeptieren wollte, zerriss es mich innerlich. Gerade jetzt musste er weg.

„Dann wünsche ich dir viel Spaß", bestätigte ich trotz meines inneren Kampfes ihn hier behalten zu wollen.

Auf einmal drehte er mich aus seinem Arm das ich auf dem Rücken und er leicht über mir lag.

„Ich würde auch viel lieber mit dir dieses Wochenende nach Green Village fahren. Aber es ist", er suchte nach den passenden Worten. „Ich kann Jared einfach nicht trauen. Vielleicht mag mich da mein Gefühl täuschen, aber ich bin mir sicher, er wird noch viel Ärger machen", erklärte er weiter.

„Es ist okay Aiden. Dann fahren wir nächstes Wochenende eben nach Green Village. Ich könnte ja Matt und Christin fragen, ob sie dann vielleicht auch Zeit haben", schlug ich ihm vor.

Er lächelte sanft. Auch wenn es keiner von uns aussprechen wollte, Aiden hatte Angst das ich erneut zusammenbrechen würde. Gerade so kurz nach diesem Vorfall wollte er mich einfach nicht alleine lassen. Mir ging es ja nicht anders. Ich wusste nicht, ob so etwas noch einmal passieren würde. Mit einem mulmigen Gefühl dachte ich daran, wie ich zitternd alleine in meiner Wohnung sitzen würde. Schnell schüttelte ich den Gedanken wieder ab.

Ich legte meine Hand an seine Wange und gab ihm einen kurzen Kuss, bis ich mich abermals in seinen Arm kuschelte.

Lauter solche Gedanken flogen mir ungewollt wieder und wieder durch den Kopf. Mein Handy klingelte. Eine Nachricht von Aiden.

Ich bin in einer Stunde durch.

43

Ich sah auf die Uhr. Es war bereits kurz nach fünf. Zeitlich passte es mit dem Abendessen ganz gut.

Kurzerhand lief ich ins Badezimmer und legte Makeup auf.

Grinsend schaute ich in den Spiegel. Wenn Aiden mich heute sehen würde, sollte er das ganze Wochenende an mich denken müssen. So mein Ziel. Ich griff ein weniger tiefer in die Trickkiste und setzte ein verführerisches Abend-Makeup auf.

Die Stunde war fast um. Da ich noch ein paar Haltestellen mit der Bahn fahren musste, wurde es Zeit das ich loskam. Ein letzter prüfender Blick in den Spiegel zeigte mir eine elegant aussehende Frau. Dank meines Sport-liebenden Freundes, hatte auch ich ein wenig damit angefangen. Zwar habe ich keine Kilos verloren und doch wirkte alles Definierter und fester. Mein schwarzes Etuikleid umschmeichelte mit seinen Raffungen elegant meine Rundungen und setzte alles perfekt in Szene. Meine Haare hatte ich mir geglättet, was sehr edel wirkte. Mit einem dunkelroten Lippenstift wirkten meine vollen Lippen noch intensiver. Ich stieg in meine schwarzen Stiefel, schnappte mir meinen schwarzen Trenchcoat und verließ die Wohnung.

Die Bahn war ziemlich voll. Viele Pendler hatten gerade Feierabend oder machten sich wie ich auf den Weg zu einem Date. Ich umklammerte fest mit der einen Hand meine Handtasche und in der anderen das Pfefferspray, welches immer griffbereit in meiner

44

Jackentasche lag. Ohne Verzögerung kam ich an der entsprechenden Haltestelle an. Nach einem kurzen Fußmarsch stand ich auch schon vor dem großen Bürogebäude der Kanzlei. Für einen Moment blieb ich stehen und schaute auf mein Handy. Die Zeit passte und Aiden hatte sich auch nicht mehr gemeldet.

Lächelnd steckte ich mein Handy zurück in die Tasche, als ich plötzlich beim Umdrehen mit jemanden zusammenstieß.

„Huch", sagte ich erschrocken und hielt mich an der Jacke des Mannes vor mir fest, um nicht umzufallen. Der Mann hielt mich ebenfalls fest. Sobald ich mein Gleichgewicht wieder zurückgefunden hatte, löste ich mich von ihm.

„Entschuldigung", fing der Mann vor mir an. „Ich hätte besser aufpassen müssen", entschuldigte er sich bei mir.

Nervös strich ich mir die Haare hinters Ohr. Mein Herz raste noch immer wie wild. Der Mann vor mir zog sein Anzug glatt. Entweder war es ein Klient von Aiden oder ein Kollege. Dass er etwas mit Justiz zu tun hatte, war auf jeden Fall zu sehen.

„Ist schon in Ordnung", sagte ich kurz und machte gerade einen Schritt an ihm vorbei.

„Ach, einen Moment", stoppte er mich. Wie aus Reflex umfasste ich mein Pfefferspray etwas fester.

Wir sahen uns an. Er war, dank meines Absatzes, genauso groß wie ich. Seine perfekt gestylten Haare verliehen ihn das Bild von einem Blender. Ich wusste nicht wieso, aber diese geschmierte Art wirkte sehr unsympathisch auf mich.

45

„Hätten sie vielleicht Lust als kleine Wiedergutmachung einen Kaffee mit mir zu trinken?", am Ende des Satzes hatte er einen dieser falschen Blicke aufgesetzt.

„Danke, aber ich bin schon verabredet", sagte ich ohne Verabschiedung und machte mich auf den Weg in das Kanzleigebäude.

Mit wirren Gedanken fuhr ich bis nach oben in Aidens Abteilung. Bisher hatte ich keine Leute mehr gesehen. Alle hatten schon Feierabend oder waren aus dem Urlaub noch gar nicht wieder zurück. Mit einem lauten Ping, zeigte mir der Fahrstuhl, dass ich angekommen war. Schüchtern trat ich aus dem eisernen Kasten. Der Flur war hell beleuchtet. Leise machte ich ein paar Schritte. Auch hier war niemand zu sehen. Der Teppich unter meinen Stiefeln schluckte meine Schritte das ich wirklich nicht zu hören war. Innerlich fragte ich mich, warum ich mich überhaupt so leise verhielt?

Gezielt ging ich auf Aidens Büro zu. Es lag am Ende des langen Ganges, welches sich durch die Kanzlei zog. Davor blieb ich stehen. Nervös strich ich mir noch einmal die eh sehr glatten Haare zurecht. Ein letzter tiefer Atemzug bis ich kräftig anklopfte.

„Ja", rief Aiden mit seiner wahnsinnigen Stimme und erlaubte mir den Eintritt. Selbst durch die Tür bekam ich eine Gänsehaut. Ohne weiter zu warten, ergriff ich die Klinke und betrat sein Büro. Hier drin war es ebenso hell beleuchtet wie im Flur. Aiden saß an seinem Schreibtisch. Ich trat in den Raum und schloss die Tür hinter mir. Als ich mich wieder umdrehte, schaute er bereits zu mir auf.

„Guten Abend", sagte ich förmlich und stand wie ein Empfangskomitee da.

Aidens Lippen öffneten sich leicht. Ohne mir zu antworten, stellte er sich hin, lockerte seinen Krawattenknoten und kam um den Schreibtisch herum. Er löste immer wieder die Augen von meinem Gesicht und sah mich von oben bis unten an. Allem Anschein nach gefiel es ihm wohl, wie ich mich fertiggemacht hatte. Kurz vor mir blieb er stehen. Ich schluckte schwer. Immer wieder stellte ich, wenn Aiden diesen bestimmten Blick aufsetzte, mein Handeln und Tun infrage, ob das wirklich alles so richtig war.

Sanft nahm er meine Hand und gab mir ein Kuss auf den Handrücken.

„Sarah", sprach er meinen Namen so sanft aus das ich mein Gleichgewicht erneut unter Kontrolle bringen musste.

Ich wusste nicht, wie lange wir uns einfach nur ansahen. Doch so fing es immer an, wenn wir besonders voneinander angezogen wurden. Keiner von uns konnte sich so lange bewegen bis alles unter Storm stand. Dann zogen sich unsere Lippen an und es kam zu einem leidenschaftlichen Kuss. Genau wie in diesem Moment. Oh mein Gott, war dieser Kuss intensiv. Die vielen Tage ohne Sex machten uns beide nahezu ausgehungert voneinander. Aiden zog mich fest zu sich heran. Wie sollte es auch anders sein, war seine

Mitte hart. Er wollte mich ebenso sehr wie ich ihn. Ich begann mit den Fingern an seinem Hosenbund herumzuspielen. Mir war nicht nach Essen oder warten bis wir zu Hause wären zumute. Da sich hier offensichtlich keiner mehr im Gebäude befand, wollte ich ihn hier und jetzt.

Geschickt begann ich den Gürtel aus der Schnalle zu öffnen. Aiden legte seine Hände auf meine. Sein Blick war mit vielen offenen Fragen bestückt.

„Aiden ich möchte dich. Jetzt", sagte ich kurz. Noch immer stand er stumm vor mir. Ein innerlicher Kampf fand bei ihm statt. Das war deutlich zu erkennen. Ich wollte jedoch nicht das Aiden sich anders entschied. Ich wollte ihn schließlich jetzt.

„Bitte", flüsterte ich sanft und legte ihm einen zarten Kuss auf seine Lippen. Er schloss die Augen. Vorsichtig küsste ich ihn weiter den Hals entlang. Aiden zog scharf Luft ein. Meine Hände machten sich weiter an seiner Hose zu schaffen. Schließlich öffnete ich den Verschluss, bis mir sein Glied schon fast entgegensprang. Wenn er mich nicht wollen würde, dann wäre er nicht so bereit für mich. Ich beschloss Aiden zu beweisen wie sehr auch er mich wollte. Langsam löste ich mich von seinem Hals und wollte gerade in die Knie gehen, als er mich am Ellbogen aufhielt.

„Warte!", stieß er hervor.

„Habe ich was falsch gemacht? Möchtest du nicht?", fragte ich erschrocken nach. Sonst war Aiden auch nicht abgeneigt, wenn ich in der Position seine Erektion im Mund nahm.

48

„Du glaubst gar nicht, wie sehr ich mich gerade zurückhalte", sagte er heiser und schluckte trocken.

„Aber nicht so", stieß er erstickend hervor und schüttelte den Kopf. Verwirrend sah ich ihn an. Noch immer hielt er mich am Ellbogen fest.

„Komm", befahl er mir und führt mich rüber zu der weißen Ledergarnitur. Davor blieb er stehen. Wie ein Stier der rot sah, begann er mich endlich wild zu küssen. Mir entrann ein Stöhnen, welches ihn nur noch mehr antrieb. Aidens Hände fuhren an meine Hüften, bis tiefer zu meinen Oberschenkeln entlang. Dort umfasste er mein Kleid und schob es mir hoch. Immer enger pressten sich meine Schenkel zusammen. Die Vorfreude auf das was passieren würde, war zu groß.

Aiden setzte sich plötzlich auf die Couch. Unser Kuss brach ab. Vorsichtig half er mir das ich mich breitbeinig über ihn rübersetzten konnte.

„Du musst mir sagen, wenn es zu viel ist, okay?", flüsterte er abgebrochen. Die Erregung stieg ihm zu Kopf, er konnte wie ich ebenfalls kaum noch klar denken.

Ich nickte zügig. Mir war gerade alles andere egal. Ich würde sogar ein Vertrag mit dem Teufel in diesem Augenblick unterzeichnen, dass er mich endlich nehmen würde. Mit der einen Hand fasste er in meinen Nacken und schob mir die Zunge in den Mund. Ich liebte es, wenn Aiden so die Zügel in die Hand nahm. Mit seiner anderen Hand ging er zwischen meine Beine, schob mein Slip zur Seite und positionierte sich direkt unter mir. Jetzt kam auch seine andere Hand hoch an meine Schultern. Auf einmal drückte er mich fest nach unten und schob sein Becken nach oben. Wie ein Blitz drang er in mich ein. In mir schien etwas zu explodieren. Diverse Gefühle und Regungen starteten auf einmal durch. Versehentlich biss ich Aiden auf die Lippe. Diese Aktion bestätigte ihn so sehr das seine Lippen weiter meinen Mund küssten, worüber ich letztlich keine Kontrolle mehr hatte. Meine gesamten Rezeptoren in meinem Schoß waren gerade dabei verrückt zu spielen. Der Rest meines Körpers rührte sich nicht. Ein weiterer heftiger Stoß mit Aidens Hüften. Seine Hände hielten meine Schultern in der entsprechenden Position, dass ich keine Chance hatte nach oben zu rutschen.

„Mhhh", stöhnte ich erneut auf. Das hier war so gut, dass es sich beinah gelohnt hatte einige Tage auf Sex zu verzichten.

„Ich komme gleich", stöhnte Aiden. „Komm", entrann ihn an meinem Hals, wo er sich zielsicher den Weg zu meinem Ohr suchte. „Komm für mich", befahl er mir. Wie aufs Kommando spannten sich meine Beine unter ihn zusammen. Aiden hielt mich noch immer fest, dass ich mich nicht bewegen konnte und stieß seinen letzten Stoß, bevor er sich ebenfalls in mir ergoss.

Schwer atmend rührten wir uns kein Stück. Aiden, noch immer tief in mir, zuckte noch ein weiteres Mal auf, bis ich langsam begann meine Augen zu öffnen. Zu meinem Erstaunen schaute Aiden bereits in mein Gesicht. Ein Lächeln überzog meine

Lippen. Auch er löste ein Stück weit seine Maske und grinste mich an. Mit seinen Händen strich er mir meine Haare leicht zurück, dass er alles von mir sehen konnte.

„Ist alles", wollte er gerade fragen, da unterbrach ich ihn mit rollenden Augen.

„Aiden", stoppte ich seine Worte. „Es geht mir gut", der nächste Kuss ließ nicht lange auf sich warten. Zwischen meinen Beinen spürte ich das Aiden erneut hart wurde. Was hatte der Mann nur für eine Ausdauer! Wir ergaben uns dem Gelüsten und genossen diese Unbeschwertheit und bedingungslose Hingabe des jeweils anderen.

Aiden

„Warte!", sagte ich forsch und stoppte Sarah. Zwar wollte ich um alles in der Welt endlich wieder mit ihr Sex haben, war das der falsche Weg. Ich wollte sie nicht unter mir haben, geschweige denn auf den Knien vor mir. Sie sollte wissen das ich sie nie wieder so behandeln würde.

„Habe ich was falsch gemacht? Möchtest du nicht?", fragte sie nach und sah mich mit ihren großen Augen an.

„Du glaubst gar nicht, wie sehr ich mich gerade zurückhalte", gab ich offen zu. „Aber nicht so", sagte ich in ihren unschuldigen Blick. „Komm", ich zog sie rüber zur Couch. Davor blieb ich stehen und schaute sie erneut an. Ihre roten Lippen bewegten sich langsam auf und zu. Ihr Brustkorb hob und senkte sich, dass ihre Brüste noch größer wirkten, als sie eh schon waren. Ich will sie so sehr. Es würde schnell gehen und hart werden. Mein Trieb übernahm die Kontrolle. Viel zu schnell begann ich sie zu küssen. Meine Hände fuhren an den Saum ihres Kleides und schoben es ihr über die Hüften. Die Berührung ihrer nackten Haut unter meinen Händen trieben mich weiter voran. Auch wenn ich sie schon so oft berührt hatte, überkam mich diese Erkenntnis jedes Mal auf neue. Sarah ließ sich fallen und ergab sich der Hingabe zu mir. Ein Stöhnen entrann ihr, das ich endlich in ihr sein musste. Kurz um ließ ich mich rückwärts auf die Couch fallen. Ich wies Sarah an, sich mit gespreizten Beinen auf mich zu setzten. Ihr schwarzer Spitzenslip war zu erkennen. Es

52

blieb keine Zeit mehr ihn auszuziehen. Zur Not würde ich ihn zerreißen.

„Du musst mir sagen, wenn es zu viel ist, okay?", ich versicherte ihr, dass es diesmal nicht so sein würde wie das letzte Mal. Sie nickte bestätigend. Ich vertraute ihr, also machte ich weiter. Mit meiner ganzen Konzentration auf Sarah gerichtet, sah ich sie an und beobachtete sie genau, um einzuschätzen, wie hart ich vorgehen könnte. Sarah wirkte stark und so bereit wie man nur sein konnte. Sanft legte ich meine Hand in ihren Nacken und begann sie zu küssen. Mit meiner anderen Hand führte ich meinen Schwanz an ihren Slip vorbei vor ihren Eingang. Ich spürte bereits, als ich ihren Slip angefasst hatte, wie feucht sie war. Nur für mich. Willig streckte ich ihr die Zunge in den Hals. Dann schaltete sich mein Kopf aus. Ein klares Denken war nicht mehr möglich. Grob legte ich meine Hand auf ihre andere Schulter und drückte zu. Von oben presste ich sie fest auf meinen Schoß, während meine Hüfte sich unermüdlich nach oben drückte. Ruckartig nahm sie mich komplett in sich auf. Wir stöhnten beide auf als ich sie voll und ganz in Besitz nahm. Sarah war so überwältigt das sie mir bei unserem Kuss in die Lippe bis. Wilder stieß ich zu. Mehr und mehr trieben wir uns gemeinsam an den Rand des Wahnsinns.

Wir lagen im Bett in meinem Loft. Sarah schlief bereits seit einer Stunde seelenruhig in meinem Arm. Nach der heißen Sexeinlage in meinem Büro schaffen wir es erst spät zum Essen. Doch das war

53

mir egal. Meinetwegen hätten wir auch die ganze Zeit weiter vögeln können. Nachdem ich allerdings zweimal in ihr gekommen war, wollte ich die Situation nicht überreizen. Wir waren gerade dabei uns wieder so nah zu kommen, wie bevor sie zusammengebrochen war. Mit einem guten Gefühl dachte ich an die Zukunft, die vor uns lag. Die nahe Zukunft sah allerdings scheiße aus. Morgen schon müsste ich mit meinen Kollegen nach Las Vegas fahren. Noch heute früh im Büro war ich kurz davor den Trip abzusagen, doch die Tatsache das wir dort einen großen Fisch an Land ziehen würden, ließ meine Arbeitshaltung über meine persönlichen Belange stehen.

Ich strich mir übers Gesicht. Ein Bedürfnis meldete sich an. Vorsichtig schob ich Sarah aus meinen Armen auf die Kissen. Leise lief ich, nur in meinen Shorts bekleidet, rüber an das angrenzende Badezimmer. Nach meiner Tat wusch ich mir die Hände. Als ich das Wasser wieder abstellte, sah ich in den Spiegel. Der ganze Scheiß auf der Arbeit legte sich so negativ auf meine Gedanken das ich allein aus diesem Grund Jared schon die Pest an den Hals wünschte.

„Nein", hörte ich leise aus dem Schlafzimmer. Ich ging zurück zu Sarah. War sie doch wach geworden?

„Nein", flüsterte sie. Der Mond erhellte ihr Gesicht. Sie schlief tief und fest. Ungeschickt schob sie die Decke von sich runter. Ihr Gesicht sah gequält aus. Sie hatte definitiv einen schlechten Traum. Das alles, was vor ein paar Tagen passiert war, belastete sie wohl doch mehr als sie zugeben wollte. Was hatte ich ihr nur angetan?

„Nein John", wimmerten ihre Lippen. Ich dachte nicht weiter nach, sondern legte mich wieder zur ihr.

„Sarah", sagte ich sanft in ihr Ohr. Vorsichtig schob ich ihr feuchte Strähnen aus dem Gesicht. Bei jeder Berührung, die ich ihr schenkte, wurde sie ruhiger. Auf einmal drehte sie sich auf die Seite und suchte nach mir. Ich legte mich so dich zu ihr heran, wie es mir möglich war. Automatisch legte sie sich wieder in meinen Arm und schlief wie ein Engel weiter.

Erleichternd stellte ich fest, dass sie von John geträumt hatte und nicht von mir. Die Wut, welche ich damals bereits auf diesen Arsch hatte, spürte ich noch tief in mir. Und wenn er nicht schon tot wäre, dann hätte ich ihn spätestens jetzt um die Ecke gebracht.

„Guten Morgen", säuselte Sarah mir ins Ohr. Ich drehte mich auf ihre Seite und schloss sie fest in meinen Armen ein. Kokos flog mir entgegen. Wie als würde ein Wunsch in Erfüllung gehen wurde ich in diesen Himmel mit Sarah gezogen.

Sie küsste mich. Ich erwiderte es natürlich. Wenn ich es nicht besser wissen würde, war ich vielleicht doch noch am Träumen?

„Du musst gleich los", sagte sie zwischen den Küssen. Ich hörte auf sie zu küssen und drückte sie noch fester an mich heran.

Sie klopfte ein wenig auf mich ein.

„Aiden", sagte sie ein wenig forscher. „Komm. Ich möchte nicht dafür verantwortlich sein das du deinen Flieger verpasst", erklärte sie lächelnd.

Wir lösten uns ein Stück und sahen uns in die Augen. Sarah sah erholt und glücklich aus. Sie strahlte mich an. Fast als wäre letzte Nacht nichts passiert.

„Hast du gut geschlafen?", hakte ich vorsichtig nach.

Sie nickte noch immer mit diesem Lächeln auf den Lippen. Sie konnte sich wohl an nichts mehr erinnern. Sarahs lachen war ansteckend. So früh am Morgen ließ ich mich gerne darauf ein einfach nur meinen Gefühlen zu folgen. Ich grinste zurück. Gerade wollte ich ihr ein Kuss geben, zog sie sich aus meinem Griff und stieg aus dem Bett. Ergeben folgte ich ihr und der Vernunft.

Der Flug ging pünktlich. Arthur, Jared und ich saßen in der ersten Klasse in einer Viererlobby. Ich holte mein Notebook hervor und checkte meine Mails sowie andere dienstliche Sachen.

„Aiden", sprach Jared mich an.

Genervt sah ich auf. Er hielt mir einen Whisky vor die Nase. Ich hob die Hand und lehnte wortlos ab.

„Na komm schon", sagte er aufdringlicher. Als würde er mein bester Kumpel werden wollen, versuchte er mich weiter zu überreden.

„Auf die Zusammenarbeit", sagte er schließlich.

Ergeben nahm ich ihn entgegen und wir drei stießen an.

„Ich hatte euch gestern über Natalia eine Mail zukommen lassen", sprach Jared weiter. Endlich wurde es geschäftlich. Damit konnte ich weit mehr anfangen als mit dieser

56

scheinheiligen Freundschaftsscheiße. Die nächste Zeit beschäftigten wir uns damit, ins Detail der Strategie zu gehen wie wir den Kunden für uns gewinnen können. Was mir sofort auffiel, war das Jared ein absoluter Zahlenmensch war. Geld, das war ihm auch anzusehen, war ihm am wichtigsten.

Wir checkten direkt am Strip in einem der größten und nach meinen Erfahrungen auch teuerstem Hotel ein. Da hier eine Zeitverschiebung von drei Stunden gegenüber New York herrschte, hatten wir bereits eine Stunde nach Ankunft das Meeting mit der Immobilienfirma. Ich nutzte die Zeit, als ich auf meinem Zimmer war und rief Sarah an.

Nach nur zweimal klingeln ging sie ran.

„Hey", säuselte sie zärtlich ins Telefon. Ihre Stimme schoss mir direkt zwischen die Beine.

„Hey Baby", sagte ich und atmete tief aus. Ich saß auf der Kante von meinem Bett und rieb mir die Stirn.

„Alles klar bei dir?", fragte sie besorgt nach. Natürlich würde ich es vor ihr nicht zugeben, doch die Gedanken in meinem Kopf machten mich fertig. Viel lieber würde ich Sarah schnappen, mit ihr in ein Flugzeug steigen und weit wegfliegen. Die Arbeit hinter mir lassen und neu mit ihr anfangen.

„Aiden?", fragte sie nach.

„Ja", sagte ich kurz. Ich setzte bewusst meine Maske auf. Mit erhobenem Kopf stand ich auf und lief durch den Raum. „Alles klar hier. Wollte dir nur Bescheid sagen, dass wir angekommen sind. Gleich ist schon das Meeting", erklärte ich ihr kurz.

„Danke das du dich eben gemeldet hast", sagte sie und bohrte nicht weiter nach.

„Natürlich", lächelte ich und verabschiedete mich von ihr. Sarah war nicht böse drum das wir nur kurz gesprochen hatten. In vielen Dingen war sie einfach so wunderbar unkompliziert. Obwohl ich im Moment, wenn ich sie sah, nur an Sex denken konnte, nahm sie es mir nicht übel. Wenn ich an ihre Kurven dachte, die dieses Kleid gestern Abend auf ihren Körper gelegt hatte, machte sich direkt mein Schwanz bemerkbar. Das war nun mal ich. Gerade bei Stress konnte ich nur an Sex denken. Alles andere brachte mich nicht runter. Ich beschloss noch schnell eine heiße Dusche zu nehmen, bevor es runter in die Lobby ging. Als das heiße Wasser über meinen Rücken lief, stützte ich mich mit den Händen an den kalten Wandfliesen ab. Mein Kopf viel mir auf die Brust. Als sich meine Augen schlossen, sah ich Sarah vor mir. Ihre Lippen, die großen Augen. Meine eine Hand legte sich an meinen Schwanz, der wie eine eins nach vorne ragte. Mit den Gedanken daran wie ich in ihr tiefer und tiefer hineinstieß, ließ es mich nach nur wenigen Handgriffen kommen. Ich schmiss den Kopf in den Nacken und während das heiße Wasser über mein Gesicht lief, stieß ich erstickend ihren Namen in die feuchte Luft.

Das Treffen verlief gut. Arthur und ich übernahmen das reden,

58

während Jared darauf bedacht war, sich als Anteilsnehmer mit dem größten Anteil zu profilieren.

„Danke. Dann freuen wir uns auf die Zusammenarbeit", sagte Mr. Strager und schüttelte uns nacheinander die Hand. Wir hatten den Deal an Land gezogen. Als Mr. Strager den Raum verließ, waren bei Jared bereits die Dollarzeichen in den Augen zu erkennen.

„Das werden wir feiern", sagte er und klatschte in die Hände. Jared ging zum Telefon und bestellte ein Tisch für drei in einem Clubraum im Hotel. Arthur und ich sahen uns nur an. „Gentleman, der Tisch steht für uns bereit", sagte Jared und sah uns an, als er mit telefonieren fertig war. Mir war gerade mehr dazu ihm eine rein zu hausen als das wir feiern würden.

„Ich bin raus Jared", sagte ich kurz und mit ernster Stimme.

„Komm schon Aiden. Wir essen was und stoßen auf den Deal an. Schließlich warst du daran genauso beteiligt wie Arthur und ich", sagte er überzeugend und schmückte sich mit fremden Federn. Jared verschaffte mir einen widerlichen Belag auf der Zunge. Ich sah kurz rüber zu Arthur. Ich wusste das er mitgehen würde. Arthur war zwar ebenfalls Partner, aber auch Familienvater und Ehemann. Er war froh einfach mal etwas anderes zu sehen.

„Ok", sagte ich mit zusammen gebissenen Zähnen. Schließlich machten wir uns direkt auf den Weg in den Clubraum.

Dort angekommen stand ein Tisch mit drei Gedecken zur Verfügung. Wir aßen eine köstliche Menüfolge und tranken, was ich

59

zugeben musste, sehr guten Wein.

„Männer", sagte Jared sichtlich angetrunken. „Ich bin so froh dabei zu sein. Es war, als würde ich in den Himmel kommen", säuselte er. Arthur und ich sahen uns an.

„Wir freuen uns auch dass wir dich an Bord haben", sagte Arthur, was definitiv gelogen war. Jared kannte Arthur allerdings nicht so gut wie ich und somit erkannte er die Lüge nicht.

„Und wisst ihr, was das allerbeste ist?", fragte Jared in unsere Richtung, während er sich ein weiteres Glas Wein einschenkte. „Die geilen Bräute, die bei uns arbeiten. Man diese Natalia habe ich schon ein paar mal gezeigt wie der Drucker funktioniert, wenn ihr wisst was ich meine", er lachte laut auf.

Zwar wollte ich nichts mehr von Natalia, doch musste sie tatsächlich für so einen Arsch die Beine breitmachen? Ich sah auf meine Uhr. Es war bereits kurz vor neun Uhr. Wenn ich die Zeitverschiebung mit einberechnete war Sarah mit Sicherheit schon am schlafen. Mist!

„Ihr entschuldigt mich", sagte ich förmlich und stand auf.

„Bitte Aiden", auch Jared stellte sich jetzt hin. Er schwankte stark und auch bei mir war der Alkohol ein Stück weit zu spüren. „Ich habe noch eine Überraschung für meine besten Geschäftspartner", sagte er geheimnisvoll. Dann sprach er mit einem der Kellner, woraufhin drei aufreizende Frauen den Raum betraten. Mir war sofort klar, dass es sich um Escortdamen handelte. Sie teilten sich auf. Auch zu mir kam eine rüber. Sie hatte blonde lange Haare und

60

ein sehr kurzes weißes Kleid an.

„Hi", sagte sie und hängte sich auf meine Schulter.

„Jared", sagte ich und löste die Dame von meiner Seite. „Es tut mir leid. Ich weiß das zu schätzen, aber ich werde das Angebot ausschlagen müssen", sagte ich mit zusammengebissenen Zähnen. Arthur, der ebenfalls von der Dame neben sich umworben wurde, hatte nur Augen für sie. Dank des Alkohols bekam er kaum mit, worum es hier eigentlich ging.

„Wenn du der Meinung bist das du es nicht nötig hast Aiden", sagte Jared der wieder auf seinem Platz saß und die junge Dame auf seinem Schoss unsittlich berührte. „Ich werde dich nicht dazu zwingen", raunte er. „Bei so einer attraktiven Freundin hätte ich es wahrscheinlich auch nicht nötig", sagte er mit einem Unterton, der mir so gar nicht gefiel. Woher wusste er, wer Sarah war? Ich fixierte ihn, als er begann die Dame vor sich zu küssen.

Mit einer geballten Faust und ohne weiter auf das geschehen zu achten, verließ ich den Raum und machte mich auf den Weg in mein Zimmer.

Draußen schienen die bunten Lichter durch das Zimmer. Wütend stand ich am Fenster und schaute raus. Innerlich kochte ich vor Wut. Am liebsten würde ich das gesamte Hotelzimmer auseinandernehmen. Es war mittlerweile zehn Uhr. Bei Sarah also schon nach Mitternacht. Ich würde das Gespräch auf morgen verschieben müssen. Doch die Frage woher er sie kannte, ließ mir

61

einfach keine Ruhe. Bis mein inneres plötzlich explodierte und ich mit voller Wucht gegen die Wand schlug.

„Fuck!"

Sarah

Mittlerweile war es kurz vor elf Uhr am Abend. Seit heute
Nachmittag gab es kein Zeichen mehr von Aiden. Mir war klar das
die Zeitverschiebung und die Tatsache das er dort zum Arbeiten
war, natürlich auch bewusst. Ich schlug die Hände vors Gesicht und
ließ mich rückwärts auf mein Bett fallen. Die frische Luft von heute
Vormittag, wo ich mit meinen Ausge-Hunden losgezogen war,
machte sich bemerkbar. Den ganzen Tag schon flogen mir Fetzten
von der letzten Nacht durch den Kopf. Ich hatte nach langer Zeit
wieder von John geträumt. Doch es war nur ein Traum, denn in der
Realität war John tot.

„Er ist tot", flüsterte ich vor mir hin. Wenn ich es aussprach wurde
mir die Deutlichkeit erst richtig bewusst. Es linderte meine Angst.
Denn so war es. Ich hatte Angst zu schlafen. Zumindest alleine. Die
Träume entstanden letzte Nacht, als Aiden nicht in meiner Nähe
war. Auch er hatte Schlafprobleme und war deswegen des Öfteren
nachts mal hoch. Aiden wusste nicht das ich letzte Nacht überhaupt
wach gewesen war. Und jetzt, heute Nacht war er überhaupt nicht
da. Ich konnte nicht nach ihm suchen und in ihn mein Anker
finden. Deswegen hatte ich heute so einen halben Marathon hinter
mich gebracht, damit mein Körper wenigstens vor Erschöpfung in
einen hoffentlich traumlosen schlaf fiel. So gerade konnte ich mir
noch die Decke überwerfen, als ich dabei war einzuschlafen.

Ich lief mit meinen Hunden durch den Park. Die Sonne schien warm auf meiner Haut. Mit jedem Atemzug genoss ich die Losgelöstheit. Ich war gerade auf den Weg, um Aiden zu treffen. Wir hatten ein Date hier im Park.

„Sarah", rief es von links aus den Bäumen.

Ich lächelte. Aiden hatte bestimmt wieder irgendeine Überraschung geplant. Ohne darüber nachzudenken, lief ich in die Büsche.

„Aiden", rief ich lächelnd.

Jemand tippte mich auf die Schulter. Als ich mich umdrehte, stand John vor mir und stürzte sich auf mich.

Mit einem Satz saß ich aufrecht im Bett. Mein Shirt war durchgeschwitzt und mein Puls raste wie nach einer Achterbahnfahrt. Zitternd ergriff ich mein Handy. Es war kurz vor fünf Uhr am Morgen. Aiden hatte sich nicht mehr gemeldet. Keine Nachricht kein Lebenszeichen. Mein Anker war selbst per Telefon nicht herzustellen. Ihn jetzt anrufen konnte ich nicht. In Las Vegas war es mitten in der Nacht.

Als mein Puls sich beruhigt hatte, ging ich rüber ins Badezimmer. Ich lies kühles Wasser über meine Hände laufen. Im Spiegel sah ich eine Frau, die blass und hilflos wirkte. Genau das war ich aktuell. Denn gegen die Träume konnte ich einfach nichts machen. Und das würde nicht das erste Mal sein, das ich allein schlafen würde. Aiden könnte nicht immer für mich da sein. Mit einem Seufzer zog ich mir mein Shirt über den Kopf und drehte die Dusche auf. Ich wartete nicht, bis das Wasser warm wurde, sondern

64

stellte mich direkt darunter. Die Kälte durchfuhr meinen Körper und verlieh mir den entsprechenden Schubs, den ich brauchte, um in der Realität zu bleiben. Erst als es immer wärmer wurde, spürte ich, wie die Tränen sich mit dem Wasser auf meiner Haut mischten. Schluchzend ließ ich mich auf die Knie sinken und ergab mich dem Gefühl der Hilflosigkeit, die mich fest im Griff hatte.

Ich konnte nicht mehr schlafen und somit blieb ich wach. Heute Mittag würde Aiden bereits wiederkommen. Wie ein Kind auf Weihnachten konnte ich es kaum abwarten, dass er wieder da war. Er schrieb mir eine kurze Nachricht das er um dreizehn Uhr am Flughafen wäre. Bevor er sich ein Taxi nahm, bot ich mich an ihn abzuholen. Mit nur einem kurzen OK bestätigte er alles. Zwar kannte ich es von Aiden das er kurz angebunden war, jetzt jedoch war er noch verschlossener als sonst. Vielversprechend sah ich unserem treffen entgegen das wir offen zueinander wären, wenn wir uns wieder direkt gegenüberstanden.

In meiner Jeans, warmen Boots und meinem grauen Wollmantel fuhr ich mit Aidens Auto zum Flughafen. Es dauerte nicht lange, bis ich hörte, wie sein Flug aufgerufen wurde. Ich stellte mich ein wenig abseits. Als Aiden durch das Gate kam, ging für mich die Sonne auf. Er suchte meinen Blick und fand ihn auch. Wie ein Anker hielten wir den Kontakt. Ich wusste nicht genau, wer seine Geschäftspartner waren, doch schließlich löste er sich kurz und verabschiedete sich mit einem jeweiligen Händedruck von zwei Männern im Anzug. Erst als er dem zweiten Mann die Hand gab, bemerkte ich das einer dieser Männer der schmierige Typ war, der vor dem Gebäude am Freitagabend mich auf ein Kaffee eingeladen hatte. Jetzt konnte ich Aiden absolut verstehen, dass er diesem Mann nicht über den Weg traute. Endlich kam Aiden zu mir rüber. Ich lächelte ihn an. Der Ausdruck auf seinem Gesicht zeigte an, dass der Trip alles andere als entspannt für ihn war.

„Hi", begrüßte ich ihn in meiner bekannt freundlichen Art.

Er sagte nichts, gab mir nur einen kurzen Kuss. Schließlich schnappte er sich meine Hand und zog mich zum Ausgang.

„Aiden, was ist denn los?", wollte ich wissen. Auch wenn ich flache Schuhe trug, fiel es mir schwer seinen schnellen Schritten mitzuhalten.

So schnell, dass ich es nicht sehen konnte, liefen wir über den Parkplatz. Es schneite leicht und alles sah fast gleich aus. Aiden zeigte mir mit seinem Blick das er gerade nicht reden wollte, sondern dass ich ihm zeigen sollte, wo sein Auto stand. Ich löste meine Hand aus seiner und lief vor. Mir schwirrte durch den Kopf das sie den Deal womöglich nicht bekommen hatten.

Als Aiden sein Auto bereits stehen sah, schnappte er sich wieder meine Hand und beschleunigte seinen Schritt. Davor angekommen öffnete ich den Kofferraum am Schlüssel und überreichte ihn diesen. Noch immer hatte er kein Wort zu mir gesagt. Es war schwer seine Situation zu deuten.

„Was ist denn passiert?", schoss es aus mir in einem Ton raus, der eigentlich nicht so gemeint war.

Aiden drehte sich zu mir um, stemmte seine Hände rechts und links neben mir auf, dass ich mit dem Rücken am Auto stand.

„Woher kennst du Jared?", sagte er zwischen seinen zusammengebissenen Zähnen hindurch.

Erst als Aiden den Namen aussprach und die Tatsache das ich diesen schmierigen Mann wiedererkannt hatte, setzte sich das Puzzle in meinem Kopf zusammen. Ich lockerte meine steife Haltung.

„Du meinst den Typen von den du dich gerade verabschiedet hast?", fragte ich um meine Vermutung tatsächlich bestätigt zu bekommen.

„Ja, genau der Arsch!", schimpfte er.

Ich legte meine Hände auf seine Arme, die noch immer wie ein Käfig um mich herum gelegt waren und drückte sie nach unten. Aiden folgte widerwillig meiner Geste, ließ mich dennoch frei.

„Dieses Arsch, wie du es so schön gesagt hast, habe ich am Freitagabend unten vor dem Eingang kennengelernt. Wir sind gegeneinandergestoßen", erklärte ich kurz. Die anderen Worte und den Rest der Story schluckte ich runter.

„Woher weiß er wer du warst?", sein Blick war zornig. Er kochte vor Wut und war unglaublich eifersüchtig. Es schmeichelte mir und doch musste ich jetzt gerade klar denken, inwieweit und was ich ihm sagen werde.

Ich zuckte kurzum mit den Schultern.

„Aiden, ich weiß es nicht. Vielleicht hat er uns mal zusammen gesehen und mich wiedererkannt?", das sollte zur Überzeugung reichen.

Aiden machte einen Schritt zurück und strich sich angestrengt über seine kurzen Haare.

„Bitte Aiden", sagte ich sanft und machte einen Schritt auf ihn zu. Ich wollte nach seiner Hand greifen. Er wich zurück.

„Fass mich nicht an!", zischte er. So langsam wurde auch ich wütend. Was konnte ich denn dafür, dass er seine Wut nicht unter Kontrolle hatte? Eines wusste ich aber ganz genau, von meinen Alpträumen würde ich ihm aktuell lieber nichts erzählen. Das würde ich schon allein schaffen. Bei seiner Uneinsichtigkeit würde er vielleicht noch eifersüchtig auf John sein das er mir im Traum vorkam.

Aiden wusste, dass er mir keine Angst machen konnte. Dementsprechend war ich es die ihm jetzt die Meinung sagte.

„Aiden Brooks. Es kann sein das du gerade nicht verstehen kannst, wieso dieses Arsch von Mann mich kennt. Ich weiß es ja selbst nicht", mit verschränkten Armen stand ich vor ihm. „Aber hör auf deine Verbittertheit an mir auszulassen, wenn ich nichts dafürkann!", sagte ich abschließend. Natürlich war es für niemanden einfach die Wahrheit zu hören, aber das musste jetzt mal sein.

Aiden schaute mich an. Direkte nachdem ich die ersten Worte gesprochen hatte, legte er einen Blick auf, den ich kaum, geschweige

68

denn überhaupt nicht von ihm kannte. Womit ich dann keineswegs gerechnet hatte, war das Aiden plötzlich anfing zu lächeln. Er musste sich zügeln nicht gleich loszulachen.

Geknickt von dieser Lächerlichkeit mit gegenüber, platzte es erneut aus mir raus.

„Lachst du mich etwa aus?", sagte ich und machte einen Schritt auf ihn zu. Er änderte seine Haltung nicht, lächelte weiter und sah mich durchdringend an. Die weißen Flocken legten sich wie ein Umhang auf seine Schultern. Als wären wir von der gleichen Decke eingehüllt.

„Sarah", begann er endlich zu reden. „Ich lache dich keineswegs aus."

Mit einem Knoten in meinen Gedanken kam ich nicht mehr mit. Meine Schultern entspannten sich, als die geladene Energie langsam aus meinem Körper wich.

„Es stimmt", erklärte er. „Ich habe nicht das recht wütend auf dich zu sein. Vielmehr sollte ich Jared eines in die Fresse hauen, dass er dich berührt hat. Auch wenn es nur aus Versehen war", vorsichtig legte er eine Hand an meine Wange. Wie angewurzelt blieb ich stehen. „Du bist mein Mädchen, Baby."

Bei seinen letzten Worten zerfloss ich bereits wieder wie Sand in seinen Händen.

„Aiden", flüsterte ich sanft.

Endlich kam er auf mich zu, wie ich es mir bereits in der Flughafenhalle vorgestellt hatte, und gab mir einen richtigen Kuss.

Der Abend kam schneller, als mir lieb war. Auch wenn ich heute Morgen schon duschen war, nahm ich bei Aiden kurz vorm Schlafengehen noch eine.

Während das Wasser mir über den Rücken lief, dachte ich darüber nach mit Aiden über die Nächte zu sprechen. Ich wollte das jedoch nicht. Zwar hatten sie den Deal mit der großen Firma bekommen, wollte ich seine Nerven nicht zu sehr belasten.

In einem Handtuch eingewickelt machte ich mich auf den Weg ins Wohnzimmer. Aiden saß auf der Couch und checkte seine Mails.

„Hast du nicht genug am Wochenende gearbeitet?", stichelte ich ein wenig. Er schaute zu mir auf, klappte sein Notebook zu und legte es auf den Tisch.

„Du hast recht", lächelte er. Endlich entspannte er sich ein wenig. Als er direkt vor mir stand, öffnete ich seinen Krawattenknoten und ließ diese zu Boden fallen.

„Wollen wir ins Bett gehen? Also, weil es ist ja schon spät und so", grinste ich.

Aidens Blick wurde düster. Das bedeutete ich würde gleich bekommen, was ich wollte. Mit nur einem Ruck zog er an meinem Handtuch, das ich komplett nackt vor ihm stand. Sanft fuhr er über meine Taille hin zu meinem Rücken. Dort bahnte er sich den Weg über meinen Steiß hin zu meinem Hintern. Mit festem Griff umfasste er ihn und drückte sanft zu.

„Du hast recht", sagte er rauchig. „Es ist schon spät und so."

Darauf folgte ein Kuss nach dem anderen. Im Schlafzimmer schliefen wir beide, natürlich nach einer ausgiebigen Begutachtung des anderen vor uns, ein.

Aiden

Ich stützte die Hände auf dem Schreibtisch ab und rieb mir über den Kopf. Das Gefühl der Erschöpfung war mir nur selten bekannt, doch heute war es so weit. Durch die täglichen Überstunden und dem Trip am Wochenende, war mein Körper an einer Grenze, wo ich wusste, dass ich wenigstens schlafen konnte. Langsam klappte ich die Akte vor mir zu, schaltete das Licht aus und machte mich auf den Weg nach Hause.

Als ich die Wohnungstür öffnete, schien bereits ein hauch von Licht durch die Wohnung. Der Duft von Sarah erfüllte die Umgebung. Ihre bloße Anwesenheit schaffte es, dass ich gerne nach Hause kam. Mit einem sanften Lächeln ließ ich die Tür ins Schloss fallen und schloss für einen kurzen Moment die Augen.
„Hi", flüstere Sarah und umfasste mich von hinten. Ich hatte sie überhaupt nicht kommen hören. Zwar entspannte sich mein Körper, doch mein Kopf kam nicht zur Ruhe. Wiedermal war ich mit den Gedanken ganz woanders.
Zärtlich nahm ich ihre Hände und drehte mich zu ihr herum. Sie stand in ihrem viel zu großen Pulli und dicken Socken vor mir. Ohne Schuhe wirkte sie so klein. Mein Beschützerinstinkt schaltete sich ein. Feste mit dem Blick in ihre unergründlichen Augen gerichtet, strich ich ihr über den Kopf und gab ihr einen Kuss.
„Wie war dein Tag?", fragte sie freundlich, nahm meine Hand und

gemeinsam gingen wir ins Wohnzimmer. Zusammen ließen wir uns auf die Couch fallen.

„Viel Arbeit. Wie jeden Tag zu Jahresbeginn", sagte ich und atmete tief aus.

Ohne Worte kuschelte sich Sarah intensiver in meinen Arm.

Einen kurzen Moment später löste sie sich von mir und schaute zu mir hoch.

„Ach, was ich dich noch fragen wollte", begann sie und schaute mit ihren großen Augen zu mir rauf. Mir fiel auf, dass immer, wenn ich sie so ansah, auch mein Kopf losließ. Ich fiel in ihre Augen, in ihre Seele.

„Nancy und Mathew haben gefragt, ob wir am Samstag mit ihnen ausgehen wollen?", fragte Sarah.

Es war schon viel zu lange her das wir etwas gemeinsam unternommen hatten. Mit Nancy und auch Mathew kam ich sehr gut klar. Er war ein solider Arbeiter, der auf dem Boden geblieben war und Menschen nicht nach ihrem aussehen verurteilte. Nancy war zwar eine sehr auffallende Persönlichkeit, doch war es nicht unangenehm in ihrer Nähe.

„Ich denke, dass ich dieses Wochenende durcharbeiten muss. Aber das nächste könnte ich mir freihalten", bot ich an, um ihr nicht wieder einen Korb zu geben.

Sarah klärte alles mit Nancy. Von da an genossen wir einfach noch den Abend, den wir miteinander hatten.

Der nächste Tag verging wie im Flug. Um kurz nach zehn schrieb Sarah mir eine Nachricht.

Ich werde ins Bett gehen und dort auf dich warten. Mach nicht mehr so lange. Liebe dich

Ich schickte ein kurzes *okay*. Aus dem ‚kurz‘ wurden allerdings noch weitere eineinhalb Stunden. Sarah schlief schon tief und fest als ich mich zu ihr legte. Instinktiv griff sie nach mir, als sie bemerkte, dass die Matratze sich neben ihr senkte.

„Schlaf weiter Baby", flüsterte ich und drückte sie sanft an mich ran. Mein Schwanz zuckte als ich mehr und mehr ihre Haut berührte. Noch immer war mein bestes Mittel um abzuschalten der Sex. Am besten die ganze Nacht. Ich atmete tief aus und versuchte die Gedanken in meinem Kopf wenigstens für die nächsten Stunden abzuschalten.

Ein schnelles Klopften an der Tür, bis Natalia ohne zu warten eintrat. Ich warf ihr einen wütenden Blick zu.

„Was?", zischte ich.

„Tschuldige Aiden, aber Jared hat ein Meeting in fünf Minuten einberufen", erklärte sie kurz, drehte sich um und verließ mein Büro wieder. Die Tür blieb offenstehen.

Wütend packte ich kurz alles zusammen und machte mich auf den Weg.

Gleich zwei Räume weiter hatten sich neben Natalia schließlich auch Arthur eingefunden. Ich schloss die Tür hinter mir.

„Aiden", sagte Jared und legte sich die schmierigen Haare zurück. „Setz dich doch", er machte eine Geste. Gemeinsam nahmen wir Platz.

„Meine Herren", er schaute kurz zu Natalia die mit ihrem Block auf dem Schoß dasaß. „Natalia", sagte er sanft. Da ich wusste, dass sie miteinander vögelten, wurde mir schlecht. Ich konnte es noch immer nicht verstehen, wieso sie sich auf so einen Vollidioten einließ.

„Kommen wir zum Punkt. Da wir den Deal an Land ziehen konnten und alle Verträge mittlerweile unterschrieben sind, habe ich überlegt, die Philosophie unserer Kanzlei neu aufzustellen", erklärte Jared.

Meine Augen wurden zu schmalen Schlitzen. Was hatte Jared jetzt schon wieder vor?

„Was meinst du damit?", fragte ich direkt heraus.

Jared sah mich an. Das Lächeln auf seinen Lippen wirkte aufgesetzt. Er richtete sich etwas auf. Natürlich wollte er zeigen, dass er hier der einzige Chef war.

„Wir werden uns ausschließlich auf den neuen Klienten und große Aufträge konzentrieren. Die kleinen Klienten werden wir gar nicht erst aufnehmen. Von kostenlosen Beratungen und Pro Bono Fällen mal abgesehen", mit ganzer Überzeugung stand er plötzlich auf.

Meine Hand hatte sich bereits zur Faust geballt. Zwar wusste ich das wir eine Upperclass Klientel bedienten und trotzdem würden wir niemanden ablehnen, nur weil der Fall zu klein wäre. Nicht nur ich

75

hatte Sarah mit ihrem Fall kostenfrei geholfen, ich wusste auch von Arthur, dass er schon ein paar Fälle hatte, die er nicht berechnete.

„Was soll diese Klassifizierung?", stieß ich hervor.

„Aiden wir müssen an die Zukunft denken. Wir müssen an uns denken und da heißt es effektiv arbeiten. Kein Honorar bedeutet kein Geld für die Firma."

Jared sprach weiter und weiter. Ich war innerlich am Brennen und hielt mich sehr zurück ihn nicht gleich über den Tisch zu ziehen und hier und jetzt eins in die Fresse zu hauen.

Als er zu Ende gesprochen hatte, begann ich vorsichtig zu sprechen.

„Dir ist klar das du, trotz der Mehrheit, das nicht einfach so bestimmen kannst", bestimmend tippte ich mit den Fingern auf den Tisch.

Jared setzte sich und lehnte sich in seinem Stuhl zurück. Wieder dieses abscheuliche Lächeln.

„Stimmt. Aber Arthur und ich sind uns bereits einig, dass das der richtige Weg ist", sagte er und lachte dreckig auf.

Mein Blick ging sofort auf Arthur. Es war ihm sichtlich unangenehm und trotzdem durchbohrte ich ihn mit meinem Blick.

„Ich denke", begann er zittrig zu sprechen. Unter seinem Jackett war er nahezu durchgeschwitzt. „Es ist die richtige Richtung", mehr konnte Arthur nicht sagen.

„Dann wäre ja alles geklärt", sagte Jared abschließend. Ich wartete nicht mehr ab, stand auf und verließ den Konferenzsaal. Zielsicher lief ich rüber in mein Büro. Ich schloss die Tür hinter mir, ohne auf

76

irgendjemanden zu achten. Wie eine Explosion entlud sich alles und ich schmiss alles von meinem Schreibtisch. Wütend schlug ich mit der Faust zu. Ich brauchte jetzt etwas, um runterzukommen. Schließlich nahm ich meine Jacke und wollte gerade aus meinem Büro gehen, als Natalia abermals im Weg stand.

„Aiden, können wir vielleicht kurz reden?", sagte sie und stand dicht vor mir.

„Nein", zischte ich und ging ein Schritt an ihr vorbei.

„Du musst Jared doch verstehen", rief sie mir hinterher. Ich konnte nicht anders, blieb stehen und drehte mich zu ihr um. Mit meiner ganzen Kontrolle, die ich noch über mich hatte, zügelte ich mich mit einem tiefen Atemzug. Schließlich machte ich einen Schritt auf sie zu. Zwar hatte ich meinen Körper unter Kontrolle, doch für meine Äußerungen konnte ich nichts.

„Nur weil du die Beine für ihn breit machst, heißt das noch lange nicht das alles richtig ist, was dieser Arsch von sich gibt", sagte ich leise, aber dennoch deutlich.

Eingeschüchtert sah Natalia zu mir auf. Ich musste hier einfach so schnell es ging weg. Letztendlich drehte ich mich um und ging einfach.

Natürlich hätte ich Sarah von der Arbeit holen können. Doch würde ich es nicht noch einmal machen. Schließlich durfte ich Sarahs Chef nicht noch mehr kostenlose Beratungen anbieten.

So schnell es ging, fuhr ich durch die Straßen. Als ich nach einem gefühlten, viel zu kurzen Moment, die Wohnungstür laut hinter mir schloss, löste ich meine Krawatte und knöpfte noch im Gehen mein Hemd auf. Im Kraftraum angekommen beließ ich es bei meiner Anzughose und begann ohne Rücksicht auf Handschutz, den Boxsack auseinander zu nehmen.

Ein Räuspern erweckte meine Aufmerksamkeit. Ich drehte mich rum und sah Sarah in der Tür stehen. Mir war nicht bewusst wie lange ich schon am trainieren war. Doch die Tatsache, dass sie bereits zu Hause war, bestätigte mir das mehrere Stunden vergangen waren.

Unsere Blicke lagen fest aufeinander. Ohne dass sie es bemerkte, sah ich, wie gierig sie mich ansah. Es gefiel ihr mich so zu sehen. Zwar war ich einmal bei ihr zu weit gegangen, doch auf versauten und harten Sex stand sie trotzdem. Langsam fuhr ihr Blick an mir herunter. Kurz huschte er zurück zu meinen Augen. Sie wollte mich, ich brauchte Sex, was konnte mir Besseres passieren. Der Sport tat gut, doch mein Kopf kam noch immer nicht zur Ruhe.

„Willst du noch länger starren oder können wir gleich zur Sache kommen?", sagte ich mit trockener Kehle.

Sarahs Augen weiteten sich etwas, bis die Hitze ihr in die Wangen schoss. Ich liebte sie dafür, dass sie so auf mich reagierte. Ein Augenaufschlag später hatte sie sich bereits wieder voll im Griff. Mit erhobenem Kopf kam sie zielsicher auf mich zu. Jetzt war ich es der seinen Blick nicht von ihr lassen konnte. Gierig sah ich wie ihre

78

Hüften hin und her schwangen, als sie auf mich zu lief. Um die Elektrizität in der Luft aufrechtzuerhalten, wartete ich bewusst, bis sie bei mir angekommen war. Wenige Schritte vor mir zog sie sich wie aus dem nichts ihr Shirt über den Kopf. Mein Atem beschleunigte sich in den Rhythmus wie Sarahs Brüste vor mir auf und ab gingen. In meiner Anzughose spannte es sich aufs schmerzlichste an. Es würde schnell gehen, das war klar.

Bei mir angekommen zeigte Sarah mir das jetzt aktuell sie die Oberhand über mich hatte. Sie legte eine Hand an meine Wange. Ich zog tief ihren Duft ein. Mein schneller Atem und der betörende Duft versetzten mich in eine andere Welt. Endlich begann mein Kopf abzuschalten. Sarahs kam näher, es gab jedoch keinen Kuss. Sie legte ihre Lippen an mein Ohr und flüsterte sanft.

„Ich will das du mich hier fickst, so wie du es willst", sagte sie leise und dennoch deutlich. Nur selten kam es vor das sie so schmutzig sprach. Ich konnte es nicht leugnen, dass mich das unglaublich anmachte. Sarah gab die Verantwortung an mich ab. Sie überreichte mir die Oberhand. Sofort flog vor meinem inneren die Szene, wie ich sie hier über meine Hantelbank beugen würde und tief ihr kam. Dennoch entstand ein innerlicher Zwiespalt. Mein Kopf begann wieder zu denken. Es war so sicher wie das Amen in der Kirche, dass ich ihr nie wieder weh tun würde. Nie wieder würde ich sie verletzten wollen geschweige denn gedanklich in die schlimmste Vergangenheit zurückversetzten. Während meine Gedanken ihren lauf nahmen, begann Sarah von meinem Ohr über meinem Hals bis

79

hin zu meinem Mund, mich zu küssen.

„Ich will dich", flüsterte sie unter den Küssen und biss mir sanft in die Lippe. Von da an war ich verloren. Hart entgegnete ich ihren Kuss, öffnete mit einer Hand ihren BH und riss ihn ihr förmlich runter. Grob knetete ich ihren Busen, saugte gierig an ihren Lippen und bekam als Dank ein Stöhnen von Sarah was mich Zügellos werden ließ. Ich setzte meine Gedanken von vorhin in die Tat um und zog sie rüber zu meiner Hantelbank. Noch immer lösten sich unsere Lippen nicht voneinander, bis ich sie schließlich schnell herumdrehte und von hinten ihre Hände über meinen Kopf hob. Sarah ließ ihren Kopf in den Nacken fallen, sodass er an meiner Schulter lag. Ich vergrub mein Gesicht in ihrem köstlich duftenden Haar, hinunter bis an ihren Hals. Meine Hände wussten kaum, wo sie diese unbeschreiblich weiche Haut zuerst berühren sollten. Eine jedoch lag immer an ihrer Brust. Gezielt führte meine andere Hand ihren Weg über ihren Körper hinunter in ihre noch verschlossene Jeans. Ich fuhr unter ihren Slip, bis sie schließlich lustvoll zu wimmern begann. Mit genauem hinhören achtete ich auf ihre Signale. Diesmal würde es hart, aber gut werden. Sie würde voll und ganz auf ihre Kosten kommen, bevor ich mich an ihr erfreuen durfte. Langsam schob sich meine Hand weiter in ihren Slip hinunter zwischen ihre Spalte. Sie war sehr feucht und ebenso bereit für mich wie ich für sie.

„Du machst mich wahnsinnig", keuchte ich, als mein Finger schnell über ihre Mitte strich.

„Halt dich in meinem Nacken fest", befahl ich ihr. Sie hörte aufs Wort und griff um meinen Hals herum.

Ruckartig öffnete ich ihre Hose, um tiefer zu kommen, bis ich schließlich zwei Finger in sie versank. Wild befriedigte ich ihren lustvollsten Punkt, bis sie meine Namen laut ausrief. Als sie gerade mit ihrem Orgasmus durch war, konnte ich nicht anders, nahm ihre Hände herunter und beugte sie über die Hantelbank. Ich zog ihr ihre Hose samt Slip bis zu den Knien herunter. Ihre Beine waren noch geschlossen. So feucht wie sie gerade war, würde ich ohne Probleme so in sie hineingleiten. Kaum gedacht entledigte ich mich auch meinen Klamotten und drang hart in sie ein. Es war mir kaum mehr möglich auf irgendwelche weiteren Signale zu achten. In meinen Ohren hörte ich das Blut rauschen und aus meinem schweren Atem wurde ebenfalls ein lautes Stöhnen. Als ich schließlich ihre Haare ein wenig nach hinten zog und sie mich über ihre Schulter hinweg mit diesem Blick anschaute, war es um mich verloren. Ich ergoss mich lange in ihr.

Auch nachdem ich bereits gekommen war, standen wir ineinander verbunden da und ich bedeckte ihren Rücken mit sanften Küssen. Sarahs hochsensible Haut reagierte, auf alles was ich tat, sehr intensiv. Noch immer so über sie zu kontrollieren war mir eine weitere innere Befriedigung, welche ich gerade jetzt so sehr brauchte.

Sarah

Aiden war ruppig und ich liebte es. Ich liebte ihn und wollte ihn für nichts in der Welt mehr hergeben. Er hatte heute etwas zu verarbeiten, nicht ohne Grund hätte er so wild auf den Boxsack eingeprügelt. Meinen Lippen entrann ein leises Stöhnen. Ich konnte nicht mehr weiterdenken. Aiden liebkoste meinen Rücken mit zärtlichen Berührungen und Küssen. Durch die vielen Eindrücke schaltete mein Kopf ab. Noch eine lange Zeit genossen wir diesen Moment. Schließlich lösten wir uns voneinander und beschlossen diesen Augenblick im Bett fortzuführen.

Erschöpft lief ich Hand in Hand neben Aiden her. Wir zogen uns komplett aus und kuschelten uns in sein riesiges Bett. Ich überlegte, ob ich es wagen konnte ihm zu Fragen, wie sein Tag war. Wollte er überhaupt darüber reden? Sekunden vergingen und Aidens Atem wurde ruhiger neben mir. Er war eingeschlafen. Sanft legte ich meine Hand auf seine. Erst jetzt sah ich, wie ramponiert diese war. Besorgt zog ich die Augen enger zusammen. Ich beschloss ihn nicht zu wecken oder jetzt näher darauf einzugehen. Schließlich dauerte es nicht lange, bis auch ich eingeschlafen war.

Die Nacht verging, ein Glück, traumlos. Wie wir eingeschlafen waren, erwachten Aiden und ich in seinem Bett. Als ich hochsah, schaute Aiden mich bereits an. Wie lange war er wohl schon wach? „Guten Morgen", sagte er mit rauer Stimme und gab mir einen Kuss

82

auf die Stirn.

Ich schloss kurz meine Augen, bis ich meinen Blick wieder auf ihn richtete.

„Guten Morgen", erwiderte ich leise. Mir fiel ein das wir heute Samstag hatten und somit viel Zeit für uns. Endlich.

Aufgeputscht richtete ich mich auf und strahlet ihn an.

„Was machen wir denn heute schönes?", fragte ich auf eine komische aufgedrehte Art und Weise.

Aiden sah mich mit diesem Blick an, den ich nur all zu gut kannte. Er müsste heute mit Sicherheit noch arbeiten. Meine Mundwinkel zogen sich bereits wieder nach unten.

„Sag das es nicht wahr ist", stieß ich hervor.

Er löste seinen Arm von mir und rieb sich über den Kopf.

„Es tut mir leid", entschuldigte er sich und erklärte auch warum.

„Aber Jared hat vor unsere Kanzlei neu aufzustellen und es werden viele Mandanten einfach abgeschmettert. Die welche kein Geld mehr bringen oder zu klein für uns sind, werden abgelehnt. Es gehen viele Absagen und Mandatskündigungen die nächsten Tage raus. Ich möchte sehen, was ich von meinen Mandanten noch retten kann", sagte Aiden. Umso mehr er sprach, umso hasserfüllter wurde er.

„Aber", hackte ich nach. „Wie kann er das denn einfach so entscheiden? Ich dachte ihr seit Partner?", wollte ich wissen.

Aiden atmete angestrengt aus.

„Ich weiß nicht wieso, aber Arthur stimmt seiner Taktik zu. Und damit bin ich überstimmt."

Diese Entscheidung erklärte auch Aidens Verhalten von gestern und den letzten Tagen. Seine berufliche Laufbahn drehte sich gerade um Hundertachtzig Grad und er konnte nichts dagegen machen.

„Wenn ich was für dich tun kann, dann sag es mir bitte. Wenn ich Nancy für heute Abend", doch ich konnte nicht zu Ende sprechen, da viel er mir bereits ins Wort.

„Nein", unterbrach er mich und schüttelte seinen Kopf. „Wir werden uns mit den beiden heute Abend treffen. Arbeit ist Arbeit, aber dadurch lass ich mir mein Privatleben noch lange nicht kaputt machen", noch während er sprach, schaute Aiden mich durchdringend an. Seine Antwort verschaffte mir ein gutes Gefühl. Aiden ließ sich so schnell nicht unterkriegen. Ich war so froh, dass er so eine starke Persönlichkeit hatte. Auf einmal beugte er sich zu mir rüber. In seinen Augen blitzte das Verlangen auf. Aiden war unersättlich, was das anging und die Tatsache das ich es war, die ihn so scharf werden ließ, erfreute meine Mitte und schenkte mir ein intensives Kribbeln.

„Wenn du mir aber unbedingt helfen möchtest", flüsterte er dich an meine Lippen, „dann sei so bereit für mich wie gestern." Ich bemerkte erst das Aiden seine Hand auf meinem Scharm hatte, als er mit seinem Finger sanft dazwischen glitt. Ein leises Wimmern entrann mir. Selbst ich merkte das ich abermals mehr als bereit war, um mit einer Runde leidenschaftlicher Aktivitäten in den Tag zu starten.

„Ich habe nichts anzuziehen!", meckerte ich vor mir her als ich vor meinem Teil des Kleiderschrankes stand, den Aiden extra für mich frei geräumt hatte. Mittlerweile hatte ich schon nahezu alles von meiner eigentlichen Wohnung hierhergeholt. Was mich zu dem Gedanken brachte, dass wir über den Umzug noch gar nicht wieder gesprochen hatten. Für mich selbst beschloss ich das Aiden erst einmal auf der Arbeit alles erledigt haben sollte, bevor ich mit dem Thema anfing.

Ich zog, ohne weiter darüber nachzudenken, meine Jeans, die ein wenig eingeschnitten war heraus, meine Pomps und eine weiße Bluse hervor. Meine Haare glättete ich mir, so wirkten sie noch länger. Es gefiel mir, besonders mich für Aiden zurechtzumachen. Und auch wenn wir uns mit Nancy und Mathew trafen, wollte ich für ihn schön aussehen.

Als ich fertig war, trat ich aus dem Schlafzimmer. Aiden wartete im Wohnzimmer und sah angestrengt auf sein Handy. Erst als ich fast bei ihm war bemerkte er mich. Ich lächelte ihn an. Erst wollte er sein Blick erneut kurz auf sein Handy richten, als er es unbeachtet in die Tasche sinken ließ. Er kam auf mich zu, umfasste meine Taille und sah mich mit Stolz im Blick an. Wir sagten nichts zueinander, lediglich unser Augenkontakt reichte aus, um zu sehen, wie der andere aktuell fühlte.

Hand in Hand verließen wir schließlich die Wohnung und nahmen uns ein Taxi in die City.

Nancy und Mathew hatten bereist an einem Tisch auf uns gewartet. Aiden und ich begrüßten sie freundlich, bis die erste Runde Drinks nicht lange auf sich warten ließ.

„Lässt du mich kurz durch?", fragte ich Aiden und zeigte ihm auf das ich zur Toilette musste. Auch Nancy wurde von Mathew auf der anderen Seite des Tisches durchgelassen. Als ich stand, bemerkte ich das die letzten Gläser ihre Wirkung zeigten. Ich kippte leicht zur Seite. Die drei Drinks waren deutliche zu spüren. Aiden hielt mich fest. Ich lächelte ihn beschwipst an. Als Nächstes würde ich auf jeden Fall ein Wasser trinken.

„Kommst du heile wieder?", hackte er vorsichtig nach.

Ich lächelte ihn an.

„Natürlich", stieß ich hervor, gab ihm einen Kuss und hackte mich bei Nancy ein.

„Wir stützen uns gegenseitig", sagte ich und zwinkerte ihm zu. Gemeinsam drängten wir uns durch die Menschenmenge. Es fiel überhaupt nicht auf das wir nicht ganz so festen Stand hatten, so voll wie es hier drin war.

Kaum fünf Minuten später saßen wir bereits wieder bei den Männern am Tisch. Aidens Handy klingelte. Man hörte es nicht, aber er zog es aus der Tasche und der Name Kanzlei blinkte auf. Sein Gesicht verzog sich fragend, er sah mich kurz an.

„Entschuldigt mich bitte", sagte er und stand auf. Ich nickte nur.

Nancy sah mich fragend an. Ich winkte schnell ab.

„Die Arbeit. Er hat ziemlich viel um die Ohren", erklärte ich kurz und nippte an meinem Drink. Gerade als wir dabei waren auf ein anderes Thema zu kommen, setzte Aiden sich bereits wieder neben mich.

„Hey", sagte ich kurz. Sein Blick reichte, noch bevor er sprach, wusste ich das er gleich mit einer Entschuldigung kommen würde und verschwunden wäre. Unbewusst verschränkten sich bereist meine Arme vor der Brust. Mir war klar das auch der Alkohol dazu beitrug, dass ich meine Gefühle kaum steuern konnte. Dass ich wütend war, bekam Aiden im Augenblick voll zu spüren.

„Ich bin in einer Stunde zurück", sagte er und gab mir einen Kuss auf die Wange. Was mich noch wütender werden ließ, denn er hatte mich nicht mal gefragt, ob es okay wäre. Doch so etwas würde Aiden nie machen. Der ach so tolle Ego Aiden würde nie fragen, ob es okay wäre, wenn er gehen könnte. Er würde es einfach machen. Wie jetzt eben auch.

Aiden verabschiedete sich kurz von Nancy und sagte auch zu ihnen das er in einer Stunde zurück sei. Als er sich schließlich auf den Weg machte, sah ich ihm nicht nach. Auch mein Ego war gerade ganz oben und ließ es nicht zu Schwäche zu zeigen.

Nancy versuchte mich aufzubauen und abzulenken. Es klappte nur ein wenig. Aus Protest beschloss ich nicht auf Wasser überzugehen, sondern noch weitere alkoholische Drinks zu mir zu nehmen.

Mathew erzählte gerade etwas über seine Arbeit. Nancy hing ihm natürlich gespannt an den Lippen. Man sah, dass sie füreinander bestimmt waren. War das bei Aiden und mir wohl genauso? Aus meiner Wut war bereits Enttäuschung geworden. Es war definitiv kein schönes Gefühl hinter die Arbeit gestellt zu werden.

Langsam umkreisten meine Finger den Rand von meinem Glas. Aus der Enttäuschung wurde Sehnsucht. Es tat mir leid, dass ich Aiden so hab gehen lassen. Was wenn ihm jetzt etwas passierte und wir uns nicht wiedersehen würden? Kurzerhand schaute ich auf meine Uhr. Es waren bereits eineinhalb Stunden vergangen.

„Sarah?", holte mich Nancy ins hier und jetzt zurück.

„Was?", fragte ich und sah zu ihr auf.

„Wollen wir den Abend lieber ein anderes Mal wiederholen?", sagte sie und schaute mich mitfühlend an. Ich lächelte sanft.

„Ja", sagte ich. Wir alle standen auf und zogen unsere Jacken an. Gerade als wir uns den Weg aus der Bar bahnten, kam Aiden auf uns zu. Für mich ging die Sonne auf und doch tobte ein innerlicher Sturm. Sein Gesichtsausdruck war hart wie Stein. Keine Gefühle, keine Regung konnte ich richtig deuten.

„Hi", nuschelte ich. Aiden sah, dass wir dabei waren zu gehen und folgte uns Wortlos nach draußen.

„Entschuldigt bitte, dass der Abend so eine Wendung genommen hatte", sagte er zu Nancy und Mathew. Lächelnd versicherte Nancy das es in Ordnung sei. Ich glaubte ihr, doch wie sie mich dann ansah, war es mir klar, dass ich ihr leidtat. Nancy und Mathew nahmen sich nach unserer Verabschiedung ein Taxi. Aiden und ich beschlossen noch ein Stück zu laufen. Ich zog meinen Reißverschluss bis nach oben hin zu und hakte mich bei Aiden ein. Die ersten Meter sprachen wir nicht miteinander.

„Konntest du alles klären?", fragte ich schließlich vorsichtig nach.

„Ja", sagte er kurz.

„Was war denn los?", wollte ich direkt wissen. Wenn Aiden nicht wollte und dank des Alkohols, musste ich ihm eben alles aus der Nase ziehen.

Ein kurzer Blick von Aiden in meine Richtung zeigte mir das er am liebsten nicht darüber sprechen wollte. Ich hielt meinen Blick auf den Gehweg gesenkt und sah seine Reaktion nur aus dem Augenwinkel.

„Natalia hatte mich angerufen. Es gab ein paar Differenzen in der Kanzlei", als der Name gefallen war, hatte ich das Bild von ihr eindeutig vor Augen. Sie sah super aus. Selbst Topmodels würden neidisch in ihrer Gegenwart werden. Und ich wusste ebenfalls das Aiden mehrfach mit ihr geschlafen hatte. Hier und da hatte er mal sowas fallen lassen.

„Und konntet ihr alles klären?", hackte ich wieder schnippisch nach. Aiden atmete angestrengt aus. Er war genervt, aber mir war es gerade egal. Aiden hatte mich enttäuscht, was noch immer weh tat. Am liebsten hätte ich dieser Natalia die Augen ausgekratzt das sie den Abend ruiniert hatte.

„Soll das ein Verhör werden?", fragte er mit dieser Eisesstimme wie es nur selten mir gegenüber vorkam.

„Nein", sagte ich sofort. Doch sollte es nicht. Mein Kopf schwirrte. Ich hatte das Gefühl, er würde gleich explodieren, wenn ich nicht alles herauslassen würde.

„Aber", begann ich bereits, als ich mich gerade noch selber zügeln konnte.

Aiden blieb stehen und hielt mich automatisch mit an. Auf einmal standen wir direkt voreinander. Mir war nicht bewusst, dass ich gerade so wackelig auf den Beinen war und Aiden mein körperliches handeln so kontrollieren konnte.

„Was aber?", er war jetzt derjenige der mich ausfragte.

„Es ist nur", ich schaute in den dunklen Himmel. In sein Gesicht konnte ich nicht blicken. Still stand er vor mir und wartete auf eine Antwort. Mir war klar, dass er mich nicht ohne gehen lassen würde.

„Es ist nur, vermisst du manchmal den Sex mit ihr? Ich meine, weil Natalia ist ja eine, also sie sieht super aus und das alles", meine Worte ergaben kaum einen Sinn. Aiden wusste jedoch, wie es gemeint war. Seit ich meine Befürchtung ausgesprochen hatte, wurde aus dem mulmigen Gefühl im Magen ein schwerer Stein.

„Nein", war seine Antwort. Mehr sagte er nicht.

Mir war nicht klar was ich anderes hätte hören wollen. Worauf wartete ich denn noch? Mutig wagte ich den Blick auf Aiden. Ich rechnete damit, dass er wütend wäre oder enttäuscht, doch sein Ausdruck war noch genau so wie der in der Bar. Nicht nur meine Gedanken fingen an sich zu drehen, sondern auch mein Magen. Ich riss die Augen auf und legte mir die Hand vor den Mund. Schnell lief ich an die Seite und erbrach mich. Der Geschmack des Alkohols ließ mich erschaudern. Nach nur einem Mal würgen war es jedoch vorbei. Erst jetzt bemerkte ich das Aiden mir meine Haare nach hinten hielt.

„Alles okay?", hauchte er. Er war dicht an meiner Seite, trotz dieser Schweinerei, die ich gerade gemacht hatte, war er für mich da. Aiden hielt mir ein Taschentuch hin.

„Danke. Es geht wieder", sagte ich und wischte mir den Mund ab. Mein gesamter Bauch tat von der Anstrengung weh. Vorsichtig versuchte ich mit reiben die Verkrampfung zu lösen. Langsam ging es ein wenig besser.

„Es tut mir leid Aiden", entschuldigte ich mich. Erleichtert stellte ich beim nächsten Blick in sein Gesicht fest, dass er endlich seine Maske mir gegenüber abgenommen hatte. Aiden legte den Arm um mich und führte mich weiter die Straße entlang. Beim nächsten Taxi, das vorbeifuhr, zeigte er uns an und wir ließen uns letztendlich nach Hause fahren.

Ich erwachte in Aidens Bett. Sein leises atmen verriet mir das er noch am Schlafen war. Zwar fehlte mir die Erinnerung, wie ich genau hierhergekommen war, wusste ich noch das ich mich vor ihm übergeben hatte. Vorsichtig öffnete ich die Augen. Es war noch ein wenig dunkel draußen. Nicht viel war zu sehen und trotzdem war Aiden für mich gerade das Schönste, was ich erblicken konnte.

Noch immer war es mir unangenehm, dass er mich gestern so gesehen hatte. Es war mir unangenehm, dass ich so wütend ihm gegenüber war und dass ich ihn so ausgefragt hatte. Mein Magen meldete sich. Mir war noch immer nicht ganz wohl, doch wenigstens war der Brechreiz nicht mehr vorhanden. Ich drehte mich auf die Seite, schloss erneut meine Augen und versuchte mich zu entspannen. Kurze Zeit später war ich wieder eingeschlafen.

Aiden

Der Abend verlief sehr gut. Es klappte sogar, dass ich mal nicht an die Arbeit denken musste. Sarah trug dazu nicht all zu wenig bei. Denn heute Abend sah sie unglaublich aus. Ihre glatten Haare verliehen ihr eine verruchte Aura. Ohne dass sie es bemerkte, sah ich sie immer wieder an. Zwar wusste ich viel und konnte vieles Nachvollziehen und verstehen, war mir die Bindung zwischen uns bis heute ein Rätsel. Auch wenn wir mehrfach am Tag Sex hatten, war es für mich nie genug. Und wenn wir auch mal keinen hatten, litt das Band zwischen uns nicht gleich.

Mein Handy vibrierte. Ich zog es hervor. *Kanzlei* blinkte immer wieder auf. Zwar war auch ich am Wochenende durchaus am Arbeiten, doch so spät auf einen Samstag?

„Entschuldigt mich bitte", sagte ich schnell und ging vor die Tür.

„Ja", sagte ich und machte ein paar weitere Schritte, von den Menschen die hier draußen standen, weg.

„Aiden", sagte jemand leise auf der anderen Leitung. Ich kannte die Stimme gut. Es war Natalia. Angestrengt massierte ich mir die Stirn.

„Natalia", bestätigte ich nur.

„Bitte, können wir uns vielleicht kurz treffen?", fragte sie nach. Sie klang ängstlich. Doch es berührte mich nicht weitere.

„Ich habe keine Zeit Natalia. Frag doch Jared", gerade wollte ich auflegen, da begann sie zu weinen.

„Bitte Aiden. Jared, er. Also er hat mir weh getan. Und du hast

93

gesagt, ich könnte mich immer bei dir melden", wimmerte sie. Zwar sollte auch das mich kaltlassen, mein Versprechen allerdings hatte ich nicht vergessen.

„Du bist im Büro?", fragte ich kurz.

„Ja", schluchzte sie.

„Ich bin in fünf Minuten da", sagte ich und legte auf. Es passte mir gerade so überhaupt nicht das ich jetzt hinter einer Frau hinterherlaufen musste, von der ich nichts mehr wollte. Und trotzdem ließ meine Ehre es nicht zu, dieses Versprechen zu brechen.

Ich ließ mein Handy in die Tasche sinken und ging zurück in die Bar. Als ich sah, wie Sarah vom weiten in ihr Glas vor sich schaute, wusste ich das ich ihr gleich eine große Enttäuschung entgegenbrachte. Schließlich hatte ich sie in letzter Zeit viel zu oft hintenangestellt. Was jedoch klar war, dass ich ihr nichts von Natalia erzählen würde. Sie würde es besser verstehen, wenn es einfach nur um die Arbeit ging.

„Hey", sagte sie, als ich zurück am Tisch war. Ich setzte mich kurz neben ihr. Ohne ein Wort zu sagen wurden ihre Augen traurig. Sie verschränkte die Arme voreinander. Die Wut, welche in ihr hochkam, war deutlich zu sehen. Ich empfand genau so. Nur nicht gegenüber Sarah oder Natalia, sondern mir gegenüber das ich immer alles gegen die Wand fahren musste.

„Ich bin in einer Stunde zurück", sagte ich leise zu ihr. Verärgert sah sie erneut stur auf ihr Glas. Ich gab ihr einen kurzen Kuss auf die

Wange.

„Ich bin in einer Stunde zurück", sagte ich ebenfalls zu Nancy und Mathew. „Wir haben ein kleines Problem in der Kanzlei", erklärte ich weiter. Das sollte genügen, sodass ich mich auf den Weg machte.

„Natalia?", rief ich in den Flur. Überall war es dunkel. Nur hier und da schenkten die Notausgangsschilder eine sanfte Beleuchtung. Genervt schaute ich mich um. Allein die Taxifahrt hierher hatte mehr als zwanzig Minuten gedauert. Musste jeder Bürger von New York sich in der Samstagnacht ein Taxi nehmen?

„Aiden?", hörte ich leise aus Jareds Büro kommen. Ich ging sofort rüber. Meine Hand ballte sich abermals zur Faust. Wenn Jared noch hier war, dann würde er was erleben. Ob er mein Partner war oder nicht.

Ohne zu zögern, öffnete ich das Büro. Natalia saß auf einem Stuhl am Tisch. Als die Tür aufging, fuhr ihr Kopf sofort nach oben. Erstaunlicherweise sah sie überhaupt nicht so aus, als hätte sie geweint. Misstrauisch schaute ich sie an. Natalia stand auf und kam auf mich zu. Sie fiel mir sofort in die Arme.

„Oh Aiden", sagte sie und drückte mich fest. Sie krallte sich schon fast in mir fest. Ich rückte ein Stück von ihr ab.

„Was ist passiert?", fragte ich sofort nach. „Was hat Jared getan?"

„Also wegen Jared", begann sie zu erklären. Ihr Blick reichte aus und ich wusste das es eine Lüge war.

„Hast du mir etwa was vorgelogen?", zischte ich sie an. Schüchtern

95

sah sie zu mir rüber, bis sie sich weiter löste und ein paar Schritte durch den Raum machte.

„Aiden, was sonst hätte ich denn sagen sollen damit du dich mal mit mir triffst?", sagte sie und stemmte die Hände in die Hüften.

„Das hat auch seinen Grund Natalia", entgegnete ich ernst.

„Aber Aiden ich bin verzweifelt. Und ich dachte, wenn ich so an dich ran trete wie damals Sarah bei dir", redete sie sich um Kopf und Kragen.

„Checkst du eigentlich noch, was du da sagst?", schimpfte ich sie an. Nur schwer konnte ich mich ihr gegenüber zügeln nicht noch ausfälliger zu werden. Besonders wenn sie jetzt noch Sarah mit reinzog.

Natalia machte einen Schritt auf mich zu, riss sich die Bluse auf versuchte auf die Art und Weise mich rum zu kriegen.

„Das ist es doch, was du willst. Sex. Lass uns einfach nur wilden und hemmungslosen Sex haben", forderte sie und kam weiter auf mich zu.

„Lass es gut sein Natalia", sagte ich und ging ein Schritt zurück. Gerade als ich im Begriff war zu gehen, drehte ich mich noch einmal zu ihr um. „Du solltest dir Hilfe suchen", sagte ich und lief rüber zum Fahrstuhl.

Insgesamt war eine Stunde weit überschritten. Sarah würde stinksauer auf mich sein. Gerade als ich in die Bar ging, kamen die drei mir schon entgegen.

96

Sarahs Augen blitzen auf als sie mich erblickten. Ein leises „Hi"
kam von ihren Lippen. Gemeinsam gingen wir weiter raus aus der
Bar.

„Entschuldigt bitte, dass der Abend so eine Wendung genommen
hatte", sagte ich zu meiner Entschuldigung. Wir verabschiedeten
uns voneinander. Sarah und ich beschlossen nach Hause zu laufen.
Wenigstens ein wenig Zeit für uns würde so noch bleiben. Als wir
die Straßen gemeinsam entlangliefen, kam in mir ein innerlicher
Fluchtinstinkt zum Vorschein. Am liebsten würde ich Sarah packen
und die Stadt mit ihr verlassen. Es wurde Zeit das wir wieder
regelmäßig nach Green Village fuhren. Dort war es anders. Zwar
war es nicht weit weg und doch weit genug, um dem Alltag zu
entfliehen.

„Konntest du alles klären?", fragte Sarah nach geraumer Zeit
vorsichtig nach.

„Ja", sagte ich und beschloss noch immer nicht über Natalia zu
sprechen.

„Was war denn los?", war die nächste Frage. Ich liebte diese direkte
Art an ihr und doch war es jedes Mal für mich schwerer sie
anzulügen oder Sachen zu verschweigen. Mit strengem Blick sah ich
sie an.

„Natalia hatte mich angerufen. Es gab ein paar Differenzen in der
Kanzlei", damit hatte ich zumindest zur Hälfte die Wahrheit gesagt.

„Und konntet ihr alles klären?"

Sarah ließ einfach nicht locker. Ich hatte das Gefühl sie würde spüren, das etwas nicht stimmte.

„Soll das ein Verhör werden?", fragte ich genervt.

„Nein", sagte sie sofort.

„Aber", sprach sie weiter. Mir reichte es jetzt von dieser ganzen rum Rederei. Ruckartig blieb ich stehen und brachte auch somit Sarah zum stillstand. Sie schaute mich an. Ich löste mich von ihr und steckte meine Hände in die Taschen.

„Was aber?", bohrte ich weiter nach. Sie sollte endlich mit der Sprache rausrücken.

„Es ist nur", sagte sie und unterbrach unseren Blickkontakt. Es war ihr sichtlich peinlich was gleich kommen würde. Dann ließ sie die Bombe platzen.

„Es ist nur, vermisst du manchmal den Sex mit ihr. Ich meine, weil Natalia ist ja eine, also sie sieht super aus und das alles", sagte sie sichtlich verwirrt. Doch ich wusste worauf sie hinauswollte. Mir war klar, dass es am Alkohol lag, dass sie so ehrlich war.

„Nein", war meine Antwort. Denn genau das war die Wahrheit. Auch wenn Natalia mir immer wieder unmoralische Angebote machte, war ich kein Stück mehr an ihr interessiert. Nicht so lange ich Sarah haben konnte.

Noch während meine Gedanken ihren lauf nahmen, veränderte sich Sarahs Situation. Sie schlug sich die Hand vor dem Mund und schoss an mir vorbei, wo sie sich an der Seite übergab. Sofort stand ich neben und half ihr mit ihren langen Haaren. Mit der anderen Hand holte ich ein Taschentuch heraus und überreichte es ihr, als

98

sie offensichtlich fertig war.

„Alles okay?", fragte ich mit beschleunigtem Herzschlag.

Wahrscheinlich hatte Sarah noch weiter dem Alkohol zugesagt, anstatt auf Wasser umzusteigen als ich weg war.

„Danke. Es geht wieder", sagte sie erschöpft und drehte sich zu mir um.

„Es tut mir leid Aiden", war das nächste, was sie sagte. Ich hatte heute Abend so viel Mist gebaut und sie entschuldigte sich bei mir. Im Augenblick hatte ich keinerlei Lust mehr Energie in diese Unterhaltung oder auch Diskussion zu stecken. Gemeinsam liefen wir schweigend langsam weiter. Sobald das nächste Taxi in Sicht war, winkte ich es ran und wir fuhren gemeinsam nach Hause.

Der nächste Morgen brach früh an. Es war kurz vor neun, als ich mich aus unserem Schlafzimmer in die Küche schlich. Sarah schlief noch. Sie war fertig, das sah man ihr an. Zwar sah sie wunderschön aus wie zuvor, doch die müden Augen und das erschöpfte Wesen in ihr konnte ich sehr gut erkennen. Wenigstens hatte sich Natalia nicht mehr gemeldet. Wenn sie sich nicht endlich helfen ließ, dann würde das noch alles kaputt machen. Nicht nur der eigentliche Stress auf der Arbeit auch zwischen Sarah und mir war das Band mittlerweile stark angespannt. Ich sah auf den unberührten Kaffeebecher vor mir, als würde er mir eine Antwort überbringen.

„Guten morgen", sagte Sarah hinter mir. Ich drehte mich herum und sah sie an der Arbeitsplatte stehen. Es war mir ein leichtes in

99

diesem Moment zu lächeln.

„Guten morgen", sagte ich und machte einen Schritt auf sie zu. In Zukunft würde ich versuchen in der Freizeit auch wirklich für Sarah da zu sein. Alles andere war einfach unwichtig.

Wir standen dicht voreinander. Ihre Augen sahen schüchtern zu mir auf.

„Geht es dir noch immer schlecht?", hakte ich nach und zog meine Augen angestrengt zusammen.

„Ja, danke es geht", sagte sie. Ihre Haltung entspannte sich ein wenig. Noch etwas lag ihr auf der Seele.

„Aiden", kam plötzlich wie nach einem Startschuss aus ihrem Mund. „Es tut mir leid. Ich hatte kein Recht gestern auf dich so sauer zu sein. Und dann das Ausfragen", schnell legte ich ihr ein Finger auf den Mund. Sofort hörte sie auf mit ihren Erklärungen. Sie befolgte meinen Anweisungen. Stolz sah ich sie an.

„Lass es uns einfach vergessen. Auch mein Verhalten war nicht gerade tadellos", gab ich mit zusammengebissenen Zähnen zu. Die gesamte Anspannung löste sich. Sie floss in meine Arme wo unsere Körper beinah miteinander verschmolzen. Ihr Kopf legte sich in die Mulde an meiner Schulter. Es passte einfach perfekt.

„Was hältst du davon, wenn wir am nächsten Wochenende mal wieder nach Green Village rausfahren?", fragte ich über ihren Kopf hinweg. Sie hielt die Umarmung stand.

„Das klingt schön. Ich werde Matt und Christin später mal fragen. Wird sowieso mal wieder Zeit das wir da hinkommen", antwortete sie. Dabei beließ ich es und gab ihr einen kurzen Kuss auf das Haar.

Heute war Dienstag. Die letzten zwei Tage waren erneut verflogen wie im Nu.

„Nein Patrice, es geht nicht darum das ich sie nicht vertreten möchte. Nur aus zeitlichen Gründen würde es einfach zu lange dauern und so lange können wir mit der Anklage wegen der fristen nicht warten", erklärte ich heute mindestens zum fünften Mal.

Gestern war es noch schlimmer. Zwar sollte Natalia die abgelehnten Mandanten selbst abwimmeln, würgte sie mir so jedoch einen rein. Ich nahm es noch hin. Denn ich selbst war darüber nicht begeistert und konnte so wenigstens die entsprechenden Kollegen an die richtigen Mandanten vermitteln.

„Auf Wiederhören", stieß ich angestrengt hervor und legte auf. Erschöpft lehnte ich mich im Stuhl zurück. Mein Handy vibrierte. Eine Nachricht von Sarah mit einem Kuss Emoji. Diese kleinen Gesten hielten mich über Wasser. Ich tippte schnell eine Nachricht zurück.

Soll ich uns heute Abend etwas zu essen mitbringen?

Die Antwort ließ nicht lange auf sich warten.

Gerne. Freu mich und liebe dich. Kuss

Ich sendete ein Kuss Emoji zurück und machte mich erneut daran meine Mandantenstruktur umzustellen.

Mit indischem Essen in der einen Hand und dem Hausschlüssel in der anderen öffnete ich die Wohnungstür. Es dauerte nicht lange, bis Sarah um die Ecke kam. Sie hatte einen Pullover von mir an und ihre dicken Socken. Ihre Haare hatte sie zu einem wilden Dutt zusammengebunden. Müde lächelte sie mich an.

„Hi", sagte ich und gab ihr einen kurzen Kuss.

„Hey", sagte sie und nahm mir das Essen ab. Sie ging bereits vor, als ich mir noch die Schuhe auszog.

Als ich sah, wie liebevoll sie den Tisch bereits gedeckt hatte, war dort wieder dieser helle Lichtblitz in meinem inneren. Gerade in diesem Augenblick war mir bewusst, was für ein Glück ich mit ihr hatte. Wir setzten uns und begannen das essen zu verteilen. Nach nur wenigen Bissen war Sarah bereits fertig. Ich sah sie an. Sie schenkte mir ein schiefes Lächeln.

„Irgendwie hat sich mein Magen noch immer nicht vom Wochenende erholt", sagte sie und begann die Sachen zusammenzuräumen. Ich stand auf und begann ebenfalls mit dem abräumen.

„Leg dich ruhig schon mal ins Bett, ich mache das hier schon fertig", sagte ich in einem herrischen Ton das sie mir nicht mehr Widersprechen konnte.

Sarah tat, was ich ihr gesagt hatte und ging schon ins Bett. Sobald ich sie nicht mehr sah, kreisten meine Gedanken um die verschiedensten Dinge. Neben dem Stress, der auf der Arbeit herrschte, war es für mich gerade ebenfalls eine Gratwanderung bei Sarah nicht ins Fettnäpfchen zu treten. War ich zu weich geworden?

Dass die Beziehung mit ihr mich verändert hatte, war mir klar, aber war das auch richtig? Nur wer sagte, dass mein Verhalten davor richtig gewesen war? Schließlich zeigte die Situation, die im Moment mit Natalia herrschte, dass jedes tun und handeln im Leben ein Nachspiel hatte.

Sarah

Die letzten drei Tage hatte sich mein Magen noch nicht richtig erholt. Vielleicht hatte ich mir auch etwas eingefangen? Ein Hitzeschwall überkam mich. Ich zog meine Strickjacke aus und machte mich weiter an die Arbeit. Angestrengt sah ich auf meine Armbanduhr. Noch etwas über eine Stunde und ich könnte endlich nach Hause gehen. Oder besser zu Aiden in die Wohnung. Er wollte heute Abend etwas zu essen mitbringen. Auch wenn meine Mitte das noch nicht richtig verkraften würde, war es dennoch wichtig überhaupt etwas zu mir zu nehmen.

Mit einer Akte in der Hand lief ich durch die engen Gänge. Irgendwie fiel es mir heute extrem auf, dass die Luft im Büro sehr schlecht war. Viel zu warm war die Heizung aufgedreht und machte eine stickige und verbrauchte Luft am Ende des Tages aus diesem Raum.

„Nancy", sagte ich schnell atmend, als ich bei ihr am Schreibtisch angekommen war. Hatte sie sich umgesetzt? Sonst kam es mir nicht so weit vor. Das mein Körper aber gerade nach dem Wochenende verrückt spielte, war mir durch die letzten Tage gut bekannt.

„Sarah", sagte sie und strahlte mich an. Ihr Blick änderte sich. „Ist alles okay bei dir? Du bist ja total blass?", hackte sie nach.

„Nein", sagte ich und winkte ab. Mein Immunsystem lief auf Hochtouren, da konnte ich doch gar nicht blass sein?

„Ich wollte dir nur die fertigen Akten bringen", sagte ich und

104

schenkte ihr ein, leider aufgesetztes, lächeln.

„Danke", sagte sie freundlich und nahm mir den Stapel ab.

„Wirklich alles okay?", hakte sie weiter nach.

„Ja", sagte ich ein wenig gereizt und rollte mit den Augen. Ertappt davon stellenweise schon so zu sein wie Aiden, begann ich ehrlich zu lächeln.

„Entschuldige", sagte ich und fuhr mir kurz durch die Haare. „Aber ja. Es ist alles okay", sagte ich abschließend und machte mich auf den langen sibirisch heißen weg zurück an meinen Schreibtisch.

Mein müder Körper war Aiden unglaublich dankbar, dass ich mich bereist hinlegen konnte. Am liebsten hätte ich das Essen wieder ausgespuckt, auch wenn es wirklich sehr lecker geschmeckt hatte. Aber mein Magen hielt jeglicher Mahlzeit noch immer nicht stand. Zudem kamen jetzt auch noch richtige Krämpfe hinzu. Als ich mich im Badezimmer fertig gemacht hatte, sah ich bereits woher das eine kam. Ich hatte meine Regelblutung bekommen. Das fehlte mir jetzt noch.

Als ich mich versorgt hatte und den Weg ins Bett antritt, dauerte es nicht lange, bis Aiden ebenfalls nachkam. In seinem Arm schlief ich traumlos ein und war dankbar über die erholsamen Stunden.

„Sarah", sagte Aiden und rüttelte mich wach. Klatschnass geschwitzt öffnete ich gegen meinen Willen die Augen.

„Was ist denn?", nuschelte ich und wollte mich gerade wieder umdrehen.

„Ich muss los Baby. Ist alles okay bei dir?", wollte Aiden wissen. Wieso wollten alle wissen, ob es mir gut ging? Ich machte eine kurze Bestandsaufnahme. Meinem Magen ging es deutlich besser. Es fühlte sich gut an.

„Ja alles gut", sagte ich und schaute Aiden direkt dabei an. Er war über mich gebeugt. Sein köstlicher Duft kam zu mir rüber. Ich nahm sein Gesicht zwischen meine Hände und gab ihm einen Kuss. Aiden brach dieses jedoch schnell ab. Obwohl ich mir sicher war, dass er auch lieber erneut zu mir ins Bett gekommen wäre.

„Ciao Baby", sagte er grinsend und ging aus dem Zimmer. Ich drehte mich noch einmal herum und lächelte in die Kissen. Langsam schob ich die Hände nach oben und streckte meinen Körper der ganzen Länge nach aus. Wie aus dem nichts fuhr ich wieder zusammen. Als würde mich eine Klinge in der Mitte auseinanderschneiden, krümmte ich mich vor Schmerzen. Natürlich hatte ich vergessen, dass ich meine Regel hatte. Heute würde definitiv nicht mein Tag werden. Doch krankmelden oder Urlaub nehmen konnte ich bei der Masse an Arbeit im Moment nicht. Langsam machte ich mich aus dem Weg vom Bett ins Badezimmer. Als ich auf der Toilette war, erschrak ich. Das Blut lief mir förmlich an den Beinen herunter. Ich versuchte alles in den Griff zu bekommen. Schließlich stand ich auf wo sich sofort mein Kreislauf meldete. Ich krallte mich am Waschbecken fest und versuchte die Orientierung zurück zu erlangen. Stützend bahnte ich mir den Weg zurück ins Schlafzimmer und beschloss meinem Körper noch ein paar Minuten Ruhe zu gönnen.

Auf die Minute genau saß ich an meinem Schreibtisch. Heute blieb keine Zeit für irgendwelche besonderen Klamotten und somit entschied ich mich für eine Jeans mit einer einfachen Bluse.
Die ersten Akten hatte ich nach einer Stunde bereist durch.
„Sarah?", fragte Nancy die bereits an meinem Schreibtisch stand.
„Was?", sagte ich ein wenig erschrocken.
„Wollen wir in die Pause gehen?", hackte sie abermals nach.
„Ja", sagte ich und ergriff meine Handtasche. Eine Runde an der frischen Luft und die Aussicht auf einen heißen Kaffee ließen mich innerlich aufblühen.
Gerade aufgestanden, begann abermals alles aus den Formen zu laufen. Ich ließ mir nichts anmerken doch konnte ich mich kaum bewegen.
„Sarah?", sagte Nancy besorgt.
„Alles okay", erwiderte ich schnell. „Ich glaube, ich habe mir was eingefangen und dann auch noch meine Regel. Läuft irgendwie alles nicht so richtig rund", sagte ich kurz. Mittlerweile ging es wieder und gemeinsam liefen wir, unter Nancys Protest, doch noch einen Kaffee holen.

Die frische Luft tat gut. Selbst der Kaffee schmeckte mir. Da der Coffeeshop abermals überfüllt war, beschlossen Nancy und ich unsere Mittagspause, trotz der Kälte, draußen zu verbringen. Da ich meine dickste Jacke mithatte, machte selbst der kräftige Wind mir nichts aus. Wir suchten uns ein Stück abseits eine Bank und setzten uns. Ich versuchte es mir nichts anmerken zu lassen, aber insgeheim hielt ich Ausschau nach Aiden. Mir ging durch den Kopf, wie durcheinander dieses Jahr bisher lief. Wenn man es aber genau betrachtete, war das absehbar. Das letzte Jahr war unbeschreiblich mit so vielen schönen Höhenflügen, das konnte ja nicht ewig so weitergehen.

„Wie läuft es denn bei euch im Moment so?", fragte Nancy neugierig und doch vorsichtig nach.

Ich lächelte kurz.

„Danke. Eigentlich ist alles gut", sagte ich und nahm einen kleinen Schluck von meinem heißen Kaffee.

Nancy schubste mich ein wenig an der Schulter und sah mich schief an.

„Eigentlich, klingt aber nicht so als wäre alles gut. Streitet ihr euch?" Ich rollte unweigerlich mit den Augen. Ich wollte ihr nicht antworten und trotzdem hatte sie mich fast so weit.

„Komm rück schon raus mit der Sprache", forderte sie mich auf. Ich spürte, wie weit die Tränen vor der Tür standen. Aber jetzt und hier würde ich nicht vor ihr zusammenbrechen.

„Es ist ein wenig durcheinander", begann ich zu erklären. Nancy hörte mir aufmerksam zu. Ich sprach leise weiter. „Eigentlich ist überhaupt nicht genug Zeit für Aiden und mich das wir uns

108

überhaupt Streiten könnten. Er arbeitet so viel, weil dort in der Kanzlei im Moment alles drunter und drüber geht", ich atmete tief aus.

„Aber zu Anfang eines Jahres ist es doch in fast jeder Firma so. Das geht bestimmt auch bald vorbei", versuchte sie mich aufzubauen.

„Aiden hat einen neuen Partner bekommen und die verstehen sich überhaupt nicht. Mehr Hass kann man glaube ich kaum aufbringen, wie er für ihn empfindet. Und wenn Aiden so viel Zeit damit verbringt die Wogen auf der Arbeit ein wenig zu glätten, wird es oft sehr spät. Dann schlaf ich meistens schon. Wir haben einfach keine Zeit füreinander. Genauso wie am Samstag als er unser Date wegen der Arbeit hat stehen lassen", umso mehr ich sprach, spürte ich wie die Tränen bereits leise über meine Wange liefen.

Nancy legte ihren Arm um mich.

„Ach Süße. Aber ihr liebt euch doch. Es braucht einfach etwas Zeit", versuchte sie mich zu trösten.

„Ich weiß. Aber es ist so anstrengend. Zudem habe ich fast jede Nacht Alpträume. Obwohl das alles schon so lange her ist, träume ich ständig von John. An weiteren Schlaf ist dann auch nicht mehr zu denken."

Nancys Blick änderte sich.

„Du denkst jetzt bestimmt, dass ich verrückt bin. Ich weiß ja das er tot ist", mit zittrigen Händen kramte ich ein Taschentuch hervor und wischte mir die Tränen aus dem Gesicht.

„Manchmal ist das gar nicht so einfach", sagte Nancy. Überrascht von ihrer Antwort sah ich sie fragend an.

„Auch ich habe damals etwas nicht so Schönes erlebt. Zwar betraf es nicht mich direkt, aber ich habe lange gebraucht damit klarzukommen. Eine lange Zeit konnte ich es verdrängen, doch irgendwann muss man sich dem stellen und es aktiv verarbeiten, sonst gehst du daran irgendwann mal kaputt", am Ende des Satzes wurde ihre Stimme dünn. Mir war nicht klar, dass ihr auch etwas passiert war, was sie mal so sehr beschäftigt hatte.

„Nancy, ich wusste nicht", gestikulierte ich ohne weitere Worte vor ihr rum.

„Alles gut. Ich kann mittlerweile ganz gut damit umgehen", lächelte sie mich an. Sie war immer so fröhlich und offen anderen gegenüber.

„Darf ich fragen", begann ich vorsichtig.

Nancy schaute kurz auf ihren Kaffeebecher und schaute mich mit einem Ausdruck an, der mich auf eine Art und Weise auffing, das ich mich wirklich verstanden von ihr fühlte.

„Ich habe damals als ich sechzehn war, gesehen wie meine Schwester sich in unserem Badezimmer das Leben genommen hatte", erklärte sie ohne groß drum herumzureden.

Still saß ich neben ihr. Ich wusste nicht, was ich sagen sollte.

Plötzlich lächelte Nancy mich an.

„Es ist okay Sarah", sagte sie, als würde sie wissen, dass ich gerade nach den passenden Worten suchte.

„Das tut mir leid, ehrlich", sagte ich leise und senkte kurz den Blick.

Nancy sprach weiter.

„Wenn du möchtest, kann ich dich meinem Cousin mal vorstellen. Er ist Psychologe und hat mir damals auch sehr geholfen. Ich hatte Angst mich an eine fremde Person zu wenden und mein Cousin hatte damals gerade sein Studium zum Psychologen begonnen. Irgendwie war ich sozusagen sein Übungsobjekt", lächelte sie.

Mittlerweile schaute ich Nancy wieder in die Augen. Ich konnte nicht anders sagen, aber ich bewunderte Nancy für ihre Stärke. Dass sie das alles durchstanden hatte, war für mich der beste Beweis, dass ich es auch schaffen konnte.

Nancy nahm ihr Handy aus der Tasche und tippte darauf rum.

„So, ich habe dir mal seinen Kontakt zugeschickt. Ruf ihn einfach an und sagst ihm das du von mir kommst. Dann weiß er schon Bescheid", grinste sie.

Auch ich fand mein Lächeln wieder.

„Danke dir", sagte ich und drückte sie kurz. Als wir uns wieder voneinander lösten, war es bereist schon so spät, dass wir zurückmussten. Gerade waren wir im Begriff aufzustehen, durchzog mich wieder dieser Schmerz wie heute früh. Keuchend ließ ich mich zurück auf die Bank sinken.

„Hey", flüsterte Nancy und kniete sich vor mir. „Ist das bei dir immer so schlimm, wenn du deine Tage hast?", fragte sie leise.

Ich schüttelte mit dem Kopf.

„Du solltest später vielleicht lieber mal zum Arzt gehen", forderte sie mich auf. Mir war heute Morgen schon unwohl bei dem ganzen

Blut. Mir gingen bereist die wildesten Gedanken durch den Kopf, was das alles zu bedeuten haben könnte. War es vielleicht wirklich besser alles abklären zu lassen? Der Schmerz war bereits fast ganz wieder versiegt.

„Vielleicht hast du recht", sagte ich und stand vorsichtig auf. „Aber erst nach der Arbeit", grinste ich sichtbar aufgesetzt. Nancy passte das überhaupt nicht, doch das war mir gerade egal. Langsam liefen wir zurück zur Arbeit.

Aiden

Noch immer stapelten sich die Akten. Da ich es Sarah fest
versprochen hatte am Wochenende die Arbeit einfach Arbeit sein zu
lassen, musste ich mehr machen als zuvor. Mein Handy auf dem
Tisch leuchtete auf. Sarah rief an. Skeptisch nahm ich ab.
„Hey Baby", hauchte ich sanft ins Telefon. Ein kurzer Blick auf die
Uhr zeigte mir das es bereist nach neun Uhr abends war. Verdammt,
fluchte ich innerlich. Ich rechnete damit, dass Sarah mir eine Szene
machen würde. Es kam jedoch anders.
„I Ii", sagte sie sanft. Am Druck ihrer Stimme merkte ich, dass sie
alles andere als sauer war. „Ich wollte dir nur sagen, dass ich heute
bei mir zu Hause bleibe", sagte sie entschieden. Es klang als hätte
ich keine Einwände mehr bringen sollen und beließ ich es somit bei
ihrer Entscheidung.
„Okay", entgegnete ich deutlich. Auch wenn ich eigentlich bei ihr
sein wollte, war es für mich nicht möglich permanent schwach ihr
gegenüber zu wirken.
„Mach nicht mehr so lange", sagte sie ebenfalls nur kurz.
„Natürlich", ich fühlte mich, als würde ich mit einer Klientin
sprechen.
„Sarah", sagte ich noch schnell.
„Ja?"
„Ich liebe dich", sagte ich und durchbrach ein wenig meine Maske.
Sie atmete schwer aus.

113

„Ich liebe dich auch Aiden", sagte sie leise und legte auf.

Sture und lange Sekunden saß ich im leichten Licht meiner Schreibtischlampe noch immer einfach so da. In meinem Kopf lief alles durcheinander. So eine Verwirrung spürte ich das letzte Mal als ich herausgefunden hatte, was Amal mit mir abzog. Nur war es diesmal nicht Amal oder eine Frau, sondern ich war es, der sich einfach wie ein Arsch aufführte. Und das auch nicht erst in den letzten Wochen oder im letzten Jahr seit ich mit Sarah zusammen war. Es fing schon viel früher an. Ich erinnerte mich daran zurück, wie ich zu Anfang als ich aus meinem Loch gekrochen kam, versuchte mir eine dicke Schale zuzulegen. Maddy war daran nicht ganz unschuldig. Sie war mir damals in einem Stripclub aufgefallen, zu dem ich regelmäßig ging. Dort rissen sich die Ladys nur so um mich und oft gab es sogar nach der bezahlten Nummer, eine Kostenfreie schnelle Nummer oder einen Blowjob hinterher.

Mit Maddy allerdings gab es auch das ein oder andere Gespräch. Sie führte mich ein Stück weit in die Richtung aus dem Milieu zu gehen und sich ‚Freiwild' zu suchen, wie sie es so schön nannte. Ich lächelte. Zwar hatte ich gedacht so eine ähnliche Person auch in Natalia gefunden zu haben. Sex, keine tiefsinnigen Gespräche aber in die richtige Richtung laufen. Wie sich allerdings herausstellte, war das mit Natalia aus dem Ruder gelaufen. Ich war einfach zu blind, um auf die entsprechenden Signale zu achten.

Auch wenn mir bewusst war, dass ich mich mit meiner nächsten Handlung auf sehr dünnes Eis wagen würde, beschloss ich Maddy eine Nachricht zu schreiben.

Noch Schicht? Aiden

Gerade wollte ich mich erneut auf die Arbeit stürzen kam überraschend schnell eine Antwort.

Ja. Wie immer. Sehnsucht?

Genau diese Art sich zu verhalten hatte ich nahezu von ihr übernommen. Obwohl sie nur in einem Bordell arbeitete, war sie eine knallharte Geschäftsfrau und unverwechselbar heiß. Ich packte meine Sachen und machte mich auf den Weg zu Maddy.

Der Club lag ein Stück außerhalb, deswegen benötigte ich mit dem Auto ein wenig. Zumindest gab es um diese Zeit keine Rushhour mehr.

Ich parkte den Wagen und ging den gewohnten Gang über den Schotterparkplatz, der sich hinter dem Haus befand. Das dunkelrote Klinkergebäude war nur sanft beleuchtet. Die Eingangstür befand sich an der Seite. Ein paar Stufen führten herunter und schon war ich in meiner alten Welt zurück.

Ich klopfte an. Ein großer Typ, ich kannte ihn nicht, öffnete mir die Tür.

„Maddy", sagte ich nur. Der Typ schloss die Tür wieder, ohne auch nur ein Wort zu sagen. Ich behielt Ruhe, bis sich nach geraumer Zeit erneut etwas an der Tür zu schaffen machte. Sie ging auf. Doch dieses Mal war es nicht der große Typ, sondern Maddy. Sie stand in ihrem kurzen schwarzen Kleid mit Ausschnitt bis zum Bauchnabel vor mir. Ihre Haare waren heute Pink und eindeutig als Perücke zu erkennen.

„Aiden Brooks", sagte sie mit eiskalter Stimme.

„Maddy", erwiderte ich freundlich und hob den Kopf. Sie musterte mich von oben bis unten. Ebenfalls hatte ich von ihr genau diesen Blick. Er entwaffnete mich immer wieder aufs Neue und genau so wollte ich auch immer vor anderen wirken.

Maddy machte einen Schritt zurück und ließ mich rein.

„Die Mädels werden sich aber freuen dich wiederzusehen", sagte sie, während ich ihr folgte.

„Da muss ich die Damen aber leider enttäuschen", sagte ich deutlich. Genau deswegen war ich nicht hier. Eigentlich wusste ich nicht einmal genau, was ich überhaupt hier wollte. Ich schaute mich unauffällig ein wenig um. Der Schuppen hatte sich in den letzten Jahren kein Stück verändert. Einige Gesichter waren mir noch bekannt. Natürlich gab es auch neue Frauen, aber im Großen und Ganzen war alles wie zuvor.

Maddy und ich betraten den VIP Bereich. Sie zeigte mir, dass ich am Tresen platz nehmen sollte. Schweigend machte ich was sie mir auferlegte.

„Was führt dich zu mir?", fragte sie und stellte mir einen Whiskey vor sie Nase.

Ohne zu danken, nahm ich den Drink und leerte das Glas in einem Atemzug.

„Wow", staunte Maddy und schenkte sofort nach.

116

Angestrengt strich ich mir über die Haare und setzte den nächsten Drink an. Bevor ich einen Schluck nahm, nuschelte ich nur eine kurze Antwort.

„Ich weiß es selbst nicht", stieß ich leise hervor.

Maddy sah mich fragend über den Trensen hinaus an. Schließlich kam sie herum, stellte sich neben mir und legte eine Hand auf mein Knie. Ich blickte zu ihr rüber. Dieser Blick war fesselnd. Trotzdem war für mich klar, dass ich deswegen nicht hier war.

„Sorry Maddy aber ich bin in einer Beziehung", sagte ich kurz.

Sofort nahm Maddy Abstand und setzte sich auf den Hocker neben mir.

„Kein Problem. Auch wenn ich es sehr bedaure. So jemanden", sie sah mich von oben bis unten an, „wie dich zu bekommen, hatte ich nicht all zu oft das Vergnügen", lächelnd beendete sie den Satz und nahm ein Schluck aus ihrem Glas.

„Okay, der alten Zeiten wegen: Wie kann ich dir helfen? Stimmt etwas mit deiner Freundin nicht? Willst du Schluss machen und weist nicht wie?", mehr und mehr solcher Vorschläge hatte sie für mich, aber insgeheim wollte ich einfach nur derzeit nicht nach Hause. Es war mir eine innere Qual Sarah nicht das geben zu können wie sie es eigentlich verdient hatte.

„Wie trennst du privates und berufliches?", war die Frage die mich am meisten beschäftigte.

„Oh Schätzchen, das ist manchmal gar nicht so einfach. Oft, trotz der Perücken, werde ich von anderen auf der Straße

117

erkannt", Maddy machte eine kurze Pause, sah mich durchdringend an und sprach weiter. „Aber bei deinem Beruf, wieso kannst du es denn nicht trennen?"

Von da an erzählte ich ihr alles. Wie ich meine letzten Jahre so verbracht hatte und mit Genuss die Frauen für mich benutzte. Das Glück welches ich mit Sarah hatte und auch den Stress derzeit auf der Arbeit und mit Natalia. Drink um Drink leerten sich die Gläser.

„Wenn du die Frauen so benutzt hast, ist es ja kein Wunder das sich, gerade in deinem Fall, jemand in dich verliebt. Hoffentlich kommt diese Natalia nicht auf dumme Gedanken", sagte Maddy.

Ich zog angestrengt die Augen zusammen.

„Was meinst du?", wollte ich lallend wissen. Verdammt ich hatte bereist so viel getrunken das ich Maddy kaum noch in die Augen sehen konnte.

„Nun ja, wenn sie schon so nicht an dich rankommt, dann kann es schnell passieren, dass sie ihre offensichtliche Konkurrentin ausschaltet. Ich meine nicht tötet, aber hier und da ein Keil zwischen euch treiben wird", erklärte Maddy als würde ihr das sehr bekannt vorkommen.

Panik machte sich in mir breit. Ich kramte meinen Schlüssel hervor und stand auf. Nach nicht mal einem Schritt musste ich mich am Tresen festhalten. Verdammt! Ich wusste das ich zu betrunken war, um noch zu fahren, aber ich musste zu Sarah. Das war alles, was im Moment zählte.

„Du willst doch jetzt nicht noch fahren!", ermahnte

118

mich Maddy und nahm mir den Autoschlüssel mit Leichtigkeit aus der Hand.

„Hey!", protestierte ich mühsam ohne dass es Wirkung zeigte. Mit ganzer Kraft stand ich auf und stellte mich vor Maddy. Im Vergleich zu ihr musste ich riesig wirken.

„Gibt es ein Problem?", kam der große Typ von eben und stelle sich schützend neben Maddy. Er war ihr Beschützer. Ebenso ein Beschützer musste ich auch für Sarah sein. Sie war meine Sonne, mein Ein und Alles.

„Ich muss zu ihr", lallte ich weiterhin. Der Typ von eben drückte mich zurück das ich auf meinem Hocker landete.

„Aiden", sagte Maddy. Die Umgebung um mich herum wurde immer kleiner. Trotz aller Kraft war es kaum möglich Raum und Zeit wahrzunehmen.

Noch eine lange Zeit versuchte ich dagegen anzukämpfen und an Maddy und dem Typen vorbeizukommen.

„Aiden?", rief mein Engel. Ich war mir sicher, dass es Einbildung war, aber als schließlich meine Augen die Person einfingen, die meinen Namen gerade gesprochen hatte, ging für mich die Sonne auf. Sarah, sie war wirklich hier.

„Oh Baby", sagte ich, stand auf und machte einen Schritt auf sie zu. Der Alkohol war zwar noch deutlich zu spüren, allerdings war das Geschenk ihr nahe zu sein, alle Kraft wert.

„Aiden, was ist denn los?", sagte sie, stützte mich und sah von unten mit ihren großen Augen zu mir auf. Ich wollte sie so gerne Küssen, für sie da sein. Doch im Augenblick wusste ich das es falsch war. Sie konnte es nicht leiden, wenn jemand sich so sehr betrank. Abermals war ich in einen großen Haufen Scheiße getreten und sie zog mich mit ihrer ganzen Kraft heraus.

„Lass uns nach Hause fahren", kam nur noch leise aus ihrem Mund. Der große Typ von eben half mir und schlurfte mich nach draußen. Schließlich saßen wir in meinem Wagen. Sarah am Steuer. Von da an wusste ich nicht mehr, wie ich in mein Bett gekommen war, an dem ich am Morgen allein erwachte.

Sarah

Draußen wurde das schlechte Wetter immer schlechter. Ich schaute aus dem kleinen Fenster im Wartezimmer als die Äste durch den Wind wieder und wieder gegen die Scheiben knallten. Mir wurden bereits Blut und eine Urinprobe abgenommen und jetzt wartete ich schon seit über einer dreiviertel Stunde das ich an der Reihe wäre. Da ich in der Stadt noch überhaupt nicht bei einem Gynäkologen war, hatte ich mir die Adresse von Nancy geben lassen. Manchmal wäre ich ohne sie wirklich aufgeschmissen. Lächelnd sah ich weiter nach draußen. Bewusst schaute ich mir keine dieser Zeitschriften an, die dort herumlagen. Viel zu viele Fachartikel mit den schrecklichsten Krankheiten waren darin zu finden. Da war es vorprogrammiert das man sich innerlich völlig verrückt machte.

Plötzlich erhellte eine helle Stimme den Raum. Endlich wurde ich aufgerufen. Mit zitternden Knien lief ich der kleinen Frau hinterher. In einem weiteren, kleineren Zimmer sollte ich erneut warten. Um mich herum waren Bilder von Kindern an der Wand, standen medizinische Geräte rum und noch andere diverse Gegenstände die ich nicht zuordnen konnte. Als die Tür aufging, erschrak ich ein wenig. Ein Mann, er war schon älter und südländischer Art, kam herein und lächelte mich freundlich an. Ich schenkte ein leichtes Lächeln zurück. Meine Beine zitterten noch immer vor Nervosität.

121

„Hallo", sagte der Arzt und sah kurz in meine Akte.

„Sie waren noch nicht bei uns?", sagte er und schaute kurz zu mir rüber.

Ich schüttelte den Kopf.

„Wissen sie, wann sie das letzte mal Untersucht wurden?", hakte er vorsichtig nach.

Bevor ich antwortete, musste ich angestrengt nachdenken.

„So ein Jahr ungefähr", sagte ich leise. Der Arzt lächelte kurz.

„Sie wissen, dass es wichtig ist, gerade in ihrem Alter und wenn die Pille genommen wird, dass sie am besten regelmäßig jedes halbe Jahr zu den Kontrollen gehen?", klärte er mich ärztlich und professionell auf. Natürlich wusste ich es, aber wie schnell war ein Jahr rum. Als ich daran zurückdachte das ich wegen John das letzte Mal auf so einem Stuhl saß wurde mir ganz heiß. Auch der Ausdruck von dem Arzt veränderte sich.

„Ich denke, dann sollten wir einfach mal schauen. Haben Sie Beschwerden?", fragte er nach und trug etwas auf dem Aktenblatt ein.

„Ich habe seit gestern starke Blutung und Krämpfe", automatisch fuhr mir meine Hand an den Bauch.

„Wann war ihre letzte Regelblutung?", war sofort die nächste Frage.

Mir fiel ein, dass diese tatsächlich schon eine längere Zeit her war.

„So Ende November", sagte ich fast fragend. Ich konnte mich an das genaue Datum einfach nicht mehr erinnern.

„Okay, wir schauen uns das dann am besten mal an", sagte er und

122

wies auf die Kabine. Ich folgte seinen Anweisungen und machte mich für die Untersuchung bereit.

Die Untersuchung an sich war sehr unangenehm für mich. Es war alles empfindlich und verkrampfte sich mehr und mehr.

„Das wars schon. Sie können sich dann wieder anziehen. Ich bin sofort wieder da. Warten Sie dann bitte gleich noch eben und wir besprechen alles", erklärte er kurz und war verschwunden.

Ich zog mich wieder an und setzte mich auf den Stuhl. Fragende Minuten vergingen, wo ich einfach nicht wusste, was jetzt passieren würde. War das ein gutes Zeichen oder ein schlechtes Zeichen, das er einfach so verschwunden war?

Die Tür ging auf, der Arzt kam wieder rein. Mein Herzschlag beschleunigte sich, denn in seinem Gesicht konnte ich ablesen, dass er keine guten Nachrichten hatte.

Er setzte sich auf seinen Stuhl, kam ein Stück näher und sah mich an.

„Zunächst einmal kann ich ihnen sagen, dass sie gesund sind. Es gibt keine Auffälligkeiten", eine erste Erleichterung setzte ein.

„Aber", sprach er weiter. Der Klos in meinem Hals war erneut voll präsent. „Es tut mir leid ihnen das so sagen zu müssen, aber sie hatten einen Abort. Eine Fehlgeburt", erklärte der Arzt.

Mir war nicht klar, ob ich das gerade richtig verstanden hatte. Ich soll schwanger gewesen sein? Aber ich hatte doch die Pille genommen?

123

„Sie waren ungefähr in der achten Woche. Wir können leider keine Rückschlüsse mehr daraus ziehen ob sich tatsächlich etwas entwickelt hatte oder äußere Umstände für den Abbruch zuständig waren. Außergewöhnlicher Stress oder ein Schlag in den Bauch. Wichtig ist es jetzt das sie sich die nächsten Tage schonen. Keine schweren Sachen heben oder ähnliches. Lassen Sie es ruhig angehen, dann sind sie in ein paar Tagen wieder fit", erklärte er abschließend.

Noch immer hatte ich nichts gesagt. Der Gedanke das ich schwanger gewesen sein sollte, kam für mich irgendwie nicht infrage.

„Aber die Pille?", war das einzige was ich gerade noch so herausbrachte. Wirkte sie etwa bei mir nicht mehr?

„Es gibt viele Situationen, wo es sein kann, dass die Wirkung aussetzt. Magen-Darm-Infekt oder andere Krankheiten in dem Zyklus", der Arzt redete und redete. In meinem Kopf dachte ich die letzten Wochen zurück. Die Woche vor Weihnachten hatte ich tatsächlich einen Magen-Darm-Infekt. War es möglich, dass das ausgereicht hatte das ich schwanger wurde?

„Bitte", sagte der Arzt und hielt mir eine Broschüre vor die Nase. Ich nahm sie entgegen. Auf ihr stand: Trauer, Schmerz, sie sind nicht allein.

Ich steckte die Broschüre in die Tasche und verabschiedete mich.

Alles um mich herum wirkte als würde ich in einer Glocke stecken. Nur am Rande bekam ich mit, wie ich aus der Praxis ging und mich auf dem Weg nach Hause machte.

Ich stand am großen Fenster wo wir vor wenigen Wochen noch unseren Jahrestag eingeläutet hatten.

„Aiden", flüsterte ich und streichelte mir unbewusst meinen Bauch. Jetzt wo mir klar war, wieso mir so schlecht war die letzte Zeit, ich ständig mit dem Kreislauf zu kämpfen hatte, und ich kein Stück zurückgetreten bin und mich geschont hatte, fragte ich mich, ob das hier Schicksal war. Sollten Aiden und ich keine Kinder haben? Noch nicht? Oder nie? Wie würde ich Aiden das nur beibringen? Er hatte im Augenblick sowieso viel zu viel um die Ohren. Damit konnte ich ihn nicht auch noch belasten.

Ich nahm mein Handy hervor und wählte seine Nummer.

„Hey Baby", begrüßte Aiden mich. Seine Stimme kribbelte in meinen Ohren.

„Hi", sagte ich und schluckte hart. Mir fiel auf das ich noch keine Träne vergossen hatte. Das Gefühlsdurcheinander in mir musste ich selbst erstmal sortieren. „Ich wollte dir nur sagen, dass ich heute bei mir zu Hause bleibe", erklärte ich kurz.

„Ok", antwortete er deutlich. Er hatte so viel andere Sachen um die Ohren, dass mir diese Reaktion zeigte, dass es besser wäre ihm wirklich davon noch nichts zu erzählen.

„Mach nicht mehr so lange", sagte ich leise.

„Natürlich", bestätigte er mit dem Kopf ganz weit weg. Gerade als ich auflegen wollte, blitzte mein Aiden wieder durch.

„Sarah“

„Ja?“, sagte ich bestätigend.

„Ich liebe dich“, hauchte er sanft in den Hörer.

„Ich liebe dich auch Aiden“, sagte ich ebenfalls und legte schnell auf. Dies war der Knopf, der gefehlte hatte, dass bei mir schließlich die Tränen überliefen.

Nachdem der erste Ausbruch hinter mir lag und ich mich weites gehend wieder im Griff hatte, beschloss ich mich auf den Weg zu mir nach Hause zu machen.

Als ich die Wohnungstür unten aufschloss, schoss wie auf Kommando auch Nancys Tür auf. Wir sahen uns an. Zwar waren meine Tränen bereist versiegt, konnte man bestimmt noch sehr gut erkennen, dass ich geweint hatte.

„Oh Süße, was ist denn passiert?“, fragte sie und kam direkt auf mich zu. Als ich in ihrem Arm lag, waren die neuen Tränen schon am herunterlaufen. Nancy zog mich mit in ihre Wohnung wo ihr alles über die Fehlgeburt erzählte.

„Du kannst heute bei mir bleiben. Dann bist du nicht alleine“, bot sie sich an. Wir saßen auf ihrer riesig großen Couch und hielten jeder ein Becher Tee in der Hand.

„Danke“, ich wusste gerade nicht, was ich wollte. Wollte ich überhaupt Gesellschaft?

„Wann willst du es denn Aiden sagen? Er hat doch irgendwie ein

Recht darauf. Schließlich war er der Vater", Nancy war direkt und frei raus. Das gefiel mir immer an ihr, nur jetzt gerade tat es ziemlich weh. Denn sie hatte recht. Aiden war der Vater und ich die Mutter. Nicht nur ich sollte es verarbeiten können, sondern auch Aiden sollte die Chance dazu bekommen.

Mein Handy begann zu klingeln. Es war Aiden. Ein weiterer Blick auf die Uhr zeigte mir, dass es bereits fast Mitternacht war. Wollte er mich heute doch noch besuchen? Bevor ich abnahm, atmete ich noch einmal tief durch.

„Hi", sagte ich ein wenig aufgesetzt.

„Hallo. Ist da Sarah?", fragte eine weibliche Stimme. Ich stellte mein Teebecher hin und stand auf.

„Ja. Wer ist da? Und was machen sie mit Aidens Handy?", fragte ich schnell die fremde Frau am anderen Ende der Leitung.

War Aiden etwa bei einer anderen und oder war es eine Polizistin?

„Sarah, bitte ich brauche deine Hilfe. Könntest du ein Taxi nehmen und ins LuckyLucy fahren? Aiden braucht dich glaube ich gerade", erklärte sie kurz.

„Geht es ihm gut?", nervös lief ich auf und ab. Das Adrenalin in meinen Adern schoss weiter durch meine Adern, als würde ich ein Autorennen fahren.

„Ja natürlich es ist alles gut. Komm bitte einfach vorbei, ja?", bat sie freundlich.

Natürlich stimmte ich sofort zu, rief ein Taxi und ließ mich an die entsprechende Adresse bringen.

127

Wir fuhren lange. Obwohl auf den Straßen kaum was los war, fuhren wir bestimmt zwanzig Minuten. Der Taxifahrer ließ mich an einer ungewöhnlichen Stelle raus. Zögerlich zahlte ich das Taxi und stieg aus. Die Kälte des Windes kam mir hier draußen und bei der Dunkelheit noch viel kälter vor. Schnell zog ich meinen Schal dicht vor mein Gesicht. Ich musste doch bescheuert gewesen sein, um diese Uhrzeit an so einen Ort zu kommen.

„Sarah?", rief eine Frau von der anderen Straßenseite. Es war dieselbe Frau, welche ich gerade am Telefon gesprochen hatte. Umgehend lief ich zu ihr rüber. Sie war klein und hatte Pinke Haare. In ihrem dicken Mantel war nicht viel zu erkennen, aber an ihren Beinen sah man, dass das, was sie drunter trug, schon sehr kurz sein musste.

„Hallo", sagte ich leise. „Wo ist Aiden?", wollte ich sofort wissen. Das erste, was sie tat, war mir Aidens Autoschlüssel in die Hand zu drücken.

„Komm", sagte sie und machte eine Kopfbewegung hinter sich. Ich folgte ihr. Wir betraten eine große Seitengasse wo eine Treppe nach unten führte. Alles wirkte schmierig und irgendwie falsch. Die Frau öffnete eine Tür mit einem Schlüssel und trat ein. Mit langsamen Schritten folgte ich ihr. Ein merkwürdiger Duft kam mir in die Nase. Mir wurde schlecht. Auch wenn wir drin waren, zog ich meinen Schal weiter vor meinen Mund zusammen. Nach ein paar Metern war mir auch klar, wo wir waren. Nackte Frauen tanzten auf

128

Tischen und an silbernen Stangen. Männer saßen gierig um ihnen herum und steckten ein paar Scheine in deren viel zu kleinen Slips. Wir waren in einem Bordell. Hatte Aiden mich etwa mit einer Prostituierten betrogen?

Ich beschleunigte ein wenig meinen Schritt und folgte der Frau in einen Hinterraum. Was ich dann sah, war wie ein Schlag in den Magen. Nicht nur die Übelkeit, sondern auch die Zerrissenheit Aiden so vor mir zu sehen versetzte mich in eine Art Schockstarre.

„Aiden?", hauchte ich in seine Richtung. Er saß am Tresen auf einem Hocker. Betrunken wie es nicht mehr hätte sein können, versuchte er bei Bewusstsein zu bleiben.

Als er mich schließlich erblickte, stand er auf und machte einen torkligen Schritt in meine Richtung.

„Oh Baby", lallte er. Er war bei mir angekommen. So gut es ging, stützte ich ihn und sah zu ihm auf. Warum hatte er das nur getan?

„Aiden, was ist denn los?", fragte ich mit zittern in der Stimme. Zumindest sah er von seinen Klamotten nicht so aus, als hätte er mich gerade betrogen. Selbst seine Krawatte war noch ordentlich gebunden. Er sah auf mich herunter. Zwar wusste ich meistens, wie es ihm ging und warum er bestimmte dinge Tat, aber in diesem Fall war es mir ein Rätsel.

„Lass uns nach Hause fahren", flüsterte ich und drückte die Tränen weg. Ein großer Typ, der bei ihm stand, half mir Aiden nach draußen in sein Auto zu befördern. Schweigend begann ich das

129

Auto durch die Straßen zu Aidens Wohnung in die City zu fahren.

Unter Schmerzen saß ich auf der Couch. Aiden lag in seinem Bett.
Ich ging rüber zu meiner Handtasche und nahm eine Tablette gegen
die Krämpfe ein. In meinem Kopf liefen mehr und mehr die
Gedanken durcheinander. Warum war Aiden nur in diesen Club
gegangen? Reichte ich ihm doch nicht mehr? Eines war mir
allerdings klar, ich würde heute Nacht nicht bei ihm schlafen. Zwar
könnte ich ihn in diesem Zustand nicht alleine lassen, würde ich
allerdings auf der Couch übernachten. Ich machte mir die Kissen
und die Decke auf der Couch zurecht und versuchte noch ein paar
Stunden schlaf zu bekommen, bevor es morgen wieder zur Arbeit
ging.

Mein Handy klingelte. Ich hasste den Ton meines Weckers.
Angestrengt rieb ich mir die Augen und tastete nach dem Ding.
Plötzlich war das klingeln aus. Hatte ich etwa so lange gebraucht um
wach zu werden? Ich öffnete die Augen und erschrak. Aiden saß
direkt vor mir auf dem Wohnzimmertisch und sah mich an.
„Hast du mich erschreckt!", stieß ich hervor. Was mir als Nächstes
auffiel, das er offensichtlich bereits geduscht war. Ein Duft seines
Shampoos und die Gewissheit das er nur in Shorts vor mir saß,
bewiesen den Rest.
Ich zog die Decke etwas höher und setzte mich auf.
„Sarah, ich", begann er zu reden. Im Augenblick wollte ich das alles

überhaupt nicht hören. Verzweifelt saß er vor mir. So wie er nach den richtigen Worten suchte, war ich mir noch nicht einmal klar was ich überhaupt hören wollte.

„Lass mich bitte Aiden. Ich muss zur Arbeit", sagte ich forsch, stand auf und lief rüber in Richtung Schlafzimmer. Nach wenigen Schritten spürte ich das der Boden zu nah kam. Ich ging in die Knie. Mein Kreislauf war völlig im Keller.

„Sarah", Aiden war sofort bei mir. Ich stieß ihn ein wenig von mir weg. Schwer atmend sammelte ich meine Gedanken und schubste mein Kreislauf gedanklich wieder an. Mühsam stand ich auf, Aiden half mir natürlich.

„Es geht schon wieder", sagte ich und machte mich allein weiter auf den Weg ins Badezimmer.

Als ich fertig war und aus dem Schlafzimmer trat, kam Aiden, mittlerweile komplett angezogen, auf mich zu.

„Sarah bitte, lass es mich erklären", ich blieb stehen und hörte es mir an. Aidens Blick war leidend und irgendwie konnte ich ihm kaum mehr böse sein.

„Hast du mich betrogen?", sagte ich zitternd und dennoch mit viel Druck in der Stimme.

„Was?", fragte er leise nach. „Nein, nein!", kam sofort hinterher. Hektisch ging er einen Schritt zurück, bis er sich fast auf mich stürzte. Er hielt mich fest an den Oberarmen und sah mich an.

„Ich würde dir nie so weh tun. Bitte, du musst mir glauben", flehte er.

Ich wusste nicht, was in ihn gefahren war. Als würde ein anderer Mensch vor mir stehen, schaute ich auf ihn herab.

„Aiden, was ist denn mit dir los? Wieso redest du nicht mit mir, wenn was ist?", erneut liefen bei mir bereits die Tränen. Ich hatte mich dabei erwischt ihm eine Standpauke zu halten, wobei ich genau das gleiche ihm Gegenüber tat. Denn auch ich schluckte alles und erzählte ihm nichts. Nichts von meinen Alpträumen, nichts von der Fehlgeburt.

„Ich muss jetzt arbeiten", sagte ich schluchzend und stürmte aus der Wohnung.

Aiden

Den ganzen Tag hatte Sarah sich noch nicht gemeldet. Es war
bereits kurz vor vier Uhr am Nachmittag. Sie hätte jeden Moment
Feierabend. Ich ließ mich in meinen Stuhl zurückfallen. Wieso habe
ich gestern Abend nur so einen Scheiß abgezogen? Zudem hatte ich
Sarah mit reingerissen. In meine Vergangenheit, die ich sowieso
mehr als gerne hinter mir lassen würde. Was mir allerdings
klargeworden war, das ich auf jeden Fall nie wieder in dieses alte
Leben zurück möchte.
Wie wild tippte ich immer wieder neue Nachrichten, die ich dann
doch wieder löschte und nicht abschickte.
„Was mache ich hier überhaupt?", schimpfte ich mir selbst zu.
Sollte sie sich doch melden, wenn sie was wollte. Schließlich hatte
sie mir gut gezeigt das ich sie in Ruhe lassen sollte. Ohne weiter
mein Handy zu beachten, machte ich mich wieder ran an die Arbeit.
Was mir entspannt auffiel, dass die anrufe und Klagen bezüglich der
abgelehnten Mandate nachließen. So blieb Luft sich endlich wieder
auf die eigentliche Arbeit zu konzentrieren.

Spät, aber noch lange nicht so spät wie sonst, war ich endlich zu
Hause angekommen. Die letzte Nacht hing mir noch ziemlich in
den Knochen.
Mit dem Schlüssel in der Hand stand ich vor meiner Tür. War Sarah
wohl daheim? Leise steckte ich den Schlüssel ins Schloss und

133

öffnete die Tür. Ein sanftes Licht schien durch die Räume. Sarah war also hier. Ich legte erleichtert meine Jacke und Sakko ab und lief rüber ins Wohnzimmer. Niemand war zu sehen. Umgehend machte ich mich auf die Suche nach Sarah. Im Schlafzimmer angekommen sah ich, wie sie bereits im Bett lag. Wie ein Engel schlief sie tief und fest. Im sanften Licht des Mondes wirkte ihr Antlitz so umwerfend, das es mir die Sprache verschlug. Vorsichtig setzte ich mich auf den Rand des Bettes und beobachtete sie weiter. Ihre langen Haare rahmten sie ein, wie das schönste Bild, welches ich je gesehen hatte. Mein Kopf viel mir auf die Brust. Mir war klar, dass ich sie wollte und niemand anders. Ohne Sarah war mein Leben ohne Sinn. Und dass sie noch hier war, zeigte mir doch dass es ihr ebenso ging. Zudem schlief sie wieder mit im Bett.

„Nein", nuschelte sie leise. Ich sah zu ihr runter. Sie schlief noch immer, war aber sehr unruhig. Schnell drehte sie sich auf den Rücken.

„Aufhören", flüsterte sie weiter. Zumindest dachte ich sie das sagen zu hören. Es fühlte sich falsch an sie so zu sehen. Ihr so zuzuhören und in ihre tiefsten Gedanken ein Einblick zu bekommen. Und doch war es eine Möglichkeit ein Stück weit wieder an sie ran zu kommen. Auch sie beschäftigte das alles so sehr, dass sie es kaum allein verarbeiten konnte. Und was machte ich? Ich trieb mich im Bordell rum. Leise zischte ich mir selbst zu. Sarah erschrak und wurde wach. Wie gejagt saß sie atemlos vor mir.

„Hey Baby. Es ist alles gut", versuchte ich sie aufzufangen. Der

Schreck war ihr anzusehen, welcher ihr noch in den Knochen saß. Ohne eine weitere Sekunde zu verschwenden, schoss sie nach vorne und fiel mir in die Arme. Dieses Gefühl der intensiven Umarmung und Nähe hatten wir schon lange nicht mehr zueinander gehabt. Ich schloss sie weiter fest ein, während sie sich ihren Platz an meiner Schulter suchte. Endlich empfand ich wieder so etwas wie Glück und Zufriedenheit. Und das nur, indem ich ihr helfen konnte, in dem ich für sie da war. Ihr bekannter Duft von Kokos nahm mich vollkommen ein. Sie löste sich ein wenig von mir und zog mich runter. Ich folgte ihr schweigend und legte mich einfach nur zu ihr. Gemeinsam schliefen wir die wohl erholsamsten Stunden Schlaf, die ich schon lange nicht mehr hatte.

Am nächsten Morgen erwachte ich noch immer mit Sarah in meinen Armen. Als hätte für mich ein Wecker geklingelt öffnete ich die Augen. Ein kurzer Blick zeigte mir, dass es kurz nach sechs Uhr war. Auch wenn ich unter die Dusche und bald losmusste, wollte ich diesen Moment unter keinen Umständen zerstören. Die Zufriedenheit von Sarah in meinen Armen. Nur zusammen waren wir eins.

Sanft streichelte ich ihr ein paar Strähnen aus dem Gesicht. Leider wurde sie davon wach. Oder zum Glück?

„Guten morgen", flüsterte ich sanft an ihrem Ohr. Mein Schwanz pochte, als meine Lippen die weiche Stelle an ihrem Hals streifte. Ich nahm bewusst ein wenig Abstand. Auch wenn mein Körper wollte, ich wollte jetzt nicht über Sarah herfallen wie ein triebgesteuertes Tier.

„Guten morgen", sagte sie und drehte sich ein wenig in meine Richtung. Ihre Augen fingen mich ein. Wir sagten beide nichts. Ein leichtes Lächeln lag auf ihren Lippen. Diese Lippen, wie voll und einladend sie auf mich wirkten. Wie am Anfang als wir uns kennenlernten, entwaffnete sie mich voll und ganz mit ihrer bloßen Anwesenheit.

„Ich glaube, ich muss dann mal aufstehen", sagte Sarah und drehte sich langsam aus meinem Arm. Wie gerne hätte ich sie einfach weiter festgehalten. Aber wie sagt man so schön: Wenn man etwas gehen lässt und es kommt zu dir zurück, erst dann gehört es ganz dir. Somit ließ ich sie gehen.

Ich bereitete für uns beide einen Kaffee zu. Sie sollte wissen das ich für sie Sorgen würde immer an sie dachte. Heute Nacht hatte ich das Gefühl, das ich es erst jetzt ganz verstanden hatte, was Sarah eigentlich für mich war. Sie war mein Lebensinhalt und ich würde alles für sie tun. Und wenn ich dauerhaft ein Softi sein müsste, dann würde ich das tun. Nur wollte ich sie einfach nie mehr verlieren. Sie war die Frau, meine Frau an meiner Seite.

Mit den beiden Bechern in der Hand lief ich rüber ins Wohnzimmer und stellte die Becher auf dem Tisch ab. Eine Auffällig große Tasche stand am Eingangsbereich.

„Sarah?", rief ich sofort. Was sollte das? Hatte sie ihre Koffer

136

gepackt, um zu gehen?

„Sarah!", rief ich energischer. Sie kam um die Ecke aus dem Schlafzimmer.

„Ja?", sagte sie fragend und blieb vor mir stehen. Unser beider Blick landete auf der Tasche.

„Achso das", sagte sie und strich sich eine Strähne hinter das Ohr. Langsam kam sie auf mich zu und nahm meine Hand.

„Ich wollte das Wochenende bei Matt und Christin bleiben. Dann hast du einfach mal ein wenig Luft und kannst etwas durchatmen", erklärte sie. Innerlich wurde ich wütend. Ich wollte nicht durchatmen oder allein sein. War es jedoch das, was sie wollte?

„Willst du Schluss machen?", fragte ich ohne Umschweife nach. Ich riss meine Hand von ihrer los.

„Nein Aiden", versuchte sie zu erklären. „Ich wollte doch nur", begann sie weiter sich zu erklären.

„Du willst was? Das ist doch der erst Schritt. Weit weg voneinander und nächste Woche bist du dann wieder in deiner Wohnung und bei Nancy und schließlich verbringen wir nur noch ab und an mal ein Wochenende zusammen", spann ich rum. Bevor ich die Wut jedoch unkontrolliert und körperlich rausließ, war es mir lieber mit Worten etwas Druck abzulassen.

„Warum Zeit verschwenden", schrie ich fast. „Geh doch zu Matt und mach einfach was du willst", sagte ich abschließend und ging rüber ins Badezimmer. Da dort niemand mehr war den ich anschreien konnte, nahm ich den Seifenspender aus Porzellan und

137

schmetterte ihn quer durch den Raum.

So viel Sport wie in den letzten vierundzwanzig Stunden hatte ich schon lange nicht mehr gemacht. Und doch wollte ich nicht wieder zum Alkohol greifen. Sarah hatte sich nicht mehr gemeldet und auch ich hatte es nicht gewagt.

Erschöpft setzte ich mich auf meine Hantelbank und sah in den Spiegel gegenüber an der Wand. Was ich sah, war kaum zu beschreiben. Der Mann sah gut aus, keine Frage und doch war seine Seele schwarz. Wenn überhaupt noch eine Seele vorhanden war. Wie eine leere Hülle saß diese Gestalt einfach vor mir. Sobald mir etwas nicht passte und ich in Stress geriet, konnte ich es nicht kontrollieren. Ich hatte Sarah gestern nicht einmal die Gelegenheit gegeben sich zu erklären. Was, wenn Matt sie gebeten hatte schon eher zu kommen. Vielleicht war etwas mit Christin und ihrem Kind. Sie würden in den nächsten Wochen Eltern werden und man hörte es ja immer wieder das besonders am Ende einer Schwangerschaft jede Hilfe willkommen sei.

„Scheiße!", schrie ich. „Scheiße! Scheiße! Scheiße!", rief ich immer lauter. Ich wollte sie einfach nicht verlieren.

Kopflos zog ich mir mein Sweatshirt über, schnappte mir mein Autoschlüssel und fuhr mit viel zu hoher Geschwindigkeit nach Green Village.

Licht schien leicht durch die Fenster. Auch die Außenlampe auf der

Veranda war an. Sarah war mit Sicherheit schon hier.

Ich lief langsam auf die Tür zu und klingelte. So wie ich aus dem Haus gegangen war, stand ich jetzt da. Es war mir egal was Matt oder Christin dachten. Ich wollte einfach nur Sarah zurück.

Matt öffnete die Tür.

„Aiden", sagte er freundlich. Auch er kannte mich so gut wie nur im Anzug. Skeptisch sah er mich an.

„Matt. Ist Sarah da?", er atmete tief ein.

„Du hast ganz schön Mist gebaut", sagte er und machte einen Schritt zur Seite. Ich trat ein. Noch bevor ich mich erklären konnte sprach Matt bereits weiter.

„Ich frage sie mal. Warte bitte", sagte er freundlich und machte sich auf den Weg in die Küche.

Sekunden später kam Sarah um die Ecke. Sie trug eine Jeans und einen von meinen Sweatshirts. Selbst jetzt gerade passten wir einfach perfekt zusammen. Vorsichtig hielt ich Abstand. Sie kam bis auf zwei Schritte auf mich zu.

Ihre bloße Anwesenheit versetzte mich in eine warme, aufgefangene Leichtigkeit.

„Können wir kurz reden?", fragte ich sanft, die ganze Zeit mit dem Blick auf ihre wundervollen Augen gerichtet. Auch sie konnte nicht wegsehen. Ein leichtes Nicken nahm ich wahr und öffnete die Tür. Wir stellten uns kurz nach draußen. Sie schlang die Arme um ihren Körper und hörte mir gespannt zu.

„Sarah", begann ich. Doch wo sollte ich anfangen? „Es tut mir leid dich so behandelt zu haben", waren die ersten Worte. Die Tränen in ihren Augen waren kaum zu übersehen. Ich sprach weiter. „Ich möchte dir gerne alles erklären, auch wenn ich kein Recht dazu habe, das du mir überhaupt zu hörst", tausende Gedanken gleichzeitig flogen mir durch den Kopf. „Das mit Maddy, dass du diesen Teil meiner Vergangenheit kennengelernt hast, ist mir zutiefst peinlich. Und es ist nicht zu entschuldigen und ich kann dir nicht dankbar genug sein, dass du mich an diesem Abend zurückgeholt hast. Mit deinem selbstlosen handeln hast du mir gezeigt, wo ich wirklich hingehöre. Das mich meine Vergangenheit selbst anwidert. Dort möchte ich nie mehr hin. So möchte ich nie mehr sein."

„Aiden", sagte sie leise.

„Bitte lass mich ausreden", ich schloss die Lücke noch weiter zwischen uns. Sarah schreckte nicht zurück, sondern ließ es ohne Anstand zu. „Es tut mir leid, dass ich dich angeschrien habe. Aber ich hatte und habe noch immer Angst", stille. Niemand von uns beiden sagte noch etwas. Auch aus meinem Mund war es merkwürdig überhaupt zu hören, dass ich zugab, dass ich Angst hatte. Sanft nahm ich ihre Hand. Sie war bereits eiskalt. „Sarah ich will und kann nicht ohne dich sein. Und ich werde es dir jeden Tag aufs Neue zeigen und Beweisen was du mir bedeutest. Ich will der Mann sein, den du verdient hast. Egal was ich dafür tun muss", bei den letzten Worten waren unsere Gesichter nicht mehr weit voneinander entfernt. Ich ließ in diesem Augenblick für Sarah im wahrsten Sinne des Wortes die Hosen runter und zeigte ihr mich völlig nackt, was meine Gefühle anging. Zwar fühlte es sich anders an, ein Stück weit sogar komisch, und doch war es nicht falsch. Es fühlte sich richtig an.

„Aiden", Sarah schlug die Augen zu, dass die Tränen über ihre Wangen liefen. Ich legte meine Hand an ihre Seite und wischte diese sanft weg. Endlich öffnete sie sie wieder.

„Ich will keinen anderen. Nur dich, so wie du bist und mit all deinen Macken", sagte sie und schluchzte leise. Ihre Augen gingen wieder zu. Die Tränen hören nicht auf. Auch meine andere Hand lag jetzt an ihrer Wange. Wie ein Kissen umhüllte ich ihren Kopf und begann langsam die Tränen fort zu küssen. Mehr und mehr Küsse verteilte ich auf ihrer feuchten Haut. Sarah wurde weich, ihre Haltung, die Anspannung viel von ihr ab. Bis sich schließlich unsere Lippen fanden. Auch ihre Hände wanderten an meine Brust. Sie hielt sich fest. Wir gaben uns gegenseitig halt. Endlich waren wir wieder an dem Punkt und noch viel weiter in unserer Beziehung, die ich nie zuvor mit jemandem erreicht hatte.

Sarah

Der Arbeitstag ging gut um. Aidens Ausraster war mir noch gar
nicht richtig bewusst geworden. Was sollte die Szene? Erst als die
Bahn bereits fast dabei war die Türen zu schließen, bemerkte ich das
ich hier raus musste und huschte noch schnell durch die Tür. Meine
große Tasche hatte sich fast verhakt. So gerade noch hatte ich es
geschafft. Schwer atmend stand ich auf der Straße und machte mich
auf den Weg zu Matt und Christin.

Kaum zehn Minuten und einen Bus später war ich vor ihrem Haus
angekommen. Es war schon spät am Abend und alles dunkel. Selbst
zu dieser kalten Jahreszeit und obwohl es so dunkel war, hatte
Green Village seinen typischen Charme. Ich fühlte mich sofort
wohl. Vor Matts Haus blieb ich stehen und schaute nach links auf
das Haus von Aiden. Es sah verlassen aus, was es ja auch war. Wie
sehr hatte ich mich auf das Wochenende mit ihm gefreut. Dass es
jetzt so kommen würde, konnte ja keiner ahnen. Kopfschüttelnd lief
ich rüber zur Tür und klingelte. Matt machte mir auf und schwang
mich sofort auf seine Arme.
„Schwesterchen", nach mehrfachem drehen stellte Matt mich
wieder auf die Beine.
„Hi Matt", sagte ich völlig überrascht, dass er so gute Laune hatte.
„Komm rein", sagte er schließlich und machte mir platz.
Mit einem komischen Gefühl betrat ich das Haus. Nicht weil ich

mich hier nicht wohlfühlte, doch würde ich gleich Christin begegnen, die mittlerweile im neunten Monat schwanger war. Das Gefühlsdurcheinander der letzten paar Tage war in mir noch nicht ganz verstummt. Ich wusste nicht, wie ich mit der Fehlgeburt umgehen sollte und hatte deswegen am Vormittag bereits Nancys Cousin Cameron eine Nachricht geschickt, mit der bitte um Rückmeldung, wenn er Zeit für mich hätte. Vielleicht tat es ja gut mit jemanden über alles zu reden, der mir helfen konnte innerlich ein wenig Ordnung wieder hineinzubringen.

„Sarah!", sagte Christin, die um die Ecke kam. Sie sah umwerfend aus. Ihr großer Bauch streckte sich wie eine wunderschöne Trophäe nach vorne. Sie trug ein graues enges Strickkleid mit einer schwarzen Strumpfhose. Mit den Händen auf ihren großen Bauch, als würde sie ihn stützen, kam sie auf mich zu und nahm mich schließlich in den Arm.

„Es ist so schön, dass du hier bist", sagte sie und drückte immer fester zu.

Als sie mich wieder freigab, lächelte ich sie an. Ich sah an ihr herab.

„Christin, du siehst toll aus", sagte ich ehrlich.

Sie schaute mich schräg an.

„Ich habe dicke Füße, Rückenschmerzen und kann nicht mehr als eine Stunde am Stück liegen. Ich glaube nicht dass ich so toll aussehe", witzelte sie.

Wir alle gingen rüber in die Küche.

„Wo hast du Aiden denn gelassen? Kommt er morgen nach?",

143

fragte Christin, die gerade dabei war, Kaffee aufzusetzen.

„Der ist noch auf der Arbeit. Aber ich werde dieses Wochenende allein bei euch sein", sagte ich leise. Matt legte eine Hand auf meine Schulter. Ich sah zögerlich hoch. Mir war klar, dass er merkte, das etwas nicht stimmte. Ob es dann an den Hormonen lag, die noch teilweise in meinem Blut vorhanden waren oder einfach die Überforderung aktuell meine Maske standzuhalten, wusste ich nicht. Schließlich lag ich weinend in seinen Armen und erzählte ihm von dem Streit, den ich mit Aiden hatte.

Wir saßen im Wohnzimmer. Christin hatte die Füße auf Matts Schoß gelegt.

„Männer", stieß sie hervor. „Nur weil die mal etwas mehr um die Ohren haben, gibt ihnen noch lange niemand das Recht so mit uns umzugehen", sagte sie wütend. Matt sah sie an.

„Ist doch wahr!", drückte sie noch nach und schaute Matt stur ins Gesicht. Matt sagte nichts. Vernünftig von ihm sich nicht mit einer hochschwangeren Frau anzulegen.

Noch eine ganze Weile saßen wir da und redeten. Die beiden hatten viel zu erzählen. Natürlich musste ich mir auch das Kinderzimmer ansehen, welches sie bereits fertig hatten. Überall war Rosa und Rot zu sehen, Das es ein Mädchen werden würde hatten die beiden schon früh erfahren. Sie nannten die kleine jetzt schon immer Prinzessin, aber den richtigen Namen wollten sie noch nicht verraten. Es tat mir gut bei ihnen zu sein. Komischerweise konnte ich die Situationen sehr gut vertragen. Ich freute mich sehr für sie. Es störte mich nicht, dass sie ein Kind bekamen und ich meines verloren hatte. Zumindest dachte ich, es wäre so. Bis die Nacht kam und ich von einem Alptraum in den nächsten rutschte.

Obwohl es erst sieben Uhr morgens war, stand Christin bereist in der Küche und stippte ihren Teebeutel in einen Becher auf und ab. „Guten morgen", sagte ich und lächelte. Jetzt bei Tageslicht konnte ich gut erkennen das sie müde und geschafft aussah.
„Guten morgen. Kaffee?", fragte sie und hielt einen Becher hoch. Ich nickte. Sie schenkte mir eine Tasse ein. Gemeinsam starteten wir in einen entspannten Tag.

An Nachmittag beschlossen Christin und ich ein Stück weit spazieren zu gehen. Christin konnte nicht schnell laufen, was mir allerdings sehr entgegenkam. Der kalte Wind fegte mir um die Nase. Es war wunderbar. Auch meine Blutungen waren seit gestern so gut wie vorbei. Ich benötigte keine dauerhafte Tablette mehr von krampflösenden Mitteln, sondern fühlte mich, wie der Arzt auch gesagt hatte, wieder fit.
„Sarah", sagte Christin fragend.
Ich sah zu ihr rüber.
„Ja?"
„Ich weiß, dass du es deinem Bruder vielleicht nicht erzählen magst, aber wenn du reden möchtest, ich meine über alles, was so passiert

145

ist, dann bin ich gerne da für dich. Ich würde Matt nichts erzählen was du nicht weißt", sagte sie ruhig.

Verblüfft sah ich sie an. Nervös legte ich mir eine Strähne hinter das Ohr.

„Ich, also ich weiß nicht was du meinst", stotterte ich. Selbst ich würde mir aktuell nicht glauben, wenn ich neben mir stehen würde.

„Es ist nur, so sehr wie du und Aiden zusammengehören, kann ihn doch die Tatsache das du ein Wochenende allein bei uns sein wolltest, nicht aus der Fassung bringen", stutzig schaute sie zu mir rüber. Wir setzten unseren Spaziergang langsam fort. „Ich meine ich kenne Aiden auch mittlerweile ein wenig. Das kann ich mir so einfach nicht vorstellen", erklärte sie abschließend.

Innerlich wollte ich es am liebsten aller herausschreien. Der Rückschlag meiner Träume in letzter Zeit, der Stress auf Aidens Arbeit die ihn so sehr belastete und dann noch die Fehlgeburt. Nicht zuletzt der Besuch im Bordell den Aiden vor ein paar Abenden getätigt hatte. Er sagte zwar, dass er nicht fremdgegangen sei, doch irgendwie fehlte mir noch die volle Überzeugung ihm das wirklich zu glauben.

„Du hast recht", begann ich. Sofort trat ich innerlich auf die Bremse. Ich konnte es ihr einfach nicht erzählen. „Also", begann ich weiter und suchte mir das harmloseste heraus. „Aiden war vor ein paar Tagen in einem Bordell", sagte ich und senkte meinen Blick. In meinen Ohren klang das, was ich sagte unglaublich. Christin blieb stehen und sah mich erschrocken an.

146

„Er war was?", sagte sie und wurde sichtbar wütend.

„Also, es ist nicht so, wie du denkst. Er war dort, um eine alte Freundin zu besuchen", versuchte ich zu erklären.

„Eine alte Freundin?", sagte sie skeptisch.

„Sie hat mich mitten in der Nacht angerufen und ich musste Aiden abholen. Am nächsten Morgen hat er mir versichert das dort nichts lief. Sie wäre wohl eine alte Bekannte und ihm wäre wohl klargeworden, dass er mit seiner Vergangenheit abgeschlossen hätte", ich zuckte mit den Schultern. Christin war noch immer nicht voll überzeugt. Aber wie konnte ich es ihr verübeln, ich war es ja selbst nicht.

„Aiden hat mich nie angelogen und trotzdem habe ich dabei ein so schlechtes Gefühl", sagte ich mehr zu mir selbst und schaute in die Gegend.

„Manchmal ist es gar nicht so verkehrt sich Befürchtungen nehmen zu lassen", sagte Christin schon ganz wie eine Mutter.

„Du meinst", sagte ich leise und fixierte ihren Blick.

„Jepp", sagte sie und nickte dabei. „Du solltest mit dieser Frau sprechen. Was hätte sie für einen Grund dich anzulügen? Also rede nochmal mit ihr und Frage was an dem Abend wirklich gelaufen war."

Was Christin vorschlug, ergab nach kurzem überlegen einen Sinn.

„Christin?", fragte ich nach weiterem überlegen. Sie sah mich an.

„Kann ich vielleicht später kurz dein Auto haben?", lächelnd nickte sie. Schließlich führten wir unseren gemeinsamen Spaziergang fort.

147

Mit schweißnassen Händen fuhr ich zu dem Club, wo ich Aiden vor ein paar Tagen aufgelesen hatte. Wieso hatte ich mich von Christin nur zu diesem Schritt überreden lassen? Kaum hatte ich den Gedanken zu Ende gedacht, war ich auch schon angekommen. In dieser Gegend war nicht viel los und trotzdem sah ich mich um, bevor ich aus dem Auto stieg. Eine Gänsehaut überkam mich. Und das nicht nur, weil es ziemlich kalt heute war. Ich schloss die Autotür hinter mir, erneut huschte mein Blick von links nach rechts. Schnellen Schrittes überquerte ich die Straße. Mit der Hand in meiner Jackentasche hielt ich das Pfefferspray fest im Griff. Als würde mich jemand verfolgen, sah ich mich permanent um. Auf der linken Seite sah ich die Treppe, welche herunterführte zu einer Tür. LL stand auf einem Schild über den Eingang. Das musste das LuckyLucy sein.

Ich blieb stehen. Die Tür hatte keinen Griff, also klopfte ich an. Kurz darauf wurde mir die Tür von einem großen Kerl aufgemacht. Zwar war ich mir nicht sicher, aber ich war der Meinung, dass es der Typ ebenfalls von dem Abend war.

„Hi", sagte ich leise. Ich hatte mächtig Respekt vor diesem Kerl. Er war bestimmt drei Köpfe größer als ich. Der Mann sah mich einfach nur an. „Ich wollte fragen. Also ich war vor ein paar Tagen schon einmal hier", mein Hals wurde trocken. Ich schluckte hart.

„Moment", sagte der Typ brummig und schloss die Tür vor meiner Nase. Bestimmt eine Minute lang tat sich nichts. Vielleicht waren es

148

auch nur Sekunden, doch es kam mir wie eine Ewigkeit vor. Gerade als ich einen Schritt auf die Treppe machen wollte, öffnete sich die Tür wieder. Eine kleine Frau mit schwarzen langen Haaren stand vor mir.

„Ähm, hallo", sagte ich zögerlich. Zwar hatte ich mir die Frau an dem Abend kurz angeschaut, doch ich konnte nicht sagen, ob sie es war. Das alles war für mich wie in einem Nebel passiert.

„Sarah", sagte die Frau freundlich. Mir wurde heiß. Sie musste es sein.

„Sind Sie", fragte ich vorsichtig.

„Was willst du Süße?", sagte die Frau sofort und schaute sich ihre künstlichen Nägel an.

„Ähm, es tut mir leid, wenn ich störe, ich hab nur eine Frage wegen der Nacht als Aiden", mehr brauchte ich gar nicht zu sagen als die Frau vor mir breit grinste.

„Du willst wissen, ob er dir abtrünnig war?", sagte sie so hochgestochen das ich lediglich still vor ihr stand und nickte.

„Keine Sorge", sagte sie, kam auf mich zu und stand dicht vor mir. Der ekelhafte Duft wie er auch in dem Club herrschte, schwang mit ihr mit.

„Aiden ist ein absolut göttlicher Liebhaber", wie ein Schlag in den Magen drehte sich mein inneres förmlich um. Sie sprach weiter.

„Aber es ist leider schon sehr lange her, als wir, dass letzte mal so viel Spaß miteinander hatten. An dem Abend wollte er lediglich reden", sie verdrehte ein wenig die Augen. „Und der alten Zeiten

149

wegen habe ich ihm den Gefallen getan. Schließlich hatte er auch meine Drinks bezahlt", schnippisch zwinkerte sie mir zu. Natürlich drehte sich hier alles ums Geld.

„Okay. Danke", sagte ich erleichtert und lief ein Stück weiter die Treppe rauf. Auf halber Höhe rief die Frau mir hinterher.

„Hey Süße", rief sie. Ich blieb stehen und drehte mich herum.

„Aiden ist dir treu. Solche Typen kenne ich und er ist einer der Sorte, die nie fremdgehen würde", ich lächelte leicht. Es tat gut, dass sie es noch einmal so auf den Punkt gebracht hatte. „Aber", der Stein in meinem Magen war zurück. „Du solltest die Augen offenhalten. Aiden hat irgendwas von einer Arbeitskollegin erzählt, die ihm nach einer Affäre von früher Probleme macht."

Wortlos nah mich es ihn. Die kleine Frau vor mir nahm Rückzug und ging durch die Tür zurück in den Club.

Den ganzen Heimweg über dachte ich darüber nach, was Aiden ihr wohl noch alles erzählt hätte. Vor allem war ich wütend. Jedoch nicht auf Aiden, sondern auf Natalia. Mir war klar, auch wenn die Frau von gerade keinen Namen nannte, dass sie Natalia meinte. Zwar hatte Aiden mir erzählt, dass er viele Frauen verführte, dass er aber auf der Arbeit aufgepasst hatte und sich dort nur auf Natalia einließ. Sie musste es sein. Der bloße Gedanke an sie ließ mich das Lenkrad schmerzlich umgreifen.

Matt war gerade oben und kümmerte sich darum das bei der

Prinzessin noch die letzten Handgriffe fertiggestellt wurden.

Christin und ich saßen in der Küche.

„Geht es dir jetzt besser?", fragte sie nach und nippte an ihrem Becher.

Ich nickte.

„Ja, irgendwie schon. Aber der Gedanke das diese blöde Kuh noch immer an ihm rumgräbt", ich atmete stoßartig aus. Wenn sie mir das nächste Mal über den Weg laufen würde, dann müsste Aiden mich wahrscheinlich zurückhalten damit ich ihr nicht die Augen auskratzte.

„Sollte ich Aiden darauf ansprechen?", fragte ich Christin und zog die Augen eng zusammen.

„Mh", überlegte sie einen Moment. „Ich glaube, dass solltest du erst mal für dich behalten. Ihr solltet vielleicht versuchen erst mal euren Streit beizulegen", schlug sie vor.

Jetzt wo sie es so aussprach, war mir klar das Aiden und ich überhaupt noch miteinander reden sollten. Mir war nicht wohl dabei. Ich stellte meinen Tee auf den Tresen und holte tief Luft. Es klingelte an der Tür.

„Ich geh schon!", rief Matt und lief bereits hörbar die Treppe herunter.

Christin schenkte mir einen auffangenden Blick.

„Ihr kriegt das schon wieder hin", versuchte sie mich aufzumuntern.

Auf einmal kam Matt um die Ecke.

„Sarah, es ist für dich", sagte Matt auf eine komische Art und Weise.

151

Ich stand auf und sah ihn fragend an. „Es ist Aiden. Wenn du aber nicht mit ihm", ich unterbrach ihn.

„Doch. Danke Matt", sagte ich und machte mich auf den Weg zur Tür.

Mit jedem Schritt, den ich tat, begann ich mehr und mehr zu zittern. Als sich unsere Blicke trafen, war ich sprachlos. Aiden verwirrte mit seiner bloßen Anwesenheit alle Sinne. Ich ging wie auf rohen Eiern auf ihn zu. Mit einem gewissen Abstand blieb ich vor ihm stehen. Noch immer fixierten seine Augen die meine. Es war mir nicht möglich meinen Blick von ihm zu nehmen. Ein Funke blitzte auf, als er zu sprechen begann.

„Können wir kurz reden?", fragte er in einer Tonlage, die mir eine Gänsehaut verschaffte. Schützend legte ich die Arme um mich herum und nahm eine automatisierte Abwehrhaltung ein.

„Sarah, es tut mir leid dich so behandelt zu haben", sagte Aiden. Seine Worte klangen ehrlich. „Ich möchte dir gerne alles erklären, auch wenn ich kein Recht dazu habe, das du mir überhaupt zu hörst", umso weiter er sprach, umso sensibler und dünner wurde mein Gefühlskostüm. „Das mit Maddy, dass du diesen Teil meiner Vergangenheit kennen gelernt hast, ist mir zutiefst peinlich. Und es ist nicht zu entschuldigen und ich kann dir nicht dankbar genug sein, dass du mich an diesem Abend zurückgeholt hast. Mit deinem selbstlosen handeln hast du mir gezeigt, wo ich wirklich hingehöre. Das mich meine Vergangenheit selbst anwidert. Dort möchte ich nie mehr hin. So möchte ich nie mehr sein", erklärte er abschließend.

„Aiden", sagte ich brüchig. Ich wollte nicht erneut schwach vor ihm sein.

„Bitte lass mich ausreden", sagte er deutlich und trotzdem war es, als würden seine Worte mich streicheln. Aiden kam ein Stück näher. Ein innerer Drang, dem ich allerdings widerstand, wollte ihm sofort in die Arme fallen.

„Es tut mir leid, dass ich dich angeschrien habe. Aber ich hatte und habe noch immer Angst", bei dem letzten Wort war mir klar, wie schwer es ihm fiel, so offen zu mir zu sein. Die nachfolgende Stille verlieh dem Wort noch mehr Gewicht. Für wenige Sekunden löste Aiden den Blick von mir und nahm vorsichtig meine Hand in die seine. Schließlich sah er erneut zu mir auf.

„Sarah ich will und kann nicht ohne dich sein. Und ich werde es dir jeden Tag aufs Neue zeigen und Beweisen was du mir bedeutest. Ich will der Mann sein, den du verdient hast. Egal was ich dafür tun muss", während Aiden sprach, zogen sich unsere Körper wie ein Magnet mehr und mehr an. Ich schmeckte seinen Atem. Auch wenn er mich nicht berührte, umhüllte er mich mit seiner Wärme.

„Aiden", flüstere ich und schloss meine Augen. Schließlich wischte Aiden sanft die bereits laufenden Tränen von meinen Wangen und hielt inne. Ich öffnete meine Augen erneut und sah ihn an.

„Ich will keinen anderen. Nur dich, so wie du bist und mit all deinen

153

Macken", ließ ich mein Herz sprechen. Denn genau das war es, was ich wollte. Ich wollte ihn, so wie er war. Seine Vergangenheit konnte er, genauso wenig wie ich, nicht mehr ändern und dementsprechend würde ich das selbstverständlich akzeptieren. Um die Tränen wegzudrücken, schloss ich meine Augen. Aiden begann auch die letzte Lücke zwischen uns zu schließen und begann mich sanft mit Küssen davon zu überzeugen wie sehr er zu mir stand. Er würde, wie er es mir auch versprochen hatte, immer für mich da sein und genau das tat er in diesem Augenblick auch. Letztendlich lagen unsere Lippen aufeinander und zeigten dem jeweiligen anderen das es nicht möglich war, ohne einander zu sein.

Aiden

Direkt als ich ihre Haut unter der meinen spürte, merkte ich wie mein Schwanz anschwoll. Immer wenn ich Sarah auch nur ein Stück näherkam, spielte mein Verstand verrückt und mein Trieb übernahm die Oberhand.

„Wollen wir zu dir gehen?", flüsterte sie sanft. Die Worte waren für mich wie Engelsgesang. Und das war es auch. Wenn Sarah zu mir sprach und dann noch in mein inneres schaute, putschte es mich zusätzlich auf.

Ich antwortete nicht, nahm lediglich ihre Hand. Gemeinsam liefen wir rüber zu meinem Haus. Ich schloss die Tür hinter uns. Fast im Dunkeln standen wir voreinander. Sarah wirkte verändert. So zerbrechlich und klein. Schließlich durchbrach sie die Stille.

„Lass uns nie wieder Streiten okay?", sie schluckte schwer. Auch wenn ich nicht genau sehen konnte, wie verweint sie war, hörte man es noch deutlich in ihrer Stimme das sie die letzten Tage ziemlich mitgenommen hatten.

Ich machte einen Schritt auf sie zu und nahm sie in den Arm. Ihr unbeschreiblicher Duft fing mich auf. Hier in meinen eigenen vier Wänden und hinter verschlossener Tür war es für mich ein leichtes meine Maske für Sarah abzulegen. Die emotionale Blöße gerade vor Matts Tür, öffnete bereits das Schloss, doch hier und so ganz alleine mit Sarah konnte ich mich ebenfalls komplett fallen lassen. Wie Sarah. Sie schmiegte den Kopf an meine Schulter. Weiter und

155

weiter streichelte ich ihr Haar und bot ihr Schutz. Schutz vor allem Bösen da draußen und auch den Emotionen die passiert waren. Noch eine lange Zeit lagen wir uns so in den Armen.

Ein wildes hin und her neben mir weckte mich. Sarah schlief unruhig neben mir. Sie griff um sich, als würde sie etwas suchen. Ich rutsche näher zu ihr ran. Als sie schließlich gegen mich stieß, beruhigte sie sich sofort. Wie ein Rettungsring hielt sie sich an mir fest. Ich spürte, wie ihr schneller Herzschlag langsam ruhiger wurde. Vorsichtig strich ich ihr ein paar Strähnen aus dem Gesicht. Von da an fand ich für diese Nacht keinen Schlaf mehr. Ich lauschte Sarahs ruhigen Atem und jeder Bewegung, welche sie in den tiefen ihrer Träume tat.

Ich stand in Küche und checkte die Mails auf meinem Handy. Eine davon lag mir wie ein Stein im Magen. Da Jared mich vollkommen unter seine Fittiche stellen wollte, sorgte er dafür das ich so viel Stress, wie es nur ging, mit in mein Privatleben zog.
„Fuck", stieß ich hervor und schmiss mein Handy auf die Küchenablage. Auch jetzt hatte Jared es für die nächste Woche wieder geschafft das ich zwei Tage in Las Vegas verbringen würde. Gerade jetzt wo wir uns ausgesprochen hatten, sollte ich wieder weg? Ich musste mir was einfallen lassen, um diesen Arsch loszuwerden. Mir war immer noch schleierhaft wieso Arthur das überhaupt mitmachte.

„Guten morgen", sagte Sarah mit ihrer warmen Art und Weise die mir direkt in die Leisten schoss.

Ein Stück weit aufgesetzt drehte ich mich zu ihr um und sah in ihr wundervolles Gesicht. Wenn wir auch gestern dem Bedürfnis nicht gefolgt waren miteinander zu schlafen, brodelte es jetzt in mir umso mehr.

„Guten morgen", ich lief zu ihr rüber und gab ihr einen Kuss auf die Wange. Gerade als ich mich ein Stück von ihr entfernen wollte, stoppte Sarah mich. In ihren Augen funkelte die Lust auf.

„Weißt du, was ich gerade geträumt hatte?", sagte sie und legte den Kopf ein wenig schief. Sie kam weiter auf mich zu. Mein Schwanz wusste, was er wollte und Sarah anscheinend auch. Als sie schließlich mit ihrer Hand an meinem Hosenbund spielte, wusste ich, was sie geträumt hatte. Ein Lächeln tat sich bei mir auf. Sarah sah, dass es bei mir Klick gemacht hatte. Was dann geschah, passierte so schnell, dass ich es nicht kommen sah. Sarah kniete nieder. Während dessen zog sie meine Hose mit und entblößte mein Glied, das wie eine eins nach vorne ragte.

„Sarah", stöhnte ich. Ohne dass sie meinen Schwanz auch nur berührte war das Wissen was gleich passieren würde so heiß, das ich fast direkt kam.

Sarah sah zu mir auf. Für einige Sekunden sahen wir uns einfach nur an. Ich legte sanft eine Hand auf ihren Kopf und streichelte über ihr Haar. Die Lust in uns beiden machte für einen Moment pause, bis es bei ihrem nächsten Augenaufschlag schließlich um uns geschehen

157

war. Sarahs volle Lippen öffneten sich. Bruchstückweise bekam ich mit, wie sie mein bestes Stück in den Mund nahm. Ich taumelte nach hinten und hielt mich an der Küchenplatte fest. Erregt und heiß vor Leidenschaft ließ ich meinen Kopf in den Nacken fallen. Mit der anderen Hand umgriff ich feste Sarahs Haare.

„Baby", stieß ich abgehackt hervor. Ein inneres für und wider jetzt schon zu kommen tat sich in mir auf. Sarah jedoch reagierte auf nichts, was ich sagte. Letztendlich warf ich alles über Bord und kam heftig in ihren Mund. Das Schlucken von Sarah hallte in meinen Ohren nach. Ihr Rachen massierte meine empfindliche Spitze. Fast wäre ich erneut gekommen. Als ihre Lippen mich freigaben, zog ich sie bestimmend und trotzdem so sanft wie es mir derzeit möglich war zu mir hoch und küsste sie. Mein Saft an ihr zu schmecken, war wie ein Rausch, von dem ich am liebsten nie wieder runtergekommen wäre.

Die letzten Tage liefen gut. Auch wenn ich es nicht zugeben wollte, aber auf der Arbeit war es deutlich entspannter sich auf nur einen Fall zu konzentrieren. Wobei es für mich noch immer nicht infrage kam dieses Arbeitsverhalten zu akzeptieren.

Mein Handy summte. Sarah schrieb mir.

Mittag?

Schnell sah ich rüber zur Uhr. Es war bereits kurz vor zwölf. Wenn es möglich war versuchten Sarah und ich uns auch in der Mittagspause zu treffen. Wenn überhaupt war das einmal die Woche möglich, doch heute würde es passen.

Bin unterwegs, tippte ich schnell zurück.

Gesagt getan räumte ich die Unterlagen an die Seite und verließ mein Büro. Gerade als ich im Fahrstuhl stand und dieser seine Türen schloss, hielt eine künstlich aufgehübschte Hand das silberne Metall auf.

„Kann ich noch mit?", fragte Natalia auf ihre anzüglichste Art und Weise wie sie es nur konnte.

Genervt zog ich die Augen zusammen und nickte. Still schloss der Fahrstuhl seine Türen.

„Gehst du auch in den Coffeeshop?", fragte sie und sah mich von der Seite aus an. Jedes Wort, das sie tat, schürte nur noch mehr den Hass gegen mich für sie. Das Natalia einfach nicht loslassen konnte war mir schleierhaft.

Als ich ihr keine Antwort gab, plauderte sie einfach weiter. Was sie jedoch dann sagte ließ meine Hand zu Faust werden.

„Jared hat mir heute gesagt das ich dich begleiten werde nach Las Vegas", ihre Stimme wurde höher, umso weiter sie sprach. „Ich freue mich schon", waren ihre letzten Worte. Endlich tat sich der Fahrstuhl auf. Ohne ein Wort zu sagen, trat ich heraus. Erst auf der Straße konnte ich sie durch schnellen Schritt abschütteln. Es war äußerst schwer für mich gerade die Kontrolle zu behalten.

„Scheiße", fluchte ich vor mir her. Ich bog um die letzte Ecke zum Coffeeshop, wo ich Sarah auch schon stehen sah. Zwischen all den vielen Menschen viel sie mir sofort auf. Sie strahlte mich an.

159

Auch wenn ich es oftmals nicht verdient hatte, liebte sie mich. Und das zeigte sie mir jedes Mal, wenn wir uns sahen.

„Hallo", sagte sie, als ich unmittelbar bei ihr war. Die Wut von eben war verflogen. Ich griff in ihren Nacken und küsste sie zur Begrüßung, anstatt etwas zu sagen. Das gefiel ihr immer ziemlich gut. Auch diesmal zeigte mir ihr Lächeln, dass es so war. Zu meiner Überraschung hatte sie bereits zwei Becher Kaffee in der Hand, was mir am Anfang überhaupt nicht auffiel.

Sie reichte ihn mir entgegen.

„Danke", sagte ich grinsend. Sarah sah mich an. In diese Augen könnte ich den ganzen Tag sehen.

Sarah schaute plötzlich an mir vorbei. Im nächsten Moment wusste ich schon wieso.

„Aiden?", sagte Natalia die mittlerweile neben mir stand.

„Was?", fauchte ich mit meiner miesesten Stimmung zu ihr rüber.

„Ich wollte nicht stören", sagte sie aufgesetzt. „Aber ich denke, wir sollten später nochmal sprechen wegen Las Vegas. Nur damit wir auch nichts vergessen", ich sah zu ihr rüber. Mit hochgezogener Nase stand sie vor mir. Als würde ich eine andere Natalia als damals vor mir haben, sah ich sie mit anderen Augen. Alles an ihre war mir zu viel. Zu viel Make-up, zu viel Blondierung und einfach zu viel von falscher Schönheit.

„Wir klären das im Büro", sagte ich ganz professionell. Natürlich würde ich vor Sarah und erst recht nicht in der Öffentlichkeit die Kontrolle verlieren.

„Natürlich", sagte sie nur, sah Sarah von oben bis unten an und stöckelte davon.

Auch ich warf jetzt einen Blick auf Sarah. Zwar hatte ich ihr gesagt das ich noch einmal nach Las Vegas musste, doch mir war bis vor wenigen Sekunden selbst nicht klar das Natalia mitreisen würde.

„Sie wird dich begleiten?", hackte Sarah natürlich sofort nach. Sie wirkte distanziert. Es war ein schwieriges Thema. Besonders nachdem Natalia sich in mich verliebt hatte.

„Leider ja", sagte ich und atmete angestrengt aus.

„Aiden", begann Sarah von neuem.

„Entschuldige. Ab jetzt ist die Arbeit in unserer Pause vom Tisch", sagte ich schnell, um davon wegzukommen. Aber Sarah wollte genau das mit mir besprechen.

„Nein, also ich denke, wir sollten tatsächlich mal über Natalia sprechen", mir wurde anders. Das Band zwischen uns spannte sich noch mehr an.

„Ist es", begann sie nervös.

„Sarah", sagte ich und versuchte ihr die Angst zu nehmen. „Bitte sag, wenn was ist."

Schweigende Sekunden später sagte sie endlich, was los war.

„Also ist es wahr, dass Natalia in dich verliebt ist?", fragte sie direkt heraus. Mir war schleierhaft, woher sie Bescheid wusste.

Professionell setzte ich meine Maske auf. Ich wusste, dass Sarah schon ziemlich gut dahinter schauen konnte, also musste ich mir alle Mühe geben.

„Wie kommst du da drauf?", fragte ich angespannt.

„Ich war dort wo, also die Frau aus dem Club neulich Abend hat da so etwas gesagt", mein Puls beschleunigte sich. Ich wurde wütend. Und jetzt auf Sarah. Ich ging einen Schritt dichter auf sie zu, damit das hier nicht jeder mitbekam.

„Hat Maddy das dir an dem Abend erzählt?", fragte ich zischend nach.

„Nein, also nicht an dem Abend", gab sie zu und senkte den Blick. Ihre Haltung und alles an ihr zeigten mir, dass sie sich in Grund und Boden schämte.

„Warst du etwa", ich konnte es nicht einmal aussprechen. Sarah war alleine in diese Gegend gefahren. Ich schnaubte aus und schloss kurz meine Augen.

„Sag mir bitte nicht das du allein in dem Club warst?", meine Stimme wurde immer leiser, aber messerscharf. Sarah wusste nicht, was sie machen sollte. Immer kleiner stand sie vor mir. Meine Brust pustete sich weiter und weiter auf. Körperlich wurde ich immer größer und war ihr deutlich überlegen.

„Es tut mir leid", flüsterte sie sehr leise. Noch immer sah sie mich nicht an.

Mein Körper regierte instinktiv auf ihre Angst. Ich wollte nicht, dass sie Angst vor mir hatte.

„Sarah", sagte ich weitaus sanfter. Sie reagierte nicht.

„Sie mich bitte an", forderte ich von ihr. Endlich reagierte sie und schaute zu mir auf. Mein Körper hatte sich mittlerweile deutlich

162

entspannt.

„Das muss dir nicht leidtun. Aber wie kannst du dich nur so einer Gefahr aussetzten?", fragte ich ungläubig, dass sie das wirklich getan hatte.

„Es tut mir leid, dass ich dir das nicht gesagt habe, aber ich wollte einfach Gewissheit", sie schlug eine Hand vor die Augen. Irgendwie war es rührend und auf eine andere Art beschämend das sie mir nicht geglaubte als ich ihr gesagt hatte, dass dort nichts gelaufen war mit Maddy.

„Sie mich an Sarah", forderte ich sie auf. Meine Wut war komplett weg.

Sarah tat erneut was ich sagte und schaute zu mir auf. Ich lächelte sie an. Es war ihr anzusehen, dass sie sich noch sehr unwohl fühlte bei dem, was sie tat. Noch wollte ich sie in diesem Gefühl lassen.

„Wenn du noch einmal so etwas Unüberlegtes machst, dann", die nächsten Worte ließ ich unausgesprochen. Ich legte meine Lippen auf ihre und gab ihr einen harten Kuss. Perplex sah sie mich einfach nur an.

„Lass uns ein Stück gehen", sagte ich und legte den Arm um sie. Ich hatte die Oberhand über sie. Auch wenn wir gerade kein Sex hatten, gefiel es mir sehr, dass sie so auf mich reagierte.

„Stimmt es denn?", wollte Sarah noch wissen.

„Ja", sagte ich angespannt. „Sie hat es mir beim Neujahresmeeting gesagt", gab ich offen zu.

Sarah sagte nichts dazu. Sie nahm es so hin und schenkte mir ein

163

schiefes Lächeln. Mir war nicht klar, was sie darüber dachte, dass ich ihr das nicht gesagt hatte. Von da an ließen wir das Thema für heute außen vor.

Am frühen Montagmorgen ging mein Flieger. Ich nahm es in Kauf einen langen Tag vor mir zu haben, sodass ich heute Abend bereits zurückfliegen würden. Sarah schlief noch, als ich das Haus verließ. Ich wollte sie nicht wecken. Dafür habe ich ihr einen Zettel hingelegt und das Versprechen so schnell wie möglich wieder bei ihr zu sein. Die entsprechenden Akten hatte ich am Freitag bereits aus dem Büro mitgenommen und hatte mich am Wochenende bei ein paar Überstunden tiefer eingearbeitet.

In der Flughafenhalle war viel los. Ich suchte das gewohnte Gate auf und wartete. Erleichtert stellte ich fest, dass Natalia noch nirgends zu sehen war. Zumindest bis ich den Gedanken zu Ende gedacht hatte.

„Guten Morgen Aiden", sagte plötzlich Natalia, die dicht hinter mir stand. Sie lief an mir vorbei und streifte zärtlich meine Hand. Wie ein unangenehmer Blitz durchzog es mich. Bewusst nahm ich von ihr Abstand.

„Morgen", sagte ich weitaus weniger freundlich als sie.

„Tut mir leid, dass ich so spät dran war. Aber ich musste noch etwas im Büro klären", ihre wilden Haare zeigten mir das sie vor kurzem noch flachgelegt wurde. Von wem war nach der Aussage natürlich sofort klar.

Jegliche Andeutungen versuchte ich zu ignorieren. Zu meiner Überraschung versuchte Natalia nicht weiter mich anzugraben.

Der Flug startete pünktlich und verlief ohne Probleme. Wir checkten in ein Tagungshotel ein, wo auch das Meeting stattfand. Ich wartete bereits im Konferenzraum, als Natalia endlich um die Ecke kam. Von unserem Klienten war noch nichts zu sehen, wobei dafür auch noch ein paar Minuten Zeit waren. Natalia lief um den großen Tisch herum und direkt auf mich zu. Ohne es zu bemerken, schaute ich sie an. Erst als sie triumphierend lächelte, bemerkte ich, was ich da so eben gemacht hatte. Zu meiner Verwunderung ließ es meinen Schwanz kalt wie kurz ihr Kleid war und mit welchem Hüftschwung sie auf mich zulief. Natalia jedoch fing meinen Blick ein und nahm ihn falsch auf.

„Gefällt dir, was du siehst?", fragte sie und zwinkerte mir zu.

„Du kennst meine Meinung Natalia", sagte ich kalt und fixierte sie, um meine Ernsthaftigkeit zu verdeutlichen.

Gezielt lief Natalia weiter und stellte sich dicht vor mir. Natürlich wich ich nicht zurück. Vor einer Frau geschweige denn vor ihr, würde ich nicht weichen. Ihr Parfüm schwang mir in die Nase. Erinnerung an wilden Sex, schmutzigen Orten, kurze und lange Exzesse, flogen an meinem inneren Auge vorbei.

„Tu doch nicht so, als würdest du es nicht wollen", flüsterte sie. Plötzlich griff sie mir an die Hose und rieb schnell gegen meinen Schwanz. Die Tatsache das ich gestern ausgesprochen langen und

165

guten Sex mit Sarah hatte, ließen mich diese Situation überstehen, ohne dass ich hart wurde. Umgehend packte ich Natalias Handgelenk und riss ihre Hand nach oben.

„Fass mich nicht an", zischte ich und beugte mich vor.

Überrascht von meiner Reaktion zog Natalia sich wütend aus meinem Griff.

„Du bist so ein Schlappschwanz geworden", sagte sie erniedrigend. Doch ihre Worte prasselten an mir ab.

Siegessicher begann ich zu lächeln. Wenn sie sich auf so eine Ebene herabließ, war sie einfach nur verzweifelt.

„Du weißt, dass das nicht stimmt. Aber so jemanden wie du, der so einen hässlichen Charakter hat, der turnt mich einfach nicht an", entgegnete ich schließlich, woraufhin Natalia nichts mehr zu sagen hatte. Sie lief um mich herum und machte sich daran ihren Arbeitsplatz als Schriftführerin einzunehmen.

Sarah

Ich öffnete widerwillig meine Augen. Mein Wecker klingelte
unerbittlich. Erst als ich ertastete das Aiden bereist fort war, hatte
ich den nötigen Antrieb mein Handy vom Nachtschrank zu nehmen
und den Wecker auszustellen. Für einen kurzen Moment genoss ich
die nötige Ruhe und ließ die letzten Tage noch einmal Revue
passieren. Am Donnerstag hatte sich tatsächlich Cameron gemeldet.
Er wusste von Nancy das ich mich hören lassen würde und hatte
sich für die späte Antwort entschuldigt. Dafür hatte er mir
angeboten das wir uns bereits heute treffen könnten. Mit einem
mulmigen Gefühl sah ich dem Termin heute Nachmittag
entgegen. Carmeron konnte für heute die Praxisräume von einem
Kollegen benutzen. Da er sonst von Montag bis Mittwoch nur
Vorlesungen in New York hielt, hatte er keine eigenen Räume hier.
Am Donnerstag und Freitag war er in Manhatten als Psychologe in
seiner eigenen Praxis tätig. Aber er wollte nach den Vorlesungen
und nach meinem Feierabend, sich gerne mit mir treffen und
versuchen mir zu helfen. Wobei es mir heute wirklich gut ging. Das
Wochenende mit Aiden war wunderschön. Wir haben viel
gemeinsam unternommen. Lagen lange im Bett, haben viel geredet
und genossen einfach die Zeit zu zweit. Hin und wieder
musste Aiden sich auf den Termin in Las Vegas vorbereiten, doch
diese Pausen gaben unserem Zusammensein keinen negativen
Abbruch.

Meine Handyerinnerung piepte. Ruckartig setzte ich mich auf.

„Mist!", sagte ich und sprang aus dem Bett. Hecktisch und viel zu schnell begann ich mich anzuziehen. Jetzt wurde es nötig Zeit das ich auf die Arbeit kam, wenn ich nicht zu spät kommen wollte. Gerade als ich meine Schuhe an den Füßen hatte und mir die Jacke über die Schultern warf, sah ich das ein Zettel an der Tür klebte.

Heute Abend werde ich wieder bei dir sein. Versprochen

Aiden hatte mir diesen Zettel hinterlassen. Lächelnd nahm ich ihn entgegen und steckte ihn, als heutigen Motivationsbegleiter in meine Handtasche.

Die Arbeit lief gut von der Hand. Aiden schrieb mir eine Nachricht, als sie angekommen waren. Er müsste fast gleich direkt ins Meeting und wollte sich dann heute Abend melden, wenn er losfliegen würde.

„Hi Sarah", sagte Nancy die freudestrahlend vor mir stand.

„Hi", sagte ich und schaute sie an. „Ist alles okay?", wartend stand sie noch immer vor mir. Auf einmal ändere sich ihr Gesichtsausdruck. Zwar hatte sie noch immer ein Lächeln auf den Lippen, wirkte ihr Blick anders.

„Es ist nur, hast du schon mit Cameron gesprochen", wie es der Teufel Zufall so will, sprach Nancy das an, was zwischendurch immer bei mir wieder aufkam.

Ich sah kurz auf die Uhr und beschloss mutiger weise ein paar Minuten eher in die Mittagspause zu gehen.

„Komm", sagte ich zu ihr und zeigte mit dem Kopf zum Ausgang. „Lass uns ein Kaffee holen", befahl ich ihr schon fast. Ohne Widerworte schnappte Nancy ihre Jacke und folgte mir.

Bereits im Fahrstuhl fragte sie erneut nach.

„Also?", wollte sie wissen. Mehr sagte sie nicht, denn ich wusste ja, was sie wollte.

„Ja, ich habe mit ihm geschrieben und eigentlich wollten wir uns heute treffen", erklärte ich kurz.

„Eigentlich?", die Fahrstuhltür öffnete sich. Gemeinsam liefen wir durch die Menschenmenge hin zum Ausgang. Erst als wir draußen ein wenig mehr Platz hatten, erklärte ich es weiter.

„Weißt du, im Augenblick geht es mir echt gut!", sagte ich. Und das stimmte auch. Das Wochenende hatte mir so viel Energie verschafft, dass es mir wirklich gut ging.

Nancy sagte zunächst nichts. Ich wusste durch ihre Vergangenheit das sie sich mit der psychologische-menschlichen Seite bereits ein wenig auskannte. Sie wollte einfach nichts Falsches sagen.

„Sarah", begann sie schließlich, „Meinst du nur, weil es dir im Moment gut geht, dass du keine Flashbacks mehr haben wirst?"

„Natürlich habe ich auch daran gedacht. Aber die Alpträume sind viel weniger geworden. Ich habe das Gefühl, das ich damit so langsam abschließe", sagte ich lächelnd.

Vorm Coffee-Shop angekommen, blieben wir noch ein wenig stehen, ohne hineinzugehen.

„Süße, das freut mich wirklich, dass es dir besser geht. Aber bitte, überleg es dir nochmal. Nicht dass es nur ein Selbstschutz ist und du es einfach wieder Verdrängst", vorsichtig zog Nancy die Schultern hoch. Sie war so umsichtig in ihrer Wortwahl das ich mich davon fast gestreichelt fühlte.

Schließlich nahm ich sie in den Arm.

„Danke Nancy. Aber wenn wirklich mal wieder was ist, habe ich ja Camerons Nummer", ich löste mich von ihr und sah sie an.

„Doch im Moment geht es mir wirklich gut", lächelte ich.

„Okay", sagte sie kleinlaut.

Wir schafften es so gerade noch uns einen Kaffee zu holen, bevor unsere Pause schon wieder zu Ende war.

Direkt nach der Mittagspause hatte ich mich entschlossen Cameron eine Nachricht zu schicken, dass ich den Termin heute nicht wahrnehmen könnte.

Hallo Cameron. Danke für deine Hilfe, aber ich kann heute leider den Termin nicht wahrnehmen. Es tut mir leid für die Umstände, die du dir gemacht hast. Gruß Sarah

Nur wenige Minuten später, bekam ich bereits eine Antwort.

Hallo Sarah. Das ist kein Problem. Bitte melde dich jederzeit, wenn ich dir helfen kann. Gruß Cameron

Ein Schauer überkam mich. Es war, als würde Cameron jetzt schon hinter meine Fassade blicken. Hatte Nancy recht und ich würde alle nur Verdrängen? Wobei ich dieses aktuell mit einem klaren ‚Nein'

170

beantworten könnte. Ich fühlte mich so stark wie schon lange nicht mehr.

Nachdem ich ein paar Einkäufe erledigt und die Vorräte in Aidens meist leeren Kühlschrank ein wenig aufgefüllt hatte, gönnte ich mir ein heißes Bad.

Mit einem Glas Rotwein auf der Ablage neben mir und meinen Bluetooth Kopfhörer in den Ohren, ließ ich mich von der Musik berauschen. Fast als könnte ich meine Gedanken endlich mal komplett abschalten, genoss ich jede Minute der puren Entspannung.

Leise begann ich ein Lied mitzusingen, welches mir im Moment so gut gefiel. Vorsichtig nahm ich einen Luffa Schwamm und begann mir die Beine zu waschen. Meine Haut reagierte empfindlich auf die Berührungen. Ich schloss meine Augen und stellte mir vor, wie Aiden mich waschen würde. Dieser Gedanken schoss mir direkt in die Mitte. Automatisch schob sich die Hand mit dem Schwamm zwischen meine Beine bis hin an meine sensible Mitte. Leise entrann mir ein Stöhnen von den Lippen. Kaum unmöglich damit aufzuhören rieb ich weiter und weiter. Mein inneres verlangte von mir das ich mich zum Höhepunkt trieb, doch das wollte ich am liebsten mit Aiden heute Abend erleben.

„Aiden", flüsterte ich, und zwang mich mit meiner ganzen Konzentration dazu aufzuhören.

Schwer atmend lag ich da. Ich öffnete meine Augen. Leicht

171

geblendet von dem hellen Licht, erschrak ich bis auf die Knochen als ich plötzlich jemanden im Bad stehen sah.

„Ah!", schrie ich auf und verdeckte so gut es ging meine Blöße. Nach mehrfachem zwinkern erkannte ich das es Aiden war, der mit Argus Augen mich ganz genau beobachtete. Ich zog mir meine Kopfhörer aus den Ohren. Sein Blick noch immer fest auf mich gerichtet. Er machte einen Schritt auf mich zu.

„Aiden, wie kannst du mich nur so erschrecken!", sagte ich tadelnd und noch immer völlig außer Atem.

Aiden antwortete nicht, sondern knöpfte als Antwort sein Hemd auf. Als ich einen kurzen Blick auf seine Mitte erhaschen konnte, wurde ich rot. Verdammt! Wie lange stand er wohl schon im Raum?

„Ähm, wie lange bist du denn schon hier?", fragte ich mit trockener Kehle.

„Ich denke", sagte er brüchig. Sein erregter Zustand war deutlich in seiner Stimme zu hören. „Das wir nicht darüber reden sollten. Oder ist es das, was du willst?", fragte er. Mir war sofort klar, dass er alles gesehen haben musste. Ich legte die Hände vor die Augen und versank tiefer im warmen Wasser.

Aiden stieg neben mir in die Wanne. Noch immer konnte ich ihn nicht ansehen. Schließlich nahm er meine Hände von meinen Augen und wir sahen uns an. Der Rotwein, die Hitze der Wanne und natürlich die Schamesröte müssen mich aussehen lassen wie eine überreife Tomate.

„Darf ich es zu Ende bringen?", fragte Aiden. Er wusste, dass ich

172

wusste, was er meinte.

Ich nickte zögernd. Ich wollte das und wie ich es

wollte. Aiden drückte mich zurück, dass ich wieder lang in der

Wanne lag. Er über mich gebeugt, spürte ich an meinen

Oberschenkeln, wie hart er war. Seine Hand fuhr in meinen Nacken.

Er küsste mich bestimmend. Der Kuss wirkte durch die Wärme im

Raum und der Feuchtigkeit auf unserer Haut anders, irgendwie

intensiver. Gerade als ich jeden Moment damit gerechnet hatte, das

er sich in mir versenken würde, spürte ich, wie seine andere Hand

zwischen meine Beine wanderte. Mit einer Leichtigkeit wie sie nur

im Wasser zu fühlen war, glitt er gleich mit mehreren Fingern in mir

rein. Kurz darauf krümmte er diese und fand auf der Stelle meinen

einen ganz bestimmten Punkt. Unbewusst biss ich ihm leicht in die

Lippen. Das Feuer war im vollen Gange. Aidens Finger begannen

weiter sich immer schneller zu bewegen. Mein Becken fuhr nach

vorne. Ich wollte mehr, ihn ganz in mir haben. Aiden, der noch

immer zwischen meinen Lippen hing, nahm ein wenig Abstand und

die Hand aus meinem Schoß, um schließlich meine inneren Gelüste

zu stillen und versenkte sein Glied tief in meinen Schoß. Mein Kopf

viel mir in den Nacken.

„Aiden", flüstere ich heiser. Seine Bewegungen wurden zu einem

immer schneller werdenden Rhythmus. Ich schlang meine Beine um

seine Oberschenkel, um besseren Halt zu

bekommen. Aiden beschleunigte noch weiter. Das Wasser

schwappte bereits in Massen über den Rand, was uns allerdings

173

völlig egal war. Kaum Sekunden darauf befanden Aiden und ich uns gemeinsam am Rande eines langen Orgasmus.

Alles war dunkel. Ich wusste, dass dies ein Traum war. Im nächsten Moment dachte ich daran, dass John mir hier über den Weg laufen könnte. Hier wäre er nicht tot. Er könnte jede Sekunde erscheinen. Hektisch begann ich mich nach einer Lichtquelle umzusehen und entdeckte eine Lampe. Als ich mich dieser Lampe näherte, sah ich das der Mann, der sie hielt, John war.

Verkrampft wachte ich auf. Mein Herz schlug mir bis an den Hals und mein Atem ging schnell. Bewusst hatte ich meine Augen geschlossen. Denn mein Kopf lag auf Aidens Brust und ich wollte nicht das er geweckt würde. Der ruhige Atem von Aiden versicherte mir das er noch schlief. Tränen schossen mir unter die verschlossenen Augen. Gerade als ich dachte, das es voranging, haute mich so ein Traum wieder weit zurück.
Gefühlte Stunden dauerte es, bis ich erneut in einen zum Glück traumlosen Schlaf fiel.

Zwar hatte mich der Traum von vor zwei Nächten ein wenig durcheinandergebracht, doch fühlte ich mich immer noch stark und stabil um nicht Camerons Hilfe in Anspruch zu nehmen. Voller Elan nahm ich mir weitere Akten vom Stapel und begann sie durchzuarbeiten.

Auf einmal vibrierte mein Handy in meiner Tasche. Es hörte nicht auf, also war es keine Nachricht, sondern ein Anruf. Ich kramte es hervor und sah das Matt versuchte mich zu erreichen. Sofort ging ich ran.

„Matt", sagte ich nervös. Es musste etwas mit Christin zu tun haben.

„Hallo Tantchen", begrüßte er mich. Ich sprang auf und grinste wie ein Honigkuchenpferd.

„Oh Matt. Wirklich? Wann? Was? Wie geht es euch?", ich holte kurz Luft und sortierte meine Gedanken.

„Alles gut Sarah. Es geht uns allen gut", sagte er beruhigend.

„Herzlichen Glückwunsch Matt. Ich freue mich so für euch!", strahlte ich ins Telefon. „Wie heißt die kleinen denn?", wollte ich wissen.

„Das wollen wir euch lieber persönlich erzählen", sagte Matt und grinste hörbar freudig ins Telefon.

„Wann können wir denn kommen?", war sofort meine nächste Frage. Ich konnte es überhaupt nicht abwarten meinen Bruder, Christin und die kleine Prinzessin in den Arm zu nehmen.

„Also Christin geht es gut. Ich soll dir ausrichten, dass ihr gerne heute vorbeikommen könnt", sagte er voller Stolz.

„Das klingt super. Dann werden wir nach der Arbeit vorbeikommen", sagte ich überglücklich und verabschiedete mich von Matt.

In meiner Mittagspause traf ich mich mit Aiden vorm Coffeeshop. Zu meiner Überraschung wartete er diesmal auf mich. Sonst war ich meistens die erste, aber jetzt war er es der mit einem Kaffee in der Hand davorstand.

Wie jedes Mal, wenn wir uns sahen, entstand auch diesmal einer dieser magischen Momente. Ich hatte ihn von der schönen Neuigkeit noch nichts verraten. Wenn ich es ihn sagte, wollte ich sein Gesicht sehen.

„Hey Baby", sagte er und gab mir einen Kuss auf die Wange.

„Hallo Onkel Aiden", entgegnete ich. Es dauerte ein paar Sekunden, als es bei Aiden klick machte.

„Was hast du gesagt?", hackte er noch einmal nach.

„Du hast schon verstanden. Die kleine Prinzessin ist da", ein ehrliches Lächeln verzierte sein Gesicht. Mein Herz wurde warm. Es war schön zu wissen, dass er auf Kinder so positiv reagierte. Wäre das bei unserem auch so gewesen?

„Sarah?", fragte er nach. Er schien etwas gesagt zu haben und auch wenn ich ihm die ganze Zeit in die Augen sah, war ich gedanklich komplett woanders.

„Ja?"

„Wann dürfen wir die drei denn Besuchen?", wollte er wissen.

„Achso. Also Matt sagte, dass wir gerne heute schon vorbeikommen können", sagte ich kurz. „Aber, wenn du arbeiten musst. Ich kann auch alleine", er ließ mich nicht aussprechen.

„Kommt nicht infrage. Wir gehen zusammen", als Nachdruck gab

176

er mir einen Kuss, sodass ich ihm nicht widersprechen konnte.

Um sechzehn Uhr räumte ich pünktlich meinen Schreibtisch. Ohne auf die anderen zu achten, machte ich mich auf direktem Wege zu Aiden ins Büro. Als ich dort das riesige Gebäude betrat und im Fahrstuhl auf dem Weg nach oben war, wurde mir mulmig. Mit der aller größten Wahrscheinlichkeit würde ich Natalia gleich begegnen. Jetzt nachdem ich von Aiden die Gewissheit hatte, dass sie tatsächlich in ihn verliebt war, war ich mir nicht sicher wie ich auf sie reagieren würde.

Die Fahrstuhltür ging auf. Ich stieg aus. Kaum jemand war hier noch zu sehen. Langsam und so leise wie es ging, machte ich mich auf den Weg zu Aidens Büro. Die totenstille welche hier herrschte schüchterte mich richtig ein. Wobei es auch positiv war, denn bei so einer Ruhe konnte man sicherlich gut arbeiten.

Mit den Armen vor der Brust bahnte ich mir den Weg über den elendig langen Flur. Plötzlich öffnete sich eine Tür und ein Mann folgte dem sogleich. Nur wenige Zentimeter vor mir blieb er stehen. „Oh!", stieß er hervor. Wir sahen uns an. Das war der Mann, mit dem ich bereits vor wenigen Wochen schon zusammengestoßen war. Das musste Jared sein. Aidens persönlicher Teufel. Als er mich offensichtlich erkannte, grinste er ein ekelerregendes lachen. „Entschuldigen sie bitte. Wobei es doch ein sehr angenehmer Zufall ist das wir uns erneut so über den Weg laufen", sagte er arrogant. „Es ist ja nichts passiert", antwortete ich und hob meinen Kopf.

Das Lachen lag noch immer auf seinen Lippen.

„Entschuldigen sie mich bitte", beendete ich professionell diese kleine Konversation. Geschickt lief ich um ihn herum, ohne mich herumzudrehen. Es war, als würde ich es fühlen wie dieses Schwein mir auf den Hintern schaute. Als ich vor Aidens Bürotür ankam, trat ich ein, ohne anzuklopfen. Bewusst warf ich kein Blick zurück, sondern schloss direkt die Tür hinter mir.

„Was", sagte Aiden noch bevor er hochsah. Als er dann aber erkannte, dass ich es war, veränderte sich sein Ausdruck sofort. Lächelnd stand er auf und kam auf mich zu.

„Sarah", sagte er sanft.

„Hi", erwiderte ich und machte ebenfalls einen Schritt auf ihn zu. Ich nahm ihn in den Arm und hielt ihn einfach nur fest. Diese Erdung war genau das was ich im Augenblick benötigte.

Aiden löste sich ein Stück.

„Ist alles okay?", hackte er mit einer hochgezogenen Augenbraue nach.

„Ja", sagte ich und dachte daran das wir gleich zu Matt und Christin fahren würden. Meine positive Laune kam zurück.

„Bist du fertig?", fragte ich und löste mich weiter von ihm.

Nachdem Aiden alles beendet und weggeräumt hatte, machten wir uns gemeinsam auf den Weg in die Klinik.

Aiden

Hand in Hand liefen wir durch das Krankenhausgebäude. Die
Station auf der Christin lag, war unendlich weit weg vom Eingang.
Sarahs Hand wirkte schwitzig. Sie war ziemlich aufgeregt. Wobei
schließlich wurde sie auch zum ersten Mal Tante.
Ein großer Storch auf einer übergroßen Tür zeigte uns das wir hier
richtig waren. Als die Tür sich öffnete, hörte man hier und da schon
Babys, die am Schreien waren. Für mich war es ein komisches
Gefühl hier zu sein. Das letzte mal wo ich mich mit diesem Thema
auseinandergesetzt hatte, war damals noch mit Amal. Zwar hatten
Sarah und ich auch schon darüber gesprochen, doch wussten wir
beide das es noch lange nicht soweit sein würde bei uns. Und das
war auch gut so. Wir waren gerade dabei uns ein gemeinsames
Leben aufzubauen, da würde ein Baby mit Sicherheit ziemlich viel
kaputt machen. Mit Amal war es damals anders. Sie hatte mich mit
allen Künsten der Gunst überzeugt, dass wir tatsächlich probieren
sollten ein Kind zu bekommen. Monate hatte es nicht geklappt. Im
Nachhinein empfand ich das als Glück und irgendwo war das
Schicksal manchmal doch gar nicht so ein Arsch wie sonst.
Wir hielten vor einer Zimmertür mit der Nummer Neun. Sarah löste
ihre Hand aus meiner, schenkte mir ein Lächeln und klopfte an. Wir
wurden hereingebeten. Schließlich öffnete Sarah die Tür, wo Matt
schon auf uns zukam.
„Tantchen!", rief er und die beiden vielen sich in die Arme.

179

„Nenn mich doch nicht so!", widersprach Sarah, die fest in seinen Armen lag. Bei jedem anderen hätte ich Sarah sofort weggerissen, aber bei Matt war das natürlich was anderes.

Ich sah mich um und sah Christin, die in einem Krankenbett lag. Sarah löste sich von Matt und viel Christin um den Hals. Ich gab Matt einen festen Händedruck.

„Glückwunsch", sagte ich ehrlich. Matt sah völlig fertig aus. Es stellte sich mir die Frage, ob er oder Christin hier das Kind bekommen hatten?

„Danke", sagte er.

Schließlich begrüßte und gratulierte ich noch Christin. Als ich mich wieder Sarah zuwendete, sah ich das sie über eine Wiege gelehnt stand und zögernd hineinsah. Ich ging zu ihr rüber und legte meine Hand auf ihre Schulter. Sie zuckte zusammen. Wo war sie nur mit ihren Gedanken? Ein schüchternes Lächeln lag auf ihren Lippen. Auch ich wagte jetzt einen Blick in die Wiege. Vor uns lag ein wirklich wunderschönes Baby. Unschuldig war die kleine vor uns am Schlafen. Sie war eingewickelt in einer dicken Decke. Matt stellte sich auf die andere Seite.

„Darf ich euch Emma vorstellen?", lüftete er das Geheimnis des Namens der kleinen Prinzessin.

Sarahs Gesicht blieb auf Matt hängen.

„Was?", fragte sie nach. Ich wusste nicht, wieso Sarah so reagierte. Ihr wich die komplette Farbe aus dem Gesicht.

„Es ist so ein schöner Name", sagte Christin, die noch immer im

180

Bett lag und sich schonte.

„Bist du dir sicher?", gluckste Sarah. Sie war den Tränen nah.

Fragend stand ich zwischen den beiden. Sarah schaute zu mir rüber und erklärte es mir.

„Ich habe früher immer eine Freundin gehabt. Also eine Fantasie Freundin. Sie hieß Emma und selbst Matt hat dabei mitgespielt. Sie hat uns zusammengehalten und durch viele schwere Zeiten geholfen", Sarah sah wieder zu Matt.

„Emma ist jetzt real geworden. Sie wird uns auch immer zusammenhalten. Zumindest wenn du zustimmst?", fragend zog Sarah die Augen zusammen.

„Aber bevor ich dich Frage", Matt machte sich daran das kleine Bündel Mensch aus der Wiege zu nehmen. Er übergab sie an Sarah, die wie aus dem nichts und völlig überrascht, gar nicht wusste, wie ihr geschah.

„Matt, ich weiß nicht", sagte sie unsicher.

„Stütze den Kopf und halt sie einfach gut fest. Dann kann nichts passieren", sagte er beruhigend.

Die kleine Emma schlief in Sarahs Armen weiter, als wäre nichts gewesen.

Diese Situation war so real, als könnte Emma unsere Tochter sein, dass mich eine Gänsehaut überkam. Es war nicht unangenehm und doch ein durchaus merkwürdiges Gefühl Sarah mit so einem kleinen Baby zu sehen.

Sarah schaute zu mir rüber. Ich wusste das ich gerade meine Maske trug. Aber Sarah nicht. Sie wirkte verwirrt und sehr überfordert.

„Wir wollten dich fragen", sprach Christin aus dem Krankenbett, „ob du vielleicht ihre Patentante werden möchtest", Christin lächelte übers ganze Gesicht. Mein Blick huschte sofort zu Sarah rüber. Noch mehr Farbe wich aus ihrem Gesicht.

„Das ist, also ich weiß nicht", sprach sie verwirrt.

„Bitte Sarah, wir würden uns so freuen. Und sie dir Emma an. Wen könnte sie den als bessere Patentante haben, wenn nicht dich?", flehte Matt förmlich. Bei den Argumenten konnte man so eine Bitte einfach nicht ausschlagen.

„Matt nimmst du sie bitte", Sarah begann nervös auf der Stelle hin und her zu treten. Ihr Atem wurde schneller und auch wenn es kaum möglich war, wich noch mehr Farbe aus ihrem Gesicht.

„Aber", wollte Matt gerade widersprechen, als Sarah ihn unterbrach.

„Matt, bitte nimm sie!", befahl Sarah Matt. Vorsichtig nahm Matt die kleine Emma aus Sarahs Armen. Sobald Emma aus ihrem Arm war, machte Sarah einen Schritt zurück und stolperte fast über ihre eigenen Füße.

„Entschuldigt mich", sagte sie mit zitternder Stimme und stürmte aus dem Zimmer.

„Sarah!", rief ihr Matt noch hinterher.

„Ich kümmere mich um sie", sagte ich kurz und lief ich ihr sofort hinterher. Sarah stand mit dem Rücken zu mir auf dem Flur und suchte an der Wand halt.

„Sarah", sprach ich sie an und legte ihr mit aller Vorsicht eine Hand auf die Schulter. Als sie sich herumdrehte sah ich das sie weinte.

„Baby, was ist denn los?", wollte ich wissen. Nur die Überraschung mit dem Namen hatte Sarah doch nicht so aus der Bahn geworfen. Sarah reagierte nicht wirklich auf mich.

„Hey, sieh mich an", sagte ich sanft und legte ihr vorsichtig eine Hand unters Kinn. Erst jetzt schaute sie auf. Es war fast das sie noch mehr zu weinen begann als sie mich sah.

Vorerst ohne Fragen zu stellen nahm ich sie in den Arm. Sekunden später kam Matt aus dem Zimmer und auf uns zu.

„Sarah, ich wollte, es tut mir leid, wenn wir dich damit so überfallen haben", Sarah löste sich von mir und wischte die Tränen davon.

„Nein Matt", sagte sie mit verstopfter Nase. Die Tränen liefen noch immer. „Ich würde sehr gerne die Patentante werden."

Matt ging noch einen Schritt weiter auf sie zu. Umso näher er kam, umso mehr trug jetzt auch Sarah eine Maske. Ich sah das genau, doch Matt durchschaute ihr Spiel nicht.

„Es tut mir leid, ich war gerade nur etwas überwältigt", sagte sie und lächelte tatsächlich. Noch immer hatte ich einen Arm um sie gelegt und stützte sie.

„Wir müssen jetzt auch wieder los", sagte Sarah und verabschiedete sich noch mit diversen Ausreden von ihm. Er glaube alles, was sie sagte.

Den Weg ins Auto schenkte ich Sarah noch halt, den sie dankend annahm. Auf dem Heimweg beschloss ich sie schließlich

183

anzusprechen.

„Geht es wieder?", begann ich vorsichtig.

„Ja. Danke", sie lächelte. Das allerdings nur optisch. Ich fuhr den Wagen an den Rand und schaltete ihn aus.

„Aiden, was machst du denn?", fragte sie ungläubig.

„Sarah, ich bin nicht Matt. Also sag mir was los ist?", sagte ich direkt heraus. Zwar wollte ich sensibel sein, doch es ging um Sarah und es ging ihr sichtlich nicht gut. Ich musste einfach wissen, was los war.

„Es ist alles gut. Es war nur so eine große", ich unterbrach sie.

„Sag jetzt nicht das Emma der Grund war", entgegnete ich patzig. Sarah tat mir jetzt schon leid. Auch wenn ich es war, der gerade so mit ihr sprach.

Sarah senkte nur den Blick, schaute auf ihre Hände und schwieg.

„Sarah, rede mit mir", forderte ich erneut.

Sie schaute auf die andere Seite aus dem Fenster. Mir war klar, dass ich mit harten Worten einfach nicht weiterkam. Schließlich sprang ich über meinen Schatten, schlug die Wut in eine Ecke und versuchte es noch einmal anders.

„Sarah", sagte ich jetzt so sanft wie es mir möglich war. Bewusst legte ich eine Hand auf ihre, die auf ihrem Knie lag. Bei der Berührung zuckte Sarah ein wenig zusammen. Langsam dreht sie ihren Kopf wieder in meine Richtung. Endlich sah sie mich an, doch was ich dann sah, versetzte mir einen innerlichen Schlag in den Magen. Tränen über Tränen liefen ihr erneut von den Wangen.

Kam das von meinen harten Worten? Ich zog sie in meine Arme wo sie schließlich mehr und mehr zu weinen begann.

„Oh Baby, was ist denn los?", Verzweiflung war selbst für mich in meiner Stimme zu hören.

„Es tut mir so leid", wimmerte sie an meiner Schulter. Ihre Hände krampften immer weiter an meinem Hemd fest.

„Was Sarah, was tut dir leid?", es dauerte einen Moment, bis sie sich soweit gesammelt hatte und endlich ein Stück von mir löste. Sie zog ein Taschentuch hervor und wischte sich, so gut es ging, die Tränen ab.

„Es war vor zwei Wochen", begann Sarah brüchig zu erzählen. Insgeheim befürchtete ich, dass sie mich betrogen hätte. Wenn das so sein würde, dann würde ich sie im hohen Bogen aus dem Wagen schmeißen.

Sie sah zu mir rauf.

„Es tut mir leid Aiden", wimmerte sie weiter und war kurz davor abermals in ein Heulkollaps zu rutschen.

„Sarah", fing ich sie auf. Es half ein wenig. Sie fixierte, so gut es für sie möglich war, meinen Blick.

„Es tut mir leid aber", begann sie zu erklären. „Ich habe vor knapp zwei Wochen eine Fehlgeburt gehabt. Ich habe unser Kind verloren Aiden", sagte sie abschließend. Totenstille. Nichts um mich herum konnte ich noch wahrnehmen. Nur Sarah die mir gerade gestanden hatte das sie ein Kind verloren hatte, hallte mir in den Ohren nach.

„Aber", stammelte ich. Minutenlang sahen wir uns einfach nur noch

185

in die Augen.

Ich wusste nicht, wie lange es dauerte, als wir zu Hause angekommen waren. Noch immer redeten wir nicht miteinander.

„Ich werde ins Bett gehen", sagte Sarah und machte sich auf den Weg ins Schlafzimmer.

„Sarah", sagte ich automatisch. Sie blieb stehen und sah mich an. Mein Körper reagierte instinktiv und ging auf sie zu. So fest und ohne ihr weh zu tun, nahm ich sie in den Arm.

„Es tut mir leid, dass ich nicht für dich da war", flüsterte ich. Sie wurde weich zwischen meinen Armen. Als würde ihr ein Stück weit Erleichterung von den Schultern genommen, wollte ich das sie merkte, dass ich für sie da war und dass sie mir alles sagen konnte. Letztendlich gingen wir gemeinsam ins Bett. Sarah lag in meinem Armen. Die Tränen waren mittlerweile verstummt. Vorsichtig wagte ich einen Versuch mit ihr über das Thema zu reden.

„Kannst du mir bitte erzählen wie und", ich schluckte hart. Mehr konnte ich nicht sagen. Eigentlich wusste ich noch nicht einmal, was ich genau noch fragen wollte.

„Ich wusste es am Anfang selbst nicht", begann Sarah leise zu erzählen. „Erst als es schon zu spät war."

Sarah

Mir war so schlecht. Ich hatte das Gefühl mich gleich übergeben zu müssen. Der Klos in meinen Hals wollte sich nicht lösen.

„Entschuldigt mich", sagte ich und stürmte aus dem Zimmer. Bevor ich Emma noch fallen ließ oder mich sogar auf ihr übergeben musste, drückte ich sie noch Matt in die Arme. Vor der Tür kam ich nicht weit. Mir stand es bis zum Hals. Ich konnte mich allerdings nicht übergeben. Es war eine andere Übelkeit. Es war mehr der Schmerz, welcher sich von meinem Bauch heraus hoch in meinen Hals verschlug. Als die ersten Tränen zu laufen begann, überkam es mich wie ein Ventil, das gelöst wurde. Der Klos in meinem Hals löste sich auf. Mit mühe stützte ich mich an der Wand ab, um nicht komplett zusammenzubrechen.

„Sarah", sagte Aiden, der hinter mir stand. Er legte eine Hand auf meine Schulter. Wie ein Antrieb beschleunigte das den Fluss meiner Tränen. Nur langsam fand ich die Kraft und drehte mich zu Aiden um.

„Baby, was ist denn los?", fragte er entsetzt. Ich konnte ihm nicht antworten. Zwar lösten die Tränen die Übelkeit ein Stück weit auf, konnte ich Aiden einfach nicht sagen was gerade passiert war. Ich konnte es mir selbst ja kaum erklären. Aber als ich Emma im Arm hatte, wurde alles so real. Das Kind, welches ich verloren hatte, ohne überhaupt davon wirklich gewusst zu haben. Innerlich dachte ich tatsächlich, dass ich weiter wäre, stärker.

187

„Hey, sieh mich an", sagte Aiden mit ganzer Vorsicht und legte seinen Finger unter mein Kinn. Willenlos ließ ich ihn meinen Kopf anheben. Als sich unsere Blicke trafen, schoss mir durch den Kopf, wie unser Kind wohl ausgesehen hätte. Neue Tränen stellten sich ein. Die Verzweiflung in Aidens Augen war deutlich zu erkennen. Da auch er gerade nicht wusste, was überhaupt los war, nahm er mich einfach in den Arm.

Erst als Matt mich ansprach, bemerkte ich das er neben uns stand. „Sarah, ich wollte, es tut mir leid, wenn wir dich damit so überfallen haben", schnell löste ich mich von Aiden und versuchte mit letzter Kraft die Fassung wiederzuerlangen. Ich zog ein Taschentuch hervor und wischte die Tränen davon.

„Nein Matt", sagte ich brüchig. „Ich würde sehr gerne die Patentante werden." Umso mehr ich sprach, desto einfacher wurde es den Gedanken von unserem Kind an die Seite zu schieben. Schließlich war dies einer der schönsten Tage in Matts Leben. Das wollte ich ihm natürlich nicht versauen.

„Es tut mir leid, ich war gerade nur etwas überwältigt", erklärte ich abschließend. Letztendlich verabschiedeten Aiden und ich uns für heute. Ich versprach, dass wir so schnell es ging wiederkamen. Insgeheim wusste ich jedoch nicht wann ich soweit sein würde.

Wir fuhren durch die Stadt nach Hause. Auf Grund des Feierabendverkehrs dauerte das alles deutlich länger als sonst. „Geht es wieder?", fragte Aiden nahezu flüsternd.

„Ja. Danke", sagte ich noch immer im Schutz der Blase, die ich um mich herumgezogen hatte und lächelte flüchtig. Auf einmal zog Aiden das Auto nach rechts und parkte am Rand. Mitten in zweiter Reihe hupten die Autos um uns herum.

„Aiden, was machst du denn?", fragte ich ungläubig und sah mich um.

„Sarah, ich bin nicht Matt. Also sag mir was los ist?", schoss es aus ihm hervor. Ich merkte wie die Schublade mit den Bildern und Gedanken zu platzen drohte. Als würde man gegen eine Tür drücken, die aufzuspringen drohte.

„Es ist alles gut. Es war nur so eine große", Aiden ließ mich nicht aussprechen.

„Sag jetzt nicht das Emma der Grund war", patzte er zurück. Ich spürte, wie die Tränen beim nächsten Zwinkern überlaufen würden.

„Sarah, rede mit mir!", stach Aiden weiter nach. Automatisch sah ich nach rechts aus dem Fenster. Auch wenn ich vor Aiden schwach werden konnte, wollte ich den Schmerz von eben nicht noch einmal zulassen. Diese emotionale Qual tat so unbeschreiblich weh.

„Sarah", sagte Aiden. Jetzt anders. Er war lieb und versuchte verzweifelt mich einfach nur zu verstehen. Sobald Aiden auch noch körperlichen Kontakt, mit seiner Hand auf meiner, herstellte, war ich verloren. Ich schaute zu ihm rüber. Sobald ich den Schmerz der Ungewissheit in seinem Gesicht sah, platze es emotional aus mir heraus. Die Tränen waren nicht mehr aufzuhalten.

„Oh Baby, was ist denn los?", fragte er und nahm mich abermals erneut in den Arm.

„Es tut mir so leid", schluchzte es aus mir heraus. Mein ganzer Körper war kaum noch unter Kontrolle zu bringen. Ich zitterte unwillkürlich. Um halt zu haben, klammerte ich mich schüttelnd von einem neuen Tränenschwall, an Aiden fest.

„Was Sarah, was tut dir leid?", es dauerte einen Moment, bis ich mich so weit unter Kontrolle hatte. Aiden gab mir alle Zeit der Welt. Endlich fühlte ich mich ein Stück weit stark genug ihm tatsächlich von der Wahrheit zu erzählen.

„Es war vor zwei Wochen", begann ich zu erklären. Bewusst holte ich tief Luft und atmete stoßartig aus.

„Es tut mir leid Aiden", war das einzige was ich gerade noch herausbrachte. Es war mir auf seltsame Art und Weise ein inneres Bedürfnis mich bei Aiden zu entschuldigen. Ich wusste nicht, wieso und doch musste ich es tun.

„Sarah", wir sahen uns an.

„Es tut mir leid aber", sagte ich ein letztes Mal, bevor ich endlich anfing Aiden alles zu erzählen. „Ich habe vor knapp zwei Wochen eine Fehlgeburt gehabt. Ich habe unser Kind verloren Aiden", Aiden saß vor mir, sah mir noch immer in die Augen und sagte nichts. Was mir auffiel und auch ein wenig Angst machte, war das seine Augen leer wirkten. Keine Reaktion oder Regung war zu erkennen. Eine ganze Zeit verging, als endlich ein Ton von seinen Lippen kam.

„Aber", sagte er. Mehr nicht, auch wenn seine Lippen bebten.

Schweigend machten wir uns auf den Weg zum Loft. Aiden steuerte den Wagen durch die Straßen, parkte das Auto im Parkhaus und ging mit mir in die Wohnung. Die Wohnungstür schloss sich hinter mir. Wie automatisiert hing ich meine Jacke auf, streifte mir die Schuhe von den Füßen und war bereits so müde, dass ich keine Minute länger wach bleiben könnte.

„Ich werde ins Bett gehen", sagte ich leise. Gerade drehte ich mich um zum gehen, rief Aiden mir hinterher.

„Sarah", aufmerksam drehte ich mich um. Wir sahen uns an. Der optische Abstand zwischen uns fühlte sich auch innerlich so an. Plötzlich und ohne, dass ich es kommen sah, lief Aiden auf mich zu und nahm mich fest in die Arme.

„Es tut mir leid, dass ich nicht für dich da war", ich holte tief Luft. Mein Gefühl zeigte mir, das es richtig war ihm alles gesagt zu haben.

„Lass uns zusammen ins Bett gehen", flüstere er, nahm meine Hand und ging mit mir ins Schlafzimmer.

Ich lag in Aidens Armen. Unter dicken Decken gekuschelt, streichelte er mir meinen Arm auf und ab.

„Kannst du mir bitte erzählen wie und", flüsterte Aiden und tastete sich vorsichtig an das sensible Thema heran.

„Ich wusste es am Anfang selbst nicht", begann ich leise zu erzählen. „Erst als es schon zu spät war."

Aidens Arm, der mich wie ein schützender Panzer umlegte, wurde etwas enger. Er wollte mich doch nur beschützen. Wieso hatte ich ihm nicht gleich die Wahrheit gesagt?

„Als ich diese Bauchschmerzen hatte, bekam ich ebenfalls eine starke Blutung. Ich dachte einfach es wäre meine ganz normale Regel, aber irgendwas stimmte nicht", ich machte eine kurze Pause. Die Tränen blieben ein Glück verstummt. Nur meine Stimme wollte nicht so ganz. Ich räusperte mich etwas. Aiden hörte, ohne etwas zu sagen, ruhig zu. „Dann bin ich zum Arzt und der hat es festgestellt. Es ist soweit alles in Ordnung mit mir. Sie sagte das so etwas einfach passieren kann", enttäuscht von mir selbst suchte ich Aidens Blick. Dieser schaute an die Decke. Erst als er bemerkte, dass ich ihn ansah, schaute er auch mich an.

„Wieso hast du es mir denn nicht sofort gesagt?", fragte er. Aiden trug wieder seine Maske. Ob er das absichtlich machte, oder weil er es nicht anders konnte, wusste ich nicht. Trotzdem war es ihm anzusehen, dass er wütend auf mich war.

„Ich wollte es wirklich. Aber ich musste selbst erstmal mit dem Gedanken klarkommen, was da überhaupt passiert war", ich senkte erneut meinen Blick. „Und dann kam der Anruf von Maddy", mehr sagte ich dazu nicht. Aiden wusste, was die Tage danach passiert war und dass wir einen großen Streit hatten. Minuten vergingen, niemand von uns sprach weiter. Obwohl mir diverse Fragen und Sätze im Kopf herumschwirrten, kam kein Ton aus meinem Mund. Aiden rührte sich nicht unter mir. Kaum später ließ ich meine Gedanken los und schlief auf Aidens Brust ein.

Zu meinem Erstaunen schlief ich so lange und feste durch, bis mein Wecker mich penetrant aus dem Schlaf riss. Als ich zur Seite griff, bemerkte ich das ich allein im Bett lag.

„Aiden?", flüsterte ich. Mir schoss die böse Vermutung durch den Kopf, dass ihm die Situation gestern zu viel war und er verschwunden sei.

„Aiden?", rief ich lauter und stieg aus dem Bett. Gerade als ich aus dem Schlafzimmer gehen wollte, öffnete sich die Tür links von mir, wo Aiden nur mit einem Handtuch bedeckt aus dem Badezimmer kam.

„Guten Morgen", sagte er, offensichtlich nicht so schlecht gelaunt wie ich befürchtet hatte, und kam auf mich zu.

„Guten Morgen", sagte zurückhaltend.

Aiden kam weiter auf mich zu und gab mir einen sanften Kuss.

Seine Hände legten sich auf meine Taille und hielten mich fest.

„Ist alles okay?", fragte er leicht belustigend nach.

„Ja, ich denke schon", sagte ich zögerlich. Mein Gedankensalat von gestern war wieder im vollen Gange.

„Gibt es da noch etwas was du mir erzählen willst Sarah?", fragte er ernst nach. „Wenn da noch was ist, dann sag es mir bitte", forderte Aiden. Ich konnte ihn verstehen und es tat gut zu wissen diese Last nicht alleine tragen zu müssen.

„Nein. Es ist nur, also ich dachte, du wärst weg", gestand ich.

Aiden wusste nicht, ob er lächeln sollte oder anders reagieren. Sein

193

Griff noch immer fest um mich gelegt, sah er mir tief in die Augen, dass ich eine Gänsehaut bekam.

„Ich werde dich nie verlassen Sarah – nie", sagte er deutlich. Doch er war noch nicht fertig. „Es tut mir leid, dass ich in dieser Zeit nicht für dich da war. Ich will nicht, dass du so etwas allein aushalten musst. Also wenn wieder etwas ist, rede mit mir", mir war klar das dieses ein friedliches Angebot, aber auch eine Warnung von ihm war. Wenn ich diese Beziehung aufrechterhalten wollte, dann müsste ich ehrlich zu Aiden sein. Egal was war.

Ich stellte mich auf Zehnspitzen und gab ihm einen Kuss als Antwort.

Aiden und ich würden heute mit dem Auto auf die Arbeit fahren. Da wir beide pünktlich aufgestanden waren, blieb uns tatsächlich noch Zeit für einen gemeinsamen Kaffee.

Wir standen in der Küche. Aiden ließ mich lediglich dabei zusehen wie er uns einen Kaffee machte. Nach dem Ausbruch von gestern war mir klar, dass ich doch einmal Camerons Hilfe in Anspruch nehmen sollte. Auch wenn es Phasen gab, in denen es mir gut ging.

„Aiden", sagte ich. Er drehte sich um. Wie er so dastand, in seinem dunkelblauen Anzug, der royal blauen Krawatte, wurde mir erneut klar, wie gut er überhaupt aussah. Noch immer unbegreiflich wie er sich mit mir abgeben konnte.

„Hier", er reichte mir einen Becher mit einem Kaffee. „Was ist denn?", hackte er nach und nahm einen Schluck aus seinem Becher.

194

„Ich", vorsichtig stellte ich meinen Becher auf die Arbeitsplatte. Nervös legte ich die Hände zusammen. „Es gibt da noch etwas, was ich dir gerne erzählen wollte", begann ich. Sofort hatte ich Aidens komplette Aufmerksamkeit. „Also ich wollte mir wohl professionelle Hilfe suchen. Ich glaube das alles, was auch letztes Jahr passiert war", ich schluckte schwer, „das war glaube ich alles etwas viel", ich legte den Kopf schief und wartete auf eine Reaktion. Auch Aiden stellte jetzt seinen Becher hin und blieb dicht vor mir stehen. Sanft legte er eine Hand an meine Wange.

„Ich finde, das ist eine Gute Idee", dann bekam ich einen Kuss. Innerlich beflügelte es mich mehr und mehr so ehrlich zu ihm zu sein. Fast als würde ich jedes Mal die Last mit ihm teilen. Aber würde auch er diesen Druck und diese Last aushalten?

Obwohl es mir heute wirklich gut ging, ließen mich die Gedanken an gestern nicht wirklich los. Das alles äußerte sich damit das meine Arbeit so gut wie fast komplett liegen blieb. Aiden hatte mir heute früh bereits gesagt, dass er keine Zeit für eine pünktliche Mittagspause hatte. Nancy saß ebenfalls in einem Meeting fest, also beschloss ich mir allein einen Kaffee zu holen.

Mit meinem Kaffee in der Hand saß ich auf einer Bank und genoss für einen Augenblick das Tageslicht und den kalten Wind, der mir um die Nase wehte.

Mein Handy klingelte. Matt rief an. Seit gestern hatten wir nicht mehr miteinander gesprochen.

„Hi", sagte ich freundlich. Ich wollte gleich bei meiner Begrüßung, das Matt wusste, das er sich keine Sorgen machen musste.

„Hallo Sarah", sagte er zögerlich. Er war nicht der Typ dafür, dass wenn er wusste das es jemanden schlecht ging, dass er sich zurückzog. „Wie geht es dir?"

„Danke Matt", sagte ich und atmete eine kleine Wolke in den Himmel. „Es geht mir gut. Wie geht es euch?", erkundigte ich mich sofort.

„Gut. Sehr gut sogar. Wir dürfen morgen nach der nächsten Untersuchung nach Hause", erklärte er mit einem Lächeln in der Stimme.

„Oh, das freut mich für euch", ein inneres warmes Gefühl überkam mich, als ich an die kleine Emma dachte.

„Ich wollte dich fragen, ob ihr vielleicht am Sonntag zu uns zum Brunch kommen wollt?", fragte Matt hoffnungsvoll nach.

Kurzerhand ging ich meine Termine im Kopf durch.

„Ja das sollte passen", sagte ich einverstanden.

„Sehr schön. Dann am Sonntag um zehn bei uns", fasste er noch mal zusammen.

„Bis Sonntag Matt."

„Bist Sonntag Schwesterchen. Ich habe dich lieb", seine Worte zauberten mir ein Lächeln auf die Lippen.

„Ich habe dich auch lieb", sagte ich und legte auf.

Der nächste Gedanke war sofort bei dem passierten von gestern.

196

Wie ein Stein lag mir mein Handy in der Hand. Ich wusste das ich mich bei Cameron melden musste. Hoffentlich würde er überhaupt noch mit mir sprechen wollen. Wobei er mir bei seiner letzten Nachricht eindeutig geschrieben hatte, dass ich mich melden soll, wenn was wäre.

Kurzum verfasste ich einen Text und schickte Cameron eine Nachricht rüber.

Hallo Cameron. Ich würde mich freuen, wenn wir uns doch bald treffen können und du mir helfen kannst. Melde dich bitte. Gruß Sarah

Als die Nachricht abgeschickt war, scrollte ich noch ein wenig in den Verlauf von Aiden und mir. Lächelnd betrachtete ich die vielen Herzchen, welche wir uns zwischendurch immer wieder zusendeten.

Eine Nachricht von Cameron blinkte auf. Ich tippte sie an und las:

Hi Sarah. Gerne können wir uns nächste Woche gleich am Montag wieder treffen. Nur leider kann ich das Büro meines Kollegen nicht nutzen. Würde auch ein ruhiges Cafe für dich in Frage kommen? Gruß Cameron

Der Gedanken mit Cameron in einem Cafe zu sitzen gefiel mir. Es wirkte ungezwungen und locker. Nicht als würde ich zu einem Arzt gehen.

Schnell schickte ich ihm die Adresse von einem Cafe etwas außerhalb der City zu. Schließlich machte ich mich, jetzt weitaus konzentrierter, wieder auf den Weg zur Arbeit.

Aiden

Laute Musik lag mir auf den Ohren und einen bekannten Duft nahm ich wahr. Als ich meine Augen öffnete, sah ich bunte Lichter flackern. Als ich mich bewusst umsah, bemerkte ich das ich im LuckyLucy war. Ruckartig stand ich auf. Ich wollte gehen, doch plötzlich waren hier so viele Menschen das ich es kaum raus schaffte.

„Aiden", rief die bekannte Stimmte von Maddy hinter mir. Obwohl hier ein lautes hin und her herrschte, hörte ich ihre Stimme Glasklar heraus.

Als ich mich herumdrehte, stand sie bereits hinter mir. Ihr Blick wanderte an mir herab. Sie biss sich auf die Lippen. So begann es immer zwischen uns. Zumindest damals, wenn wir kurz davor waren übereinander herzufallen.

„Ich muss gehen", sagte ich außer Atem.

„Warte!", rief sie noch ein letztes Mal. Doch ich wollte das hier nicht. Ich wollte so schnell es ging hier raus und zu Sarah.

Mich hielt jemand am Arm zurück.

„Verdammt Maddy, lass mich", wütend drehte ich mich um. Doch es war nicht Maddy, sondern Sarah die in einem aufreizenden Aufzug vor mir stand.

„Sarah", sagte ich und nahm sie in den Arm.

Sie drückte mich weg und nahm ein wenig Abstand von mir, bis ich ihre Hand suchte und sie langsam mitzog.

„Aber Aiden Moment", sagte sie und zwang mich zum Stehenbleiben. „Ich habe doch gleich mein Auftritt", hörte ich sie noch sagen, als ihre Hand schon aus meiner verschwunden war.

Hektisch sah ich mich um, bis ich Sarah oben auf einem Podest erkannte. Sie

198

war an der Stange am tanzen. Um sie herum ein Schaar an Männern, die sie versuchten anzufassen.

„Nein!", schrie ich, bis alles um mich herum schwarz wurde.

Mit schnell schlagendem Herzen erwachte ich aus diesem verwirrenden Traum. Keuchend setzte ich mich auf den Bettrand und versuchte in meinem Kopf klarzuwerden, dass das gerade tatsächlich nicht mehr als ein Traum war.

Ich sah über meine Schulter und blickte in Sarahs friedlich schlafendes Gesicht. Der Mond, welcher schon ziemlich tief hing, schien durchs Fenster und erhellte die dunklen Ecken.

Zögerlich löste ich meinen Blick von ihr, stand langsam auf und ging rüber ins Badezimmer. Das Bild von Sarah in diesem Aufzug ging mir nicht mehr aus dem Kopf. Immer, wenn ich die Augen schloss, sah ich sie in dem kurzen schwarzen Hauch von nichts. Mein Schwanz pochte bei dem Gedanken. Ich wollte es nicht zugeben, aber wenn dieser Traum real gewesen wäre und ich Sarah in so einem Club sah, wäre ich der erste der sie vögeln würde.

„Fuck!", stieß ich leise hervor und griff mir schmerzlich in den Schritt. Mein Schwanz reagierte jedoch aufreizend da drauf, anstatt sich zurückzuziehen. Ergeben stützte ich mich mit der einen Hand an der Wand ab, während ich mit der anderen weiter grob auf und ab rieb. Diesem falschen Gedanken ergeben, kam ich auf der Stelle, als ich Sarah das nächste Mal so vor meinem inneren Auge sah.

199

Endlich war der Druck aus meiner Leiste verschwunden, was es mir ermöglichte ausnahmsweise einen klaren Gedanken zu fassen. Ich drehte das heiße Wasser der Dusche noch ein Stück weiter auf rot. Der leichte Schmerz, welcher mir über die Haut lief, tat gut. Eine Art Genugtuung für die Gedanken, welche ich gerade ausgenutzt hatte, um mir einen runter zu holen.

Quälende Sekunden später drehte ich das Wasser ab und stieg aus der Dusche. Ich band mir ein Handtuch um die Hüften und wischte den Spiegel mit einer Hand frei. Ich wusste nicht, wie ich damit umgehen sollte das Sarah tatsächlich schwanger war.

Komischerweise berührte es mich nur insofern, das ich sah, wie sehr Sarah gelitten hatte. Den Gedanken das ich als Vater ein Kind verloren hatte, war absolut unrealistisch für mich.

„Aiden?", hörte ich Sarah rufen. Ich holte noch einmal tief Luft, bis ich aus dem Bad ging. Sarah war gerade dabei aus dem Schlafzimmer zu treten, bis wir einander anschauten. Ihre Haare waren wild durcheinander gelegt. Sie schaute verwirrt aus und unglaublich anziehend.

„Guten Morgen", sagte ich und lächelte sie an. Langsam ging ich auf sie zu.

„Guten Morgen", entgegnete sie zögerlich.

Bei ihr angekommen, legte ich meine Hände auf ihre Hüften und zog sie dichter zu mir ran. Ihr Duft holte mich schließlich komplett in die Realität zurück. Doch Sarah reagierte merkwürdig unter meinen Händen.

„Ist alles okay?", fragte ich locker nach. Ich wollte die Stimmung zwischen uns so früh am Morgen nicht wieder auf eine angespannte Ebene bringen. Nicht nachdem sie so etwas durchgemacht hatte.

„Ja, ich denke schon", flüsterte sie und schaute auf meine Brust.

„Gibt es da noch etwas was du mir erzählen willst Sarah? Wenn da noch was ist, dann sag es mir bitte", meine Worte klangen ernst. Das war auch so gedacht, doch wollte ich ihr damit keine Angst machen, sondern nur die Deutlichkeit dahinter hervorheben.

„Nein. Es ist nur, also ich dachte, du wärst weg", noch während sie sprach, sah sie mich an. Bewusst verstärkte ich meinen Griff um ihre Hüften und schloss auch die letzte noch so kleinste Lücke zwischen uns.

„Ich werde dich nie verlassen Sarah – nie", starr sah sie mir in die Augen. „Es tut mir leid, dass ich in dieser Zeit nicht für dich da war. Ich will nicht, dass du so etwas allein aushalten musst. Also wenn wieder etwas ist, rede mit mir", erklärte ich abschließend. Auch diese Worte kamen sehr deutlich aus meinem Mund. Sarah wusste, dass es mir ernst wäre. Zwar hatte auch ich Fehler gemacht und ihr von Maddy nichts erzählt, doch das würde sich in Zukunft ändern. Wir würden ab sofort keine Geheimnisse mehr voreinander haben.

Ein zartes Klopfen an der Tür.

„Ja", sagte ich mit dem Kopf in Arbeit versunken.

Arthur kam rein. Er fiel die letzte Woche wegen einer Grippe aus. Ich hatte ihm eine Nachricht zukommen lassen, dass wenn er wieder hier wäre, ich mit ihm sprechen wollte.

„Arthur", sagte ich so freundlich wie es mir gerade möglich war und stand auf. Arthur schenkte mir ein zögerliches Lächeln und nickte zur Begrüßung.

„Setz dich doch", bot ich ihm an und wies auf einen Stuhl vor meinem Schreibtisch.

„Was gibt es denn Aiden", fragte er und nahm platz. Ich setzte mich ebenfalls.

„Ich wollte dich fragen, was Jared gegen dich in der Hand hat?", zwar war das nur von mir geraten, zeigte mir seine Reaktion jedoch, dass ich ins Schwarze getroffen hatte.

„Was? Wie meinst du? Ach nichts. Es ist nichts", hektisch zupfte er an seinem Jackett herum. Die Farbe wich ihm aus dem Gesicht, als wäre er ertappt worden.

Ich lehnte mich in meinem Stuhl zurück.

„Arthur ich habe kein Bock hier irgendwelche Spielchen zu spielen", patze ich heraus. „Also sag es mir. Nicht ohne Grund tanzt du nach seiner Pfeife!", ernst schaute ich zu ihm rüber.

Es war ihm anzusehen, dass er mit sich rang.

„Wie lange arbeiten wir schon zusammen?", fragte ich leise nach.

„Es kann doch nicht sein das du vergessen hast, worum es in dieser Kanzlei ging?" Er wusste, worauf ich hinauswollte. Zwar waren wir zu einem Upper Class Klientel aufgestiegen, doch waren wir mit Elliot damals anders gestartet. Wir haben geholfen, wo wir konnten, haben vieles ohne Honorar gemacht und es gewagt mit kleinen

202

Klienten gegen große Konzerne anzugehen. Genau das haben die großen Konzerne damals gemerkt und angefangen uns für sich ins Boot zu holen. So wurden wir zu dem, was wir sind.

Arthur stützte die Hände auf die Knie und raufte sich sprichwörtlich die Haare.

„Natürlich habe ich das nicht vergessen!", sagte er ergeben, „Aber es ist nicht so einfach Aiden. Ich habe eine Familie. Und ich werde alles dafür tun sie nicht zu verlieren", erklärte Arthur.

„Was meinst du damit?", zischte ich.

Arthur sah auf zu mir. Schließlich konnte er meinen Blick nicht mehr standhalten, stand auf und lief ans Fenster.

„Ich habe ziemlichen Mist gebaut", gab er zu. Ich ließ ihm etwas Zeit, um seine Gedanken zu sortieren. Doch es kam nichts.

„Arthur. Hast du Geld Probleme? Sag schon, kann ich dir helfen? Zu zweit sind wir stärker gegen Jared. Aber ich brauche dich dafür", plötzlich drehte Arthur sich um und schaute mit einem Blick, der, wenn ich es nicht besser wissen würde, pure Hilflosigkeit ausstrahlte.

„Dabei kannst du mir nicht helfen", er schüttelte den Kopf. „Weißt du noch, als wir gemeinsam in Las Vegas waren?", Arthurs Augen wurden schmal. Schnell flogen die Bilder und Momente an meinem inneren Auge vorbei. Bis mir einfiel, worum es hier eigentlich ging.

„Hast das was mit der Escort Dame zu tun?", fragte ich mit zusammen gebissenen Zähnen nach.

Arthur nickte.

203

„Jared hat die Damen auf uns angesetzt. Ich weiß nicht wie es passieren konnte, aber ich bin mit dieser Frau auf meinem Zimmer gelandet, wo sie uns heimlich gefilmt hat. Diese Sachen liegen Jared natürlich vor und wenn ich jetzt nicht bei seinen Spielchen mitmache, dann wird er meiner Frau alles zukommen lassen."

Ich wusste nicht, was ich davon halten sollte. Arthur hatte recht, dabei konnte ich ihm einfach nicht helfen, in den Scheiß hatte er sich selbst geritten.

„Aber wie lange soll er dich damit erpressen? Du weißt, dass er das rechtlich nicht kann. Wir müssen gegen ihn vorgehen", ich stand auf. Arthur lief langsam durch mein Büro. Weiter und weitere redete ich mit diversen Vorschlägen auf ihn ein.

„Nein Aiden!", stoppte er mich etwas lauter. „Wenn ich gegen ihn vorgehe, werde ich alles verlieren. Das kann ich nicht und das werde ich auch nicht", sein Blick war ernst. „Pass auf das Jared nicht auch noch etwas gegen dich findet. Er spielt ein falsches Spiel und das mit jedem der ihm nicht in den Kram passt", warnte er mich.

Einen Moment der Stille lag zwischen uns. An Arthurs Stelle konnte ich ihn ein Stück weit verstehen. Schließlich verabschiedete er sich kurz und ging aus meinem Büro.

Ratlos ließ ich mich in meinen Stuhl zurückfallen. Was würde Jared als nächstes Planen? Mir war klar, dass er mich aus der Firma haben wollte, wenn ich nicht nach seinen Regeln spielte. Doch egal was er sich für Lügen und Intrigen einfallen ließ, damit würde er bei mir auf Granit beißen. Ich würde nicht kampflos aufgeben.

Sarah

Hand in Hand liefen wir durch den mittlerweile dunklen Abend.

„Ist irgendwas passiert Aiden?", fragte ich nach. Aiden war seit

gestern bereits so merkwürdig zu mir. Er war so ruhig. Zwar hörte

er mir zu und doch war er mit den Gedanken immer ganz

woanders.

Er sah zu mir rüber und lächelte.

„Nein. Es ist alles gut. Nur die Umstellung auf der Arbeit geht mir

an die Substanz", ruhig hörte ich ihm zu. Seit mittlerweile vier

Wochen lehnte die Kanzlei alle anderen Kunden ab. Ich konnte

Aiden ansehen, dass es ihm schwer fiel so einen Weg einzuschlagen.

„Hast du schon einmal überlegt dir eine andere Kanzlei zu

suchen?", schlug ich vor.

„Natürlich", sagte Aiden und atmete eine Dampfwolke in den

Himmel. „Aber das ist nicht so einfach", er drehte sich zu mir, blieb

stehen und sah mich an. „Wenn ich an eine andere Kanzlei

herantrete oder die Kanzlei auf irgendeine Art und Weise verlassen

würde, kommen Fragen auf. Jared hat durch seinen Onkel und

durch Arthur so viel Background, dass sie meinen Ruf absolut

berufsunfähig machen würden", sanft nahm er meine eiskalten

Hände. Er rieb sie zwischen seine. Wieso hatten Männer nur immer

warme Hände? Wobei ich gerade sehr dankbar dafür war.

„Gestern", gestand Aiden mir, „Jared hat mich gestern in die

Mangel genommen, das ich aufhören sollte kleine Mandanten

205

anzunehmen. Immer wenn mich jemand anruft, der meine Nummer hat, vereinbare ich selbst Termine. Ich lasse kaum noch etwas über den Empfang laufen. Das passt dem Arsch überhaupt nicht, dass ich nicht nach seiner Pfeife tanzen will."

Stolz zog Aiden die Mundwinkel hoch. Er ließ sich eben nichts sagen.

Doch es stellten sich für mich so viele Fragen. Ich zog die Augen eng zusammen.

„Aber wie", Aiden ließ mich nicht aussprechen.

„Sarah, lass uns bitte das Thema wechseln, ja?", bat er mich.

„Natürlich", sagte ich sofort. Er musste sich die ganze Woche schon mit dieser Sache auseinandersetzen, da ließen wir das Wochenende einfach mal Wochenende sein.

Aiden kam dichter an mich ran. Die Vorfreude in mir wuchs. Ich wusste, wie seine warmen Küsse auf meinen kalten Lippen schmeckten. Es war, als würde das kleine bisschen Hitze ausreichen, dass mein gesamter Körper warm wurde. Kurz bevor die Wärme auf meinen Mund zu fühlen war, schloss ich bereits meine Augen. Dann trafen sich unsere Lippen. Ich genoss jeden Moment bis zur letzten Sekunde.

„Na komm", flüsterte er schließlich, „der Film fängt gleich an."

Wie frisch verliebt hielten wir auch im Kino Händchen. Es war, als könnten wir kaum die Finger voneinander lassen.

„Ich kann es kaum erwarten dich gleich zu Hause zu nehmen",

hauchte Aiden mir ins Ohr. Seine Worte landeten genau an der richtigen Stelle, nämlich genau zwischen meinen Beinen. Nervös rutschte ich hin und her. Ich räusperte mich, bevor ich leise zurück flüsterte.

„Aiden, ich möchte den Film", er ließ mich nicht aussprechen. Aiden rückte ein Stück nach vorn. Da wir am Rand saßen, konnte uns kaum einer über die Schulter blicken. Wobei das Kino insgesamt bei diesem Liebesfilm nicht allzu gut besucht war. Heute durfte ich mir nämlich ein Film aussuchen und nahm ohne Rücksicht auf Aiden zu nehmen, den herzschmerzlichsten Film überhaupt heraus. Als Aiden sich wiederaufrichtete, fuhr seine Hand über mein Knie bis hin in meinen Schoß.

„Aiden", flüsterte ich noch leiser das ich mein eigenes Wort nicht verstehen konnte. Dieser Blick den Aiden mir entgegenbrachte, war dunkel und schmutzig. Es war höllisch erotisch ihn so zu sehen. Doch was hatte er vor?

Seine Hand blieb direkt auf meinem Scham liegen. Sanft drückte er ein wenig zu. Ich stöhnte kaum hörbar auf. Schnell versuchte ich wieder die Fassung zu erlangen, als Aiden noch weiter ging. Er gab mir einen bestimmenden Kuss und drückte mich zurück in den Sitz. Seine Hand fuhr langsam hoch. Geschickt öffnete er den Knopf meiner Hose. Verdammt wir waren im Kino?

„Was machst du?", sagte ich unter seinen Lippen.

„Genieße es einfach", kam heiser aus seiner Kehle. Alles roch nach Sex. Was würde ich jetzt dafür geben mich direkt hier und jetzt auf ihn zu setzten?

„Lehn deinen Kopf an meine Schulter", sagte Aiden. Ich tat sofort was er wollte. Schließlich legte ich meinen Kopf mit der Schläfe an seine Schulter. Sofort war seine Hand in meiner Hose. Sanft begann er zunächst meine empfindlichste Stelle zu massieren. Umso mehr er mich streichelte, immer schneller und intensiver, biss ich mir auf die Lippen, um nicht laut loszuschreien. Mit der einen Hand krallte ich mich in der Sitzlehen und mit der anderen an Aidens Oberschenkel fest. Ich spürte selbst, wie feucht ich war. Dieser Moment war verboten und doch so unglaublich erotisch. Schließlich fuhr Aiden erst mit einem, dann mit mehreren Fingern tief in mich ein. Mehr musste er kaum machen, bis ich schließlich kam.

„Ah", Aidens Lippen drückten sich auf meine und erstickten sämtliche weiteren Laute. Es war ihm anzumerken das er meinen Höhenflug fast genauso genoss wie ich selbst.

„Du siehst toll aus", sagte Aiden über meine Schulter hinweg. Ich stand im Flur und zog mir gerade meine Schuhe an. Wir waren bei Matt und Christin zum Brunch eingeladen. Auch wenn ich es nicht gedacht hätte, freute ich mich natürlich Emma wiederzusehen.

„Fertig", grinste ich ihn an. Auch er sah toll aus. Zwar trug er nur eine Jeans und ein Hemd, stand es ihm dennoch richtig gut. Als er so an mir heruntersah, wusste ich schon beinah, was für eine Frage als Nächstes kommen würde. Sein Blick verriet ihn.

„Meinst du, du kannst das?", fragte er beschützend.

208

„Ja", sagte ich deutlich und lächelte. Und es stimmte.

„Wirklich Aiden", wiederholte ich und zog meine Jacke über. Auch Aiden warf seine Jacke über die Schulter und versuchte mir zu glauben.

„Dann lass uns gehen", waren seine abschließenden Worte.

Gemeinsam verließen wir das Haus.

Wir saßen an dem großen Tisch im Esszimmer.

„Mensch Christin, wann hast du das denn noch alles gemacht? Solltest du dich nicht noch ausruhen?", fragte ich und bestaunte sämtliche Mahlzeiten, die auf dem Tisch standen.

„Es geht mir wirklich gut. Wahrscheinlich ist das noch das anfängliche Adrenalin nach der Geburt. Aber Emma ist auch so ein unglaublicher Glücksfall. Sie schläft, isst und weint eigentlich gar nicht. Wir genießen es einfach so lange wie es anhält", nach ihren Worten lächelte sie Matt an. Die beiden sahen so glücklich aus. Und mit Emma hatte sie recht. Sie war ein sehr zufriedenes Baby. Egal bei wem sie auf dem Arm war, sie war tiefenentspannt.

Noch bevor Aiden und ich hierherkamen, war es mir wichtig das Matt und Christin nichts von der Fehlgeburt wussten. Irgendwann einmal. Aber nicht jetzt.

Christin stand auf und wollte gerade die Sachen vom Tisch abräumen, als ich selbstverständlich anfing ihr zu helfen.

„Bleibt sitzen Schatz", sagte Matt ebenfalls fürsorglich und brachte sie dazu, sich zu setzten. „Du hast das alles gemacht, dann lass uns wenigstens abräumen", sie ließ sich nicht lange bitte, als Matt und ich schließlich abräumten. Aiden leistete Christin Gesellschaft.

In der Küche machten Matt und ich gleich den Abwasch.
„Die Vaterrolle steht dir gut", sagte ich mit Schaum an meinen Händen und wusch die nächste Tasse ab.
„Danke, es ist wirklich", er suchte nach den passenden Worten, „anders. Aber echt toll."
Ich stellte den letzten Teller auf die Abtropfablage und trocknete meine Finger ab. Plötzlich blieb mein Blick an eine Karte an der Wand hängen. Dort war in großer Schrift das Wort Einladung drauf geschrieben, wo neben ein Bild von unseren Eltern zu sehen war. Matt sah meinen fragenden Blick.
„Hast du auch eine Einladung bekommen?", fragte er zögerlich. Doch es war ok für mich. Auch wenn ich nur mit meiner Mutter hin und wieder gesprochen hatte, hatte ich meinen Vater seit dem Vorfall vor über einem Jahr, nicht mehr gesehen oder gesprochen.
„Ich weiß nicht. Ich bin fast nur bei Aiden und komme nicht so oft dazu die Post zu holen", grinste ich.
„Bereits vor über einer Woche ist die Karte schon angekommen", erklärte Matt.
Still stand ich neben ihm. Mir war nicht klar, ob ich auch eine Karte bekommen hatte. Wollte ich das überhaupt? Wenn ich tatsächlich eine Karte bekommen hätte, würde ich hingehen? Würde es von mir verlangt werden hinzugehen?

„Sarah?", riss Matt mich aus meinen Gedanken.

„Entschuldige", lächelte ich und sah ihn an. Matt fing mich mit seinen dunkelbraunen Augen auf. Er war mein zu Hause, meine Heimat. Nicht meine Eltern. Ich stieß ergeben einen kleinen Seufzer aus.

„Ich habe sie lange nicht gesehen", meine Worte klangen verzweifelt. Fast sehnsüchtig. Auch wenn mein Dad eine für mich unglaublich negative Meinung Aiden gegenüber hatte, fehlte er mir – irgendwie.

„Ach Schwesterchen", sagte Matt und legte tröstend eine Hand auf meine Schulter. „Nehme dir das nicht so an. Dad weiß manchmal einfach nicht was er sagt. Vieles meint er nicht so wie es rüberkommt", versuchte Matt die Situation unseres Vaters zu erklären. Mir flog die Erinnerung durch den Kopf, wo wir vorletztes Jahr an Weihnachten zusammensaßen. Dad hatte tatsächlich von mir verlangt, dass ich mich nicht so zieren sollte und am besten mit John immer noch eine Familie gründen sollte, nachdem was er mir angetan hatte.

Bei dem Gedanken lief es mir eiskalt den Rücken runter. Wir räumten weiter das Geschirr ein und beließen es dabei. Unsere Eltern waren an diesem Vormittag zum Glück kein Thema mehr.

„Das war wirklich schön", hauchte ich und ließ mich in den weichen Sitz von Aidens Auto sinken.

Aiden steuerte den Wagen durch die Straßen. Er sah mich von der

Seite aus an, als würde er auf etwas warten. Kurz entschlossen legte ich eine Hand auf seine, die noch immer auf der Kupplung lag. Er drehte seine Hand und umschloss die meine.

„Hauptsache es war dir nicht zu viel", sagte Aiden und drückte leicht meine Hand.

„Nein, es ist alles gut. Wirklich", entgegnete ich. Dankbar für seinen Halt und das er für mich da war, genoss ich einfach unser beisammen sein.

„Ich bin gleich wieder da", sagte ich, als ich gerade meine Hand von ihm lösen wollte. Aiden hielt mich zurück.

„Das glaubst auch nur du", sagte er mit dunkler Stimme.

Ich verdrehte leicht die Augen, bis wir beide schließlich ausstiegen und uns auf den Weg in meine Wohnung machten.

Bereits unten an der Tür sah ich das schon einiges an Post auf mich wartete. Ich schloss den Briefkasten auf, nahm die Post heraus und machte mich mit Aiden zusammen auf den Weg nach oben. Noch währen wir die Treppen hoch liefen, überflog ich kurz die Post. Vor meiner Tür angekommen, versuchte ich mit der einen Hand, in der ein großer Stapel und mein Haustürschlüssel waren, zu sortieren. Aiden stand unbeteiligt daneben.

„Soll ich dir", fragte er kurz, als mir schon im nächsten Augenblick der Haufen aus der Hand viel.

„Mist!", fluchte ich leise vor mir her. Aiden entrann ein kleines Auflachen. Gemeinsam machten wir uns daran die Briefe

212

aufzusammeln.

„Du bist sehr heiß, wenn du so verplant bist", sagte Aiden ohne Vorwarnung. Mein Schlüssel steckte zum Glück schon in der Tür, das hätte ich jetzt bestimmt nicht mehr hinbekommen.

Wir sahen uns in die Augen. Meine dicke Jacke wurde mir langsam viel zu heiß. Mit Aidens freier Hand fixierte er mich am Kopf und küsste mich. Wohl wissend was gleich in meiner Wohnung passieren würde, brach ich den Kuss ab und schloss hektisch die Tür auf. Aiden folgte mir. Ich legte die Briefe auf den großen Küchentisch. Umgehend zog ich meine Jacke aus und drehte mich zu Aiden um. Dieser war gerade dabei einen großen braunen Umschlag vom Boden aufzuheben.

„Er ist nicht frankiert", Aidens Blick wurde angespannt. Er sah zu mir auf. „Erwartest du etwas?", fragte er sofort nach.

Ich schaute ihn überrascht an.

„Nein", hauchte ich leise und machte einen Schritt auf ihn zu. War das die Einladung meiner Eltern? Wobei, wieso so ein großer Umschlag? Er war noch nicht einmal frankiert oder an mich adressiert.

Ohne mich zu fragen, entschied Aiden über meinen Kopf hinweg und öffnete den Umschlag. Er holte einen großen Zettel hervor. Ich nahm es ihm direkt aus der Hand. Es war kein Zettel, sondern ein Foto.

„Aiden, was", sagte ich und schaute auf das Bild in meiner Hand. Mir wurde immer schlechter, mein Atem beschleunigte sich umso länger ich darauf schaute. Zwar war es nur eine schwarz-weiß Aufnahme, war Aiden ziemlich gut zu erkennen. An seinen Lippen hing Natalia. Auch wenn ich sie nur von hinten sah, erkannte ich es an den Haaren und dem kurzen Kleid. Die Tatsache das diese Aufnahme offensichtlich in der Kanzlei stattgefunden hatte, bestätigte für mich den Verdacht.

„So ein verficktes Arschloch!", rief Aiden und nahm mir das Bild aus der Hand.

„Was hat das zu bedeuten?", kam so gerade noch aus meinem Mund, bevor meine Stimme versagte.

„Sarah", Aiden sah mich an, „Es ist nicht, wie es aussieht", das waren die Worte, die das Fass zum überliefen brachten. Es zog mir den Boden unter den Füßen weg. Ich konnte gegen die Tränen nicht mehr an. War das nicht der Satz, mit dem andere Männer immer anfingen, wenn sie fremdgegangen waren?

„Und wieso sollte es nicht so sein?", verzweifelt, traurig und wütend sah ich ihn an.

„Wann Aiden?", flüsterte ich.

„Dieses Foto ist nicht echt. Zumindest nicht ganz", jedes Wort, mit dem er sich weiter rausredete, schnitt sich wie ein brennendes Messer in meine Haut.

Ich nahm Abstand von ihm, wollte am liebsten fliehen. Aber wohin? Schließlich waren wir in meiner Wohnung.

„Sarah!", sagte Aiden und drehte mich unsanft an der Schulter in seine Richtung.

Schnell drehte ich mich aus seinem Griff und nahm erneut Abstand. „Sarah, sie mir in die Augen", ich tat, was er sagte. Dann begann er zu erklären. „Dieses Foto ist in Jareds Büro beim Neujahrsempfang entstanden. Natalia wollte in Ruhe mit mir reden. Aber bevor sie mir gesagt hatte, das sie sich in mich verliebt hatte, viel sie mir um den Hals und küsste mich", die Antwort klang plausibel und doch war ich noch nicht so ganz überzeugt.

Ich drehte mich in Richtung Fenster und legte die Arme um mich herum.

„Das ist ein Plan von Jared um mich fertigzumachen. Er will mir das nehmen, was mir am wichtigsten ist, nur damit ich nach seiner Pfeife tanze", erklärte Aiden weiter.

Ich hatte mittlerweile fast abgeschaltet. Nur noch wenige Worte von ihm legten sich über das Rauschen in meinen Ohren.

„Sarah", erneut, diesmal deutlich sanfter, drehte Aiden mich abermals herum. „Schau mir in die Augen. Du weißt das ich nicht Lüge. Das ist ein Spiel, welches falsch gespielt wird", sein Blick wirkte kühl und angespannt. Es war ihm Ernst und tief in seinen Augen wusste ich tatsächlich, dass er nicht log.

„Wieso ist es denn nur ein Bild, wenn da angeblich mehr lief? Sie es dir genau an und sag mir das dies ein echter Kuss sein soll", er hielt mir das Bild hin. Ich wagte tatsächlich noch einen Blick. Bewusst schaute ich mir nicht nur die küssenden Lippen an, sondern auch das drum herum. Aidens Haltung wirkte tatsächlich überrumpelt und abweisend. Natalia viel ihm Wort wörtlich um den Hals. Umso

215

weiter ich mir das Bild ansah, begann Aiden mir noch mehr dazu zu erklären.

„Jared versucht uns zu erpressen. Arthur hat er schon in der Hand. Jetzt versucht er es mit mir", meine Tränen, die bereits weniger wurden, ließen mir wieder eine deutliche Sicht auf Aiden zu.

„Was meinst du damit, dass er Arthur in der Hand hat?", bei jedem Wort, das ich sprach, schnellte mein Puls in die Höhe. Die Angst was noch kommen könnte, packte mich vollkommen.

Aiden erklärte mir die Situation in Las Vegas und was Arthur gemacht hatte.

„Es tut mir leid, dass ich so reagiert hatte. Ich wusste ja nicht", kopfschüttelnd stand ich vor ihm.

„Du brauchst dich nicht zu entschuldigen. Es ist nur", Aiden zerriss das Foto und schmiss es sofort in den Mülleimer. Ich betrachtete sein Handeln. „Um nichts in der Welt würde ich dir so etwas antun", flüsterte er und kam auf mich zu. Auch ich tat ebenfalls ein Schritt in seine Richtung, bis er mich fest in seine Arme schloss. Was würde als nächstes auf uns zu kommen?

Der Start der Woche verlief gut. Aiden wusste noch nicht, wie er reagieren würde, wenn er Jared über den Weg lief. Ich ließ ihm was das anging freie Hand. Es war seine Entscheidung, ob er ihm gegenüber ausrasten würde oder es stillschweigend hinnahm. Wie ich Aiden allerdings kannte, könnte er damit nicht hinterm Berg halten.

Mein Handy vibrierte. Geschickt wagte ich einen Blick. Eine Nachricht von Cameron. Er bestätigte mir den Termin für heute Nachmittag. Wenn ich daran dachte über all das wieder zu sprechen, wurde mir schummerig. Wie würde so etwas überhaupt ablaufen? Noch immer war ich froh, dass wir uns dafür an einem öffentlichen Ort trafen.

Ich steckte das Handy weg und machte mich weiter ran an die Arbeit.

Aiden

Noch immer war die Wut auf Jared tief in mir zu spüren. Mir war irgendwie klar, dass er, nachdem er Arthur mit so einer Masche in der Hand hatte, ähnliches auch mit mir probieren würde. Wenn dieser Arsch schon mit solchen Machenschaften spielte, dann musste es doch irgendwo Beweise geben, dass er mit Sicherheit keine reine Weste hatte.

Mein Handy vibrierte. Sarah schickte mir eine Nachricht mit einem Kuss. Ich lächelte. Kurz darauf kam die Anspannung zurück. Wenn ich sie wirklich durch irgendwelche Spielchen von Jared verlieren würde, könnte ich für nichts mehr garantieren. Das Telefon klingelte.

„Ja", sagte ich in meiner gewohnt genervten Tonlage.

„Mr. Brooks, hier ist Willow von der Zentrale. Ich habe hier einen Mr. Fitch von der State Inc. am Telefon. Jared ist jedoch nicht da und seine persönliche Assistentin erreiche ich ebenfalls nicht. Er wollte jedoch sofort mit jemanden sprechen und da sie", erklärte die Frau am Telefon weiter. Ich fiel ihr in Wort.

„Ist okay, bitte stellen Sie durch", sagte ich kurz und knapp.

„Natürlich", verabschiedete sich Willow, die Leitung knackte, das Telefonat war verbunden.

„Mr. Fitch, guten Tag. Brooks hier", begrüßte ich förmlich und kompetent.

„Mr. Brooks", sagte er ein wenig überrascht. „Jared scheint wohl was Besseres zu tun zu haben, als sich um seine größten Mandate zu kümmern?", patze es aus ihm heraus.

Um mein Ego präsenter zu machen, stand ich auf und lief mit erhobenem Kopf durch mein Büro.

„Es tut mir leid, dass Jared derzeit unpässlich ist. Natürlich kann ich ihnen ebenso helfen", versicherte ich ihm. Auch für mich ging es hier um einen großen Kunden, wo es auch in meinem Interesse lag ihn nicht zu verlieren.

Mr. Fitch atmete tief aus.

„Okay, dann möchte ich das sie jetzt umgehend ihre Männer mobilisieren und zusehen, dass die dutzenden Leute, die mich hier jeden Tag terrorisieren, damit aufhören. Wir haben das Grundstück rechtmäßig erworben. Jared hatte uns zugesichert das es zu keinen Zwischenfällen bei solchen Grundstücken kommen wird. Bisher hat es auch funktioniert, besser als bei jeder anderen Kanzlei, und trotzdem verstehe ich nicht, wieso gerade diese Bewohner so hartnäckig sind!"

Mr. Fitch sprach weiter und weiter, ohne dass ich etwas gefragt hatte. In mir wollte sich das Puzzle jedoch nicht ganz zusammen setzten.

„Mr. Fitch, ich versichere ihnen wir werden auch das in den Griff bekommen", gerade wollte ich weiter ausholen, wurde meine Bürotür aufgerissen. Jared stürmte herein und riss mir den Hörer aus der Hand. Wie eine Maske setzte er ein ekelerregendes Höhnisch nettes Gesicht auf.

219

„Frank, Jared hier", begrüßte er ihn und wimmelte ihn ab das er ihn gleich zurückrufen würde. Als er auflegte, funkelte er mich an.

„Hat Frank dir erzählt worum es geht?", hackte er nach. Es war ihm anzusehen, dass er Angst hatte.

„Nicht wirklich", sagte ich kalt und ohne mir in die Karten gucken zu lassen. „Er wollte mit dir sprechen und ich habe ihm kaum zwei Minuten erklärt, dass du mal wieder deine Vorzimmerdame flachlegen musstest und deshalb nicht zu erreichen warst", zischte ich. Noch immer stand ich mit geschwollener Brust vor ihm. Auch wenn er fast einen halben Kopf kleiner war als ich, hatte sein Ego eine sehr große Aura.

Ein abscheuliches Lachen überkam ihm.

„Aiden", sagte er und kam bedrohlich nah. Meine Hand ballte sich bereits zur Faust. Wenn ich daran zurückdachte, was für ein falsches Arsch Jared war, wollte ich ihm am liebsten Tod prügeln.

„Neid steht dir nicht zu Gesicht", waren seine Worte, als er sich umdrehte und zur Tür ging. Kurz bevor er den Raum verließ, drehte er sich noch einmal um.

„Ach", begann er, „grüß doch bitte deine Freundin Sarah von mir", dass drauf folgende Lächeln entfachte einen inneren Tornado. Gut für Jared das dieser nach dem Satz direkt mein Büro verließ. Ich schnappte mir einen Briefbeschwerer und feuerte ihn quer durch den Raum.

Es war bereits spät, als ich zu meinem Auto ging. Ein Piepen

220

durchflog die Stille als ich es über den Schlüssel aufschloss.
Erschöpfung machte sich in mir breit als ich mich in den Sitz sinken
ließ. Ich grübelte und suchte nach Möglichkeiten Jared zu
überführen. Schließlich wusste ich, dass ich das nicht alleine machen
konnte. Umgehend startete ich den Wagen und machte mich auf
den Weg einen weiteren verbündeten ins Boot zu holen.

Nach bestimmt dreißig Minuten fahrt, stand ich in einer kleinen
Vorstadt mit lauter Einfamilienhäusern. Vor einem unscheinbaren
schicken weißen Haus stellte ich mein Auto ab und lief zur Tür. Die
Verandalampe schenkte mir Licht. Ich klopfte kräftig und wartete
ab.
Jemand entriegelte das Schloss und öffnete die Tür. Die kleine
zierliche Frau vor mir sah mich an und begann zu lächeln.
„Aiden!", sagte sie erfreut und fiel mir um den Hals.
„Hallo Elisabeth", erwiderte ich freundlich.
Wir hatten schon immer ein gutes Verhältnis zueinander. Fast wie
eine Mutter sah sie mich wie ihren nie bekommen Sohn an.
Zumindest fühlte es sich für mich so an, so liebevoll wie sie sich
immer kümmerte.
Wir lösten unsere Umarmung.
„Komm doch rein", sagte sie schnell und winkte mich rein. Sie
schloss die Tür, als Arthur bereits um die Ecke kam. Sein Blick und
Haltung wurden nervös.
„Möchtest du was essen Aiden? Ich habe noch jede Menge von

heute Abend übrig", fragte sie herzlich.

„Nein danke. Ich wollte nur kurz etwas Berufliches mit Arthur besprechen", gab ich ihr einen Wink mit dem Zaunpfahl. Denn Elisabeth wusste, wenn es sich um Arbeit und wohlmöglich um Klienten handelte, dann durfte sie davon nichts wissen.

„Lizzie, machst du uns ein Kaffee?", fragte Arthur liebevoll. Ob Sarah und ich auch wohl so miteinander umgehen oder im Alter mal so sein würden?

„Natürlich", sagte sie, lächelte und machte sich auf den Weg in die Küche. Arthur führte mich ins Wohnzimmer.

„Was gibt es?", fragte er gleich nach.

„Arthur, ich brauche deine Hilfe", sein Gesichtsausdruck veränderte sich. Es kam selten vor das ich ihn um Hilfe bat.

„Hat es was mit Jared zu tun? Hat er dich etwa auch in der Hand?", ein prüfender Blick in Richtung Tür, doch Elisabeth war noch nicht da.

„Nein", sagte ich und schüttelte den Kopf. „Aber ich habe eine Idee wie wir ihn loswerden könnten", schlug ich ihm vor.

Nachdem Elisabeth schließlich den Kaffee gebracht hatte, unterbreitete ich Arthur meine Vermutung.

„Es sieht so aus, als würde er andere für sich arbeiten lassen, um die Störungen zu beseitigen. Jedoch weiß ich nicht wie. Ob es Bestechung ist oder Bedrohung", müde strich ich mir über die kurzen Haare. Ich stellte fest, dass sie mittlerweile ein wenig länger geworden waren.

222

„Wie kann ich dir dabei helfen?", fragte Arthur und nahm einen Schluck von seinem Kaffee.

„Du bist der einzige, der sich die Akten ziehen kann, wo Fitch mit drinhängt, ohne Aufmerksamkeit zu erregen. Jared hat ein Argusauge auf mich. Ich kann da nicht ohne weiteres ran", erklärte ich.

Arthur wusste worauf ich hinaus wollte. Es kostete mich meine gesamte Überredungskunst, denn er wollte nicht das Elisabeth von seinem Seitensprung erfuhr. Und wenn Jared herausfand das Arthur Informationen gegen ihn verwenden würde, dann wäre die Bombe geplatzt. Schließlich stimmte er dennoch zu.

„Ich hoffe, du hast recht und wir können ihn damit endlich loswerden", stieß Arthur angespannt hervor.

Heute war Donnerstag. Die letzten zwei Tage waren anstrengend. Jared hatte mich mit Arbeit überflutet, damit ich nicht die geringste Chance hatte mich anderweitig umzusehen. Was mir ebenfalls die Kräfte zerrte, war der wenige Schlaf. Seit dieser Foto Geschichte war Sarah anders. Sie wirkte nachdenklicher und verletzlicher. Wie gerne würde ich mit ihr über alles reden, doch ich konnte sie nicht weiter in diese Sache mit reinziehen. Ich durfte ihr nichts sagen. Was mich ebenfalls an mir selbst nervte, war, dass umso mehr Stress ich ausgesetzt war, umso dringender brauchte ich Sex. Doch Sarah jetzt um diesen Gefallen zu bitten, ließ selbst mich an meinen klaren Menschenverstand appellieren.

223

Es klopfte.

„Ja", sagte ich.

Arthur kam rein.

„Hallo Aiden", sagte er und schloss die Tür hinter sich. Er überreichte mir eine Akte.

„Wie besprochen die Unterlagen", sagte er kurz. Wir wussten, dass es nicht sicher war in diesen Räumen über das Thema zu sprechen. Ich nahm es nickend entgegen, als Arthur mein Büro direkt wieder verließ.

Im direkten Anschluss beschloss ich eine Pause einzulegen. Ich schnappte mir die Akte, Jacke und verließ das Büro Gebäude. Ein Block entfernt schaute ich mir den Inhalt zum ersten Mal an. Endorphine setzten sich frei. Es war auffällig das in den meisten Fällen von Jared es gar nicht zu einer Gerichtsverhandlung kam. Die Anzeigen wurden in bestimmt 70 Prozent zurückgezogen. Bei vielen der restlichen Verfahren wurde sich auf eine Entschädigung geeinigt. Der überwiegende Anteil an zurückgezogenen Fällen erweckte jedoch mehr meine Aufmerksamkeit. Da musste mehr dahinterstecken. Mir kam die Idee, was als nächstes zu tun war. Das erste Mal seit langer Zeit ein Stück weit zufriedener, schloss ich die Akte, sah auf die Uhr und dachte an das jetzt wichtigste für mich. An Sarah. Sie hätte gleich Feierabend. Wenn ich mich beeilen würde, könnte ich sie noch einholen. Auch wenn wir die letzten Tage zusammen verbracht hatten, war ich oft so spät zu Hause, dass sie schon geschlafen hatte. Und bevor sie erwachte war ich schon aufgestanden, dass kein gemeinsamer Morgen möglich war. Sofort machte ich mich auf den Weg zu ihrer Arbeit.

Kaum fünfzig Meter vor dem Eingang des großen Bürogebäudes entfernt sah ich sie. Meine Sarah. Sie trug heute schwarze Stiefel, ihren kurzen schwarzen Rock und eine schwarze Strumpfhose. Ihre dicke Winterjacke hatte sie bis nach oben zugezogen. Mein Schwanz zuckte in meiner Hose. Ich wollte sie. Und das jetzt. Sie lief los und zog sich ihre Handschuhe über. Ohne aufzublicken lief sie weiter. Ich stellte mich direkt vor ihr. Erschrocken und kurz bevor wir zusammenstießen, blieb sie stehen. Endlich sah sie zu mir auf. Diese großen Augen sahen mich Hilfesuchend an. Als sie erkannte, dass ich es war der vor ihr stand, funkte es hell auf. Ihre Lippen öffneten sich und formten ein Lächeln.

„Hi", sagte sie leise. Ihr Lächeln wurde breiter.

Ich sagte nichts, sondern küsste sie. So viel wie möglich wollte ich jetzt von ihr haben. Rücksichtslos presste ich meinen Körper enger an ihren heran. Sarah rührte sich nicht, sondern ließ mich sie führen. Allein für diese Geste liebte ich sie.

Vorsichtig löste sie unsere Lippen und grinste bis über beide Ohren.

„Was für eine schöne Begrüßung", stellte sie fest, schaute nach unten und drückte ihr Hüfte fest an meine Erektion. Röte trat in ihre Wangen, als sie mir wieder in die Augen sah.

„Es ist schon etwas her", sagte ich ehrlich.

225

„Das lässt sich ändern", konterte sie. Ich schluckte. Diese Frau brachte mich um den Verstand.

„Lass uns nach Hause gehen", sagte ich kurz.

„Ich kann nicht. Ich muss zu mir und noch Sachen packen für morgen", erklärte sie. Morgen war bereits Freitag. Der Geburtstag ihres Vaters. Die Woche war so schnell vergangen, das hatte ich total verdrängt.

„Du kommst doch mit, oder?", fragte sie zögerlich und hob eine Augenbraue an.

Meine Hand strich ihr zärtlich über die gerötete Wange.

„Ja, aber ich komme am Freitagabend erst nach. Morgen muss ich noch in die Kanzlei", die Aussicht sie abermals alleine zu lassen, zerriss mich innerlich. Aber ich musste jetzt Maßnahmen ergreifen, um Jared an den Kragen zu kommen. Ich hoffte so sehr, dass sie mir noch ein letztes Mal ein Vertrauensvorschuss geben würde. Ohne damit gerechnet zu haben begann sie plötzlich zu lächeln.

„Aber was machen wir denn dann jetzt", erneut schob sie ihre Hüfte fest an meine Mitte. Mein Atem stockte. Schnell sah ich mich um. Mir schoss eine Idee durch den Kopf. Ich schnappte ihre Hand und zog sie hinter mir her. Schnellen Schrittes liefen wir zurück in das Bürogebäude, wo sie arbeitete.

„Aiden! Hier?", unbeeindruckt von ihren Widerworten setzte ich meinen Weg fort. Sie wollte mich und ich wollte sie. Und das so schnell wie möglich.

Ich führte sie in Richtung der Toiletten. Schließlich schaute ich mich

226

um und betrat schnell mit ihr das WC für Damen. Ein leises Kichern entrann Sarah. Dieser Laut machte mich rasend. Es waren zwei Kabinen hier. Eine Links, eine Rechts und beide mit Abtrennung von der Decke bis zum Boden. Ich schob sie in eine Kabine und schloss die Tür hinter uns ab.

Wie ein Jäger auf der Jagd sah ich sie wie Beute vor mir. Als würde ein Gummiband reißen, fielen wir übereinander her. Unsere Lippen trafen hart aufeinander. Der dadurch entstandene Schmerz schoss mir bis in den Schwanz.

„Sarah", stieß ich hervor. Sie hatte noch nicht einmal meinen Schwanz angefasst, war ich fast bereit zu kommen.

Sie strich sich die Jacke von den Schultern und ließ sie zu Boden fallen. Zu meiner Freude hatte sie heute ein weit ausgeschnittenes enges Top an. Mein Atem wurde schneller. Ich ging auf die Knie und schob ihr den Rock hoch. Sie trug keine Strumpfhose, sondern halterlose Strümpfe. Jetzt war ich es der von oben zu ihr aufsah.

„Du machst mich wahnsinnig", sagte ich und vergrub mein Gesicht in ihrem Scham. Sie stöhnte ein erstickenden laut. Sofort stand ich auf, tauschte mit ihr den Platz und setzte mich auf den geschlossenen Toilettensitz. Erfreut biss sie sich auf die Unterlippe. Die Vorfreude war in der Luft zu spüren. Geschickt öffnete ich meine Hose und ließ meinen Schwanz hervorspringen. Sarah wusste, was sie zu tun hatte und setzte sich mit gespreizten Beinen auf meinen Schoß. Ohne Rücksicht drückte sie sich auf meine Erektion. Ich füllte sie schnell vollkommen aus. Die Spannung in

227

meinen Leisten wurde zu einem brennen. Sarah begann auf und ab zu reiten. Ich stoppte sie und drückte sie an den Schultern weiter herunter, dass ich so tief wie nie zuvor in ihr war. Unsere Blicke verankerten sich. Dieser Moment, auch wenn wir auf einer Toilette waren, war für uns beide so, als würde die Zeit stillstehen. Ich bemerkte, wie ich in ihr noch größer wurde. Sarahs Augen fielen zu. Sie ließ die Stirn, an die Meine sinken und durchlebte einen tiefen ruhigen Orgasmus. Sie dabei so dicht zu sehen und es mitzuerleben, versetzte mich ebenfalls an den Höhepunkt, sodass ich gemeinsam mit ihr kam.

Sarah

Erschreckend schnell war der Feierabend für heute gekommen.
Innerlich war ich mir nicht sicher, wie das Treffen mit Cameron
verlaufen würde. Per Handy hatten wir uns in einem Cafe zwei
Blocks von hier verabredet. Ich wusste nicht einmal, wie er aussah.
Mit mehr und mehr solcher Gedanken ließ ich den Weg hinter mir
und stand vor dem Cafe. Ein kurzer Blick zeigte mir, dass
offensichtlich niemand hier war, der gerade wartete. Ich zückte mein
Handy, um die Uhrzeit zu prüfen. Gerade als ich darauf sah, tippte
mich jemand an der Schulter an.
Ich zuckte zusammen.
„Entschuldige, ich wollte dich nicht erschrecken. Bist du Sarah?",
fragte ein junger Mann. Er war ein Stück größer als ich, hatte dunkle
Haare und eine große Hornbrille auf der Nase. Mein erster Gedanke
war das er aussah wie ein Neard und doch wirkte er modisch und
alles unglaublich gut aufeinander abgestimmt.
„Hallo", sagte ich, lächelte und ließ mein Handy in meiner Tasche
verschwinden.
„Ja, ich bin Sarah. Dann bist du Cameron?", fragte ich
vorsichtshalber nach.
„Richtig", er streckte mir kurz die Hand entgegen, ich erwiderte die
Geste und reichte ihm auch meine Hand.
„Wollen wir reingehen?", Cameron zeigte auf den Eingang des
Cafes hinter uns. Ich nickte und folgte ihm still.

229

Im Cafe selbst war gut was los. Allerdings herrschte jede menge Laufkundschaft. Cameron suchte einen Tisch im hinteren Bereich aus. Wir setzten uns gegenüber voneinander hin. Sekunden später kam bereits eine Bedienung und nahm unsere Bestellung auf.

Nervös spielte ich mit meinen Fingern an meiner Jacke rum.

„Du brauchst nicht so nervös sein. Ich beiße nicht", lächelte Cameron und brach somit ein wenig das Eis zwischen uns.

„Tschuldige, aber ich weiß nicht wie sowas überhaupt abläuft", sagte ich immer leiser.

„Es gibt keine Anleitung. Ich schlage vor wir reden einfach etwas. Dann kommt alles von ganz allein", die Leichtigkeit welche Cameron ausstrahlte und dazu seine beruhigende Stimme, waren wie Balsam für mich und mein inneres. Trotzdem wusste ich nicht, was ich ihm überhaupt erzählen sollte. Wie ich anfangen sollte.

„Wie war denn dein Tag heute?", fragte Cameron wie ein Freund und begann Smalltalk zu betreiben. Die Bedienung kam mit unserer Bestellung um die Ecke und stellte die großen Becher vor uns ab.

„Danke", sagte ich und begann in meinem Becher herumzurühren.

„Also", sprach ich weiter, „mein Tag war heute ganz gut. Ich mag meinen Job. Er fordert mich und trotzdem bin ich nicht all zu ausgelaugt", ohne es zu wissen begann ich tatsächlich frei zu erzählen, ohne dass er groß nachfragen musste.

„Das ist schön. Viel zu selten arbeiten Menschen heutzutage in einem Job, der ihnen wirklich gefällt", Cameron nahm einen

230

Schluck von seinem Kaffee.

„Ja, das stimmt. Aber auch Jobs, die einem gefallen, können einen durchaus kaputt machen, wenn man nicht aufpasst", sagte ich gedankenverloren und dachte daran wie sehr Aidens Job ihn gerade vereinnahmte. Es zerrte sehr an seinen Kräften.

„Das klingt, als würdest du da aus Erfahrung sprechen?", hackte Cameron nach.

„Ja. Also nicht direkt ich, aber mein Freund. Er ist im Augenblick sehr involviert in seinem Job und hat wenig Zeit auf sich zu achten. Er vergisst oft das auch er nur ein Mensch ist", begann ich zu erzählen. Cameron sagte nichts. Ich begann weiter zu reden. „Es macht mir nichts aus, wenn er spät von der Arbeit kommt. Ich weiß, dass es wichtig ist, was er macht. Aber wenn es sich mehr und mehr auf seine Gesundheit äußert, dann finde ich das nicht mehr gut. Er schläft wenig, isst kaum und von dem emotionalen Stress mal ganz abgesehen."

Noch eine ganze Zeit sprach ich weiter von Aiden und seinen Problemen. Cameron hörte zu, warf hier und da mal eine Frage ein.

„Wie habt ihr euch denn kennengelernt?", war eine einfache Frage. Still saß ich vor ihm. Es fiel mir leicht über Aiden, den Job oder meine Freunde zu sprechen. Doch genau vor dieser Frage hatte ich Angst. Denn das bedeutete das auch ich mich öffnen musste. Meine Maske ablegen und von Dingen sprechen, an die ich am liebsten nie wieder denken wollte.

Starr sah ich auf den Becher zwischen meinen Händen.

231

„Sarah?", hauchte Cameron sanft in meine Richtung und berührte mich an der Hand. Es rüttelte mich ein wenig wach.

„Es ist nicht schlimm, wenn du über bestimmte Dinge nicht sprechen möchtest. Ich bin gerne da und möchte dir versuchen ein wenig Ordnung in das Chaos in deinen Kopf zu bringen", erklärte er kurz. „Wenn du für heute genug hast, müssen wir auch nicht weiter machen", bot er an.

Ich merkte das ich darüber sprechen wollte und doch war es wie eine Blockade. Mein inneres wollte, aber es in Worte zu fassen war schwierig.

„Doch, also", begann ich zaghaft. „Wir, also Aiden und ich haben uns bei meinem Bruder kennengelernt. Oder nein, eigentlich in einer Kneipe, also davor", meine Gedanken verknoteten sich. Cameron saß unbeeindruckt von meiner Verwirrtheit vor mir und hörte mir ruhig zu. Er wartete so lange ab, bis ich endlich einen roten Faden in die Sache bekam. Schließlich erzählte ich ihm alles über unsere zufälligen Treffen und auch von der Vergewaltigung.

„Komischerweise bin ich anfänglich besser damit klargekommen. Erst jetzt kommt es das ich oft nachts davon Träume", gestand ich.

„Der Schutzmechanismus deines Körpers, der uns nach solchen Vorfällen schützt, lässt nach. Er denkt, dass du jetzt stark genug dafür bist, dich damit wirklich auseinander zu setzten. Du hast das erlebte für dich noch nicht abgeschlossen. Im inneren hast du noch immer Angst das er dir noch etwas antun kann", erklärte Cameron und schlüsselte mir mein Verhalten ein wenig auf.

„Aber John ist doch tot. Ich habe das doch gesehen", sagte ich leicht verzweifelt.

„So etwas dauert. Du musst es dir nur wirklich vor Augen halten, es dir immer wieder bewusst machen, dass es vorbei ist. Du musst es versuchen zu verinnerlichen und zu akzeptieren, dass das passiert ist. Und vor allem das er dir nichts mehr tun kann."

Ich atmete tief ein und aus. War es wirklich so leicht? Mich mit den Gedanken zu konfrontieren und nicht davor wegzulaufen?

Wenige Minuten später lenkte Cameron das Gespräch geschickt in eine andere Richtung. Wir begannen erneut lockerer zu sprechen. Nach einem zweiten Kaffee war ich soweit fertig mit erzählen. Nahezu alles vom letzten Jahr hatte ich ihm erzählt. Ebenso die Probleme mit meinen Eltern, vor allem mit meinem Vater.

„Du hast auch noch einen Bruder?", warf er ein.

„Ja. Matt", ich lächelte.

„Schön zu sehen, dass ihr euch offensichtlich nahesteht, so wie du lächelst. Und das ist toll, denn Familie ist wichtig. Natürlich ist man nicht immer einer Meinung, was du bestimmt sehr deutlich zwischen dir und deinem Vater siehst, aber wenn es wirklich hart auf hart kommt, dann werden Eltern immer zu ihren Kindern halten", ich wünschte das Cameron recht behält. Natürlich hatte er mehr Erfahrung mit solchen Fällen. Wäre es bei meinem Vater auch so? Würden wir überhaupt irgendwann mal ein normales Verhältnis zueinander haben?

„Hat dein Bruder denn auch eine Familie?", fragte Cameron.

„Ja. Er und Christin haben erst vor kurzen eine kleine Tochter bekommen", erzählte ich lächelnd.

Die Frage, welche danach kam, riss mich aus der Bahn.

„Oh das freut mich. Haben Aiden und du denn auch schon über Kinder nachgedacht?", fragte er, ohne zu wissen, welche Lawine er damit ins Rollen brachte. Mir wurde heiß und kalt. Auch das Thema wurde jetzt präsent, ohne dass ich es bewusst wollte. Cameron war sehr gut in dem, was er tat. Die ankommenden Tränen schluckte ich herunter.

„Entschuldige mich kurz", brachte ich so eben noch heraus und verabschiedete mich schnell auf die Toilette. Dort angekommen spritzte ich mir ein wenig Wasser ins Gesicht, um wieder klar denken zu können.

Nach ein paar Minuten wagte ich den Weg zurück. Cameron saß noch immer da und wartete auch mich. Er fing meinen Blick ein, als ich auf ihn zuging. Sein Ausdruck war nicht vorwurfsvoll oder enttäuscht. Neutral und herzlich fing er mich auf.

„Ich glaube, ich muss so langsam los", sagte ich zögernd, während ich mich noch einmal hinsetzte.

„Natürlich", erwiderte Cameron. Er nahm es mir nicht übel, dass ich an dieser Stelle das Gespräch abbrach. Zumindest zeigte er es mir nicht.

Wir zahlten die Getränke, zogen unsere Jacken über und verließen das Cafe.

„Danke fürs zuhören", sagte ich ehrlich und sogar erleichterter als davor.

„Gerne", bestätigte Cameron. „Darf ich dir noch einen Rat mitgeben?", schlug er mir vor.

Ich nickte.

„Du solltest dich mehr um dich kümmern. Denk nicht daran, was die anderen wollen oder glücklich macht, sondern was du möchtest. Setz dich mit dir selbst auseinander, dann wirst du sehen, was dich glücklich macht und vor allem was du brauchst", sagte Cameron und traf damit voll ins Schwarze.

„Das werde ich", bestätigte ich.

„Wenn du möchtest, können wir uns gerne nächste Woche nochmal treffen. Ich denke, das würde dir guttun noch ein wenig weiterzureden", schlug er vor.

Meine Lippen zauberten ein Lächeln.

„Ich werde darüber nachdenken. Wegen den Kosten für heute, kannst du mir gerne alles per E-Mail rüberschicken", fasste ich zusammen.

„Ich denke, für heute passt das schon so", grinste er und steckte die Hände in die Taschen. „Richte Nancy bitte einen schönen Gruß aus."

„Natürlich. Vielen Dank", verabschiedete ich mich von ihm. Gerade gingen wir drei Schritte auseinander, rief er mir zu.

„Ach und Sarah", ich blieb stehen und drehte mich um. „Denk bitte darüber nach bezüglich eines zweiten Treffens", sagte er jetzt doch irgendwie besorgt.

Ich nickte nur, sagte nichts und setzte meinen Weg fort.

Die Gedanken über das Gespräch beschäftigten mich noch den ganzen Abend. Ich war bei Aiden zu Hause. Unser baldiges gemeinsames zu Hause. An der Stelle waren wir auch noch nicht weitergekommen. Doch wollte ich das im Moment überhaupt? Darauf konnte ich mir selbst keine Antwort geben.

Aiden war auch um zehn Uhr noch nicht zu Hause. Ich beschloss ins Bett zu gehen und schickte ihm lediglich eine Nachricht. Ob er antwortete, konnte ich nicht sagen. Nach nur wenigen Atemzügen schlief ich bereits tief und fest.

Keine Ahnung wie spät es war, als die Matratze neben mir ein wenig runterging. Aiden legte sich dicht an mich ran. Sein Duft überschwemmte mich und somit segelte ich ruhig zurück in den Schlaf.

Am nächsten Morgen wachte ich früh auf. Allerdings nicht vor Aiden. Dieser war bereits aufgestanden und befand sich unter der Dusche. Der Blick zum Wecker zeigte mir, dass es erst halb sechs war. Aiden hatte abermals sehr wenig Schlaf bekommen. Ich strich mir mit den Händen über das Gesicht, zog die Decke bis unter mein Kinn und rollte mich auf die Seite. Mein nächster Gedanke katapultierte mich zurück zu dem gestrigen Gespräch. Ich musste einfach versuchen mich mit dem Erlebten tatsächlich auseinander zu setzten. Nur wie sollte ich das anstellen?

Die Badezimmertür ging auf. Ruhig blieb ich mit dem Rücken zu Aiden gedreht liegen. Schritte traten an das Bett. Aiden strich mir sanft übers Haar und gab mir einen Kuss auf meine Schläfe. Sein feuchter Bart kitzelte mich ein wenig. Reglos blieb ich jedoch liegen. Meine Gedanken waren gerade dabei Lösungen für mich zu finden, wenn ich jetzt mit Aiden sprechen würde, würde er merken das etwas nicht stimmte und mir Löcher in den Bauch fragen. Nur ich wollte und musste das jetzt mit mir selbst ausmachen.

Die Schritte entfernten sich vom Bett, bis schließlich die Tür vom Schlafzimmer zufiel. Sobald die Tür ins Schloss war, öffneten sich meine Augen, während meine Gedanken weiter nach einer Lösung suchten.

Die letzten achtundvierzig Stunden gab es kaum eine Pause von meinen Gedanken und der Suche nach einer Lösung. Ich bezweifelte das ich alleine darauf kommen würde und beschloss das Angebot von Cameron anzunehmen und mich ein weiteres Mal mit ihm zu treffen.

Meine Mittagspause verbrachte ich heute im Büro. Nancy war so in ihre Arbeit verstrickt das sie keine Pause einlegen wollte und Aiden schrieb mir ebenfalls dass er heute erst wieder spät aus dem Büro raus wäre. Unauffällig nahm ich mein Handy zur Hand und schrieb

Cameron eine Nachricht.

Hallo Cameron. Ich hoffe, es geht dir gut. Gerne würde ich mich noch einmal mit dir treffen. Ich denke, es gibt dort noch das ein oder andere, was ich einfach nicht verstehe. Gruß Sarah

Gerade als ich mich der Arbeit erneut zuwenden wollte, blinkte mein Handy auf. Cameron hatte bereits zurückgeschrieben.

Hi Sarah. Sehr gerne. Bin zufällig die ganze Woche in der Stadt. Passt es dir morgen? Selbe Zeit, selber Ort? Gruß Cameron

Als ich realisierte das wir uns morgen bereits treffen konnten, wurde mir flau. Zwar wusste ich jetzt das Cameron mir helfen wollte und es auch konnte, war mir aber auch klar, dass wir diesmal alles besprechen mussten.

Mit feuchten Händen bestätigte ich das morgige treffen.

Aiden

Unauffällig verließen wir die Damentoilette. Nur wenige Blicke von anderen Menschen, die hier arbeiteten oder zu Gast waren beachteten uns. Und diejenigen die es taten, waren mir mehr als egal.

Gemeinsam liefen wir in Richtung Ausgang. Ich sah kurz zu Sarah. Die Hitze in ihren Wangen war noch immer gut zu erkennen. Während wir auf dem Weg nach draußen waren, nahm ich ihre Hand. Ich wollte ihr jetzt gerade so nah sein, wie es ging, auch wenn mich das nach außen hin weich wirken ließ, war es genau dass, was ich wollte. Wobei wenn ich ehrlich war, würde ich sie gerne noch einmal so außergewöhnlich ficken wie eben. Und bei ihrem derzeitigen Outfit, war es ein leichtes das noch einmal zu tun.

„Was grinst du denn so?", neckte sie mich von der Seite. Meine Mundwinkel zogen sich noch ein Stück weiter nach oben. Wir stoppten voreinander und sahen uns an.

„Ich überlege gerade, wo ich dich als nächstes rannehmen kann", kam es ehrlich über meine Lippen.

Das Rot in ihren Wangen wurde noch dunkler. Sanft strich ich darüber. Eine unglaublich erotische Spannung lag in der Luft. Wir wussten beide, dass es bei unserem nächsten Zusammentreffen unsere Kleidung nicht lange an unseren Körpern bleiben würde.

„Wann bist du denn heute Abend da?", fragte sie mit angespannter Mimik.

239

„Ich weiß es nicht genau. Heute Abend treffe ich noch einen Klienten. Sobald das vorbei ist, mache ich mich auf den Weg", versprach ich ihr. Es versetzte mir einen Stoß, dass ich sie gerade auf diesem Weg wieder allein lassen musste.

„Aber ich werde da sein und morgen an deiner Seite. Du musst da nicht allein durch", noch immer lag meine Hand an ihrer Wange. Sie entspannte sich unter mir. Meine Worte trugen nicht wenig dazu bei.

„Ich schicke dir später die Adresse vom Hotel und meine Zimmernummer", ein freches Grinsen überzog in den darauffolgenden Sekunden ihre Lippen.

„An was denkst du?", fragte ich scharf nach. Ich wollte am liebsten alles von ihr wissen, alles für sie tun und vor allem alles mit ihr nur erdenklich Mögliche machen.

„Nichts Bestimmtes", das Grinsen wurde breiter. „Ich habe nur gerade überlegt, was für Möglichkeiten so ein Hotel doch bietet", gestand sie ein wenig schüchtern.

Meine Hände wanderten runter an ihre Hüften. Ich zog sie bestimmend an mich heran. Sie ließ sich fallen und spürte meinen Schwanz an ihrem Körper.

„Ich freue mich auf heute Abend", hauchte sie leise. Darauf gab ich ihr einen Kuss, der für ein paar Stunden ausreichen musste.

„Bis später Baby", verabschiedete ich mich von ihr und setzte mit einem großen Ständer in der Hose meinen Weg fort.

Genervt tippte ich mit den Fingern auf der Tischplatte. Das Eis in dem Drink vor mir war bereits geschmolzen. Ich sah zur Uhr. Es war bereits halb acht. Die Tür von dem Lokal öffnete sich. Ein unauffälliger Mann, mittleren Alters fand sofort meinen Blick und kam auf mich zu. Ich stand auf und wir reichten uns die Hände.

„Lange nichts gehört", sagte Ken vorwurfsvoll.

Ich grinste abtrünnig.

„Willst du den Job oder nicht?", konterte ich sofort.

Ken rückte ein wenig vor.

„Um was geht's?", zischte er und schaute mir stur in Gesicht.

„Du musst nach Las Vegas. Dort ist ein Mr. Fitch in der State Inc. Er hat Dreck am Stecken", fasste ich kurz zusammen.

Ich zog einen Umschlag aus meiner Innentasche.

„Hier sind die ersten Informationen und eine kleine Anzahlung."

Ich überreichte Ken den Umschlag. Dieser checkte kurz den Inhalt, steckte ihn ein und stand direkt auf.

„Ich melde mich", sagte Ken, nickte und verschwand.

Ken war Privatdetektiv. Doch keiner von der einfachen Sorte. Immer mal wieder benötigte die Kanzlei seine Hilfe, um an Informationen zu kommen, die ich in Verhandlungen benötigte. Doch das lief immer legal ab. Seit Jared am längeren Hebel saß, war es nicht mehr dazu gekommen, dass wir Ken nötig hätten. Denn ich war mir sicher, Jared hatte auch so seine Kontakte, die nicht mit legalen Mitteln zugingen.

Das flüssige Gold vor mir ließ ich unbeachtet stehen und stand ebenfalls auf. Jetzt hieß es ein wenig Geduld beweisen, was mit Sicherheit nicht zu meinen Stärken zählte, und sehen was Ken herausfinden würde. Schnell erhaschte ich einen Blick auf die Uhr. Es war schon spät. Wenn ich mich jetzt auf den Weg zu Sarah machen würde, die gerade in der Kleinstadt bei ihren Eltern zu Besuch ist, dann wäre ich nicht vor Mitternacht da.

Ich zog mein Handy hervor. Sie hatte seit kurz nach zehn nicht mehr geschrieben. Mit aller Wahrscheinlichkeit würde sie bereits schlafen. Ein erhabenes Lächeln setzte sich auf meine Lippen. Wie gerne hätte ich Sarahs Gesicht gesehen als sie ihre Zimmerkarte abgeholt hatte. Heute früh hatte ich bereits für ihr Zimmer ein Upgrade angefordert. Die beste Suite in dem Hotel stand für uns bereit. Bild fetzten von heute Nachmittag und die Ideen der Möglichkeiten, wie Sarah es heute so schön nannte, wo ich sie im Hotel alles vögeln könnte, schossen mir direkt in den Schwanz. Kurzum entschloss ich ihr nicht mehr zu schreiben, sondern mich endlich auf den Weg zu ihr zu machen.

Um kurz nach Mitternacht stellte ich mein Auto in die Parkgarage des Hotels ab, in dem Sarah auf mich wartete. Natürlich war um diese Uhrzeit nichts mehr los. An der Nachtbesetzung der Rezeption holte ich mir eine zweite Karte für das Zimmer. Zufrieden stellte ich fest, dass wir im letzten Stockwerk einquartiert waren. Ohne dass meine Schritte zu hören waren, lief ich leise durch den langen Gang bis zur Nummer 492. Davor blieb ich noch einen

Moment stehen. Ich bemerkte das die Müdigkeit mich grade sehr im Griff hatte. Erschöpft rieb ich mir mit den Händen durchs Gesicht. Ein tiefer Atemzug später zog ich die Türkarte durch das Lesegerät und betrat die Suite.

Nur ein leichtes Licht erhellte sanft den Raum. Mit leisen Schritten durchquerte ich das Zimmer bis zum Licht. Dort sah ich sie. In einem dicken Bademantel eingewickelt, lag sie eingerollt auf der großen opulenten Couch. Mein Engel. Ich schluckte hart. Es war nicht abzustreiten das Sarah dazu beigetragen hatte, dass ich weicher geworden war. Viele meiner Facetten konnte ich besonders in ihrer Gegenwart nicht aufrechterhalten. Und doch war es mir egal. Es war mir egal, denn ich liebte diese Frau so sehr, wie ich noch nie zuvor geliebt hatte. Vorsichtig ging ich noch ein Stück weiter auf sie zu und strich ihr sanft eine Strähne nach hinten. Die Berührung ihrer Haut, der Duft, welcher zu mir herüberkam, wirkte auf mich wie eine Droge. Was mich allerdings beunruhigen ließ, war das sie, auch wenn sie schlief, müde und kaputt aussah. Zudem fiel mir im Augenwinkel eine Flasche Wein und zwei Gläser auf. Das eine Glas war noch gefüllt und unangerührt. Das andere Glas war leer, wie auch die Flasche Wein selbst. Im Augenblick hatten wir durchaus eine schwere Zeit. Mir fehlte die Leichtigkeit der letzten Monate. Auch für Sarah war es anstrengend. Das war ihr anzusehen. Sanft schob ich meine Hände unter ihren Körper und hob sie hoch. Sie rührte sich nicht, war wie betäubt von dem vielen Wein. Was mir

243

ebenfalls sofort auffiel war das sie abgenommen hatte.

„Oh Sarah", flüsterte ich. Sie reagierte nicht. Ich lief mit ihr im Arm rüber ins Schlafzimmer und legte sie aufs Bett. Schnell zog ich meine Sachen ebenfalls, bis auf meine Shorts, aus und legte mich zu ihr. Nur wenige Atemzüge später war ich bereits eingeschlafen.

Das heiße Wasser lief über meinen Rücken. Ich stellte es noch etwas wärmer, wodurch mir das Brennen dabei guttat. Auch wenn ich die letzte Nacht nur knapp fünf Stunden geschlafen hatte, war ich so erholt wie schon lange nicht mehr. Die Chance das ich bald etwas gegen Jared in der Hand hätte, ließ mich innerlich ruhiger werden. Dann noch die Gewissheit das Sarah bei mir war, versetzte mir den Rest an innerer Ruhe, den ich für einen tiefen Schlaf benötigte. Nachdem ich mit der morgendlichen Wäsche fertig war, stellte ich die Dusche ab und band mir ein Handtuch um die Hüften. Als ich aus dem Badezimmer trat, stand Sarah noch immer im dicken Bademantel verpackt am Fenster und sah hinaus. Sie bemerkte mich nicht. An was dachte sie nur gerade? Leise ging ich auf sie zu. Erst als ich von hinten ihre Hüfte umfasste, zuckte sie zusammen. Darauf folgte sofort eine erleichterte Geste. Sie ließ den Kopf an meine Schulter fallen und schloss die Augen.

„Guten morgen", hauchte ich ihr ins Ohr.

„Mh, musst du so laut sein?", beschwerte sie sich und zog die Augen eng zusammen.

Ich konnte mir ein Auflachen nicht verkneifen.

244

„Hast du etwa einen Kater?", neckte ich sie und stichelte in der offensichtlichen Wunde herum.

Sie atmete tief ein und aus. Ich sah, wie sich ihre Brust hob und senkte. Kurz erhaschte ich einen Blick auf ihren nackten Busen. Mein morgendlicher trieb und die Gewissheit das Sarah unter dem Bademantel nackt war, brachten meinen Schwanz sofort zum Stehen.

„Ich wüsste da etwas gegen den Kater", flüsterte ich bedrohlich leise in ihr Ohr. Kaum zu Ende gesprochen, fuhr ich mit der einen Hand unter ihren Mantel und suchte ihre Brustwarze. Geschickt zwickte ich hinein. Ein leises Stöhnen entrann ihren Lippen. Sie entspannte sich weiter unter meinen Händen. Meine Hand fuhr nach unten, öffnete ihren Mantel.

„Aiden!", sagte sie nervös, hielt sich schnell den Mantel vor ihrer Blöße zu. „Wir stehen hier am Fenster. Uns kann jeder sehen", flüsterte sie nur.

Ich grinste. Genau das war es, was ich wollte.

„Jeder soll sehen, wie schön du bist und dass du mir gehörst", aus Rücksicht drehte ich sie herum. Jetzt stand sie mit dem Rücken zum Fenster. Sarah ließ den Mantel los das er sich öffnen konnte. Schüchtern sah sie zu mir auf.

Sanft drückte ich sie noch ein Stück zurück, bis sie mit dem Rücken an das Fenster drückte. Fragend und neugierig von dem, was jetzt kommt, sah sie mich weiter an.

„Jeder soll sehen wie sehr ich dich liebe", sagte ich schwer atmend.

245

Mein Handtuch viel zu Boden. Sarah sah kurz herunter und erhaschte einen Blick auf meinen Schwanz. Sie mochte das, was mir ihre zusammengepressten Lippen zeigten. Ich öffnete ihren Mantel weiter und ließ ihn über ihre Schultern, bis an ihre Hüften fallen. Die kühle Scheibe an ihrem Rücken verlieh Sarah eine Gänsehaut. Das war der richtige Moment um sie nach allen Sinnen um den Verstand zu ficken. So sensibel wie ihr Körper im Augenblick war, würde es nicht lange dauern. Gekonnt drückte ich sie weiter nach oben. Sie schwang ihre Beine um meine Hüften, während sie mich gleichzeitig tief in sich aufnahm. Ihre Augen schlossen sich während ich mit festen Stößen sie mehr und mehr gegen die Scheibe drückte. Durch unsere aufgeheizten Körper beschlug die Scheibe um uns herum, bis ich schließlich gemeinsam mit Sarah, lautstark kam.

„Geht's deinem Kopf wieder besser?", grinste ich sie von der Seite aus an. Sarah stand neben mir und legte leichtes Make-up auf.
„Ja, irgendwie schon", grinste sie mit Hitze in ihren Wangen, welches nicht einmal ihr Make-up verdeckte. Bewusst drehte ich mich zu ihr.
„Bist du bereit für heute?", fragte ich ernst. Sie ließ ihre Puderdose sinken.
„Keine Ahnung", flüsterte sie. Es brannte noch etwas auf ihrer Seele, das sah man ihr an.
„Was stimmt noch nicht?", fragte ich direkt nach.
Sarah vermied Blickkontakt und wurde unruhig.

246

„Sarah?", meine Worte waren messerscharf. „Hatten wir nicht erst vor kurzem denselben Mist als du mir nicht alles erzählt hast?" Auch wenn ich hier mit unfairen Mitteln spielen würde, hatte ich keine Lust auf so ein Verhalten. Wenn ich ihr so wichtig wäre, wie sie mir, würde sie mir alles erzählen.

„Ich", sagte sie ergeben, „Ich war gestern Abend an Johns Grab", gestand sie. Rückschlüsse wieso sie die ganze Flasche Wein alleine getrunken hatte, wurden mir jetzt klar. Mir war nur nicht klar, wieso sie das getan hatte.

„Vermisst du das Arschloch oder wieso tust du dir sowas an?", schoss es mir aus dem Mund, noch bevor ich darüber nachgedacht hatte. Autsch! Das war ein Fettnäpfchen. Sarah drängelte sich schnaubend an mir vorbei. Gerade wollte ich sie noch am Arm festhalten, riss sie sich los und lief rüber ins Schlafzimmer.

„Sarah", ich lief ihr nach, „Warte. Das war doch so nicht gemeint", entschuldigte ich mich bei ihr und ging hinterher. Tränenüberströmt drehte sie sich zu mir um.

„Ist es wirklich das, was du von mir denkst?", wimmerte sie.

„Nein, natürlich nicht", sagte ich ehrlich. Wie konnte ich nur so ein Arsch sein? Ich machte einen Schritt auf sie zu. Womit ich dann nicht gerechnet hatte, war das sie nicht zurückwich, sondern meine Berührung zuließ und sich in meinen Arm fallen ließ.

Sarah

Wir standen gemeinsam im Badezimmer und machten uns gerade fertig für den Brunch bei meinen Eltern. In knapp einer Stunde mussten wir bereits da sein. Bei dem Gedanken daran meine Eltern wiederzusehen, wurden meine Knie ganz weich. Der Rest meines Körpers stand jedoch noch immer unter Hochspannung. Die kleine Sex-Einlage am Fenster war unglaublich. Auch wenn wir schon so lange ein Paar waren, flashte es mich immer wieder so etwas mit Aiden zu erleben. Auch das Zusammenkommen auf der Damentoilette von vor wenigen Tagen war ein Irres Gefühl. Alles wirkte im Augenblick irgendwie losgelöster. Ob das wohl mit dem Gespräch zwischen Cameron und mir zu tun hatte?

Es war kurz vor halb fünf Uhr abends. Ich stand vor dem Cafe wie das letzte Mal. Cameron war noch nicht da. Die Sonne drückte sich durch die Wolkendecke und an den Wolkenkratzern vorbei, bis in mein Gesicht. Lächelnd schloss ich meine Augen. Viel zu selten hatte ich so einen Moment der Ruhe und ließ mich einfach nur treiben.

„Sarah", sprach mich jemand von der Seite aus an. Noch immer lächelnd drehte ich mich zu ihm hin.

„Cameron", bestätigte ich.

Er erwiderte mein Lächeln.

„Freut mich dich zu sehen", begann er zu sprechen. Auch er nahm die Sonnenstrahlen jetzt bewusster wahr.

248

„Wollen wir vielleicht in den Park gehen?", schlug er vor. Ich nickte.

Gemeinsam machten wir uns auf den Weg in den Central Park.

Überall waren hier die verschiedensten Leute zu finden. Jogger, Familien, Künstler und auch Leute, die einfach nur spazieren gehen wollten. So mussten Cameron und ich ebenfalls wirken.

„Das hört sich ganz nach Nancy an", sagte Cameron als ich ihm eine Geschichte über Nancy erzählte, wie sie in einem Club einen Typen ihren Drink direkt über den Kopf gegossen hatte. Wir lachten gemeinsam. Es wurde Zeit das ich zum Thema kam. Nur wusste ich nicht, wie ich das anstellen sollte.

„Cameron, ich wollte mich noch für das letzte Mal entschuldigen. Ich hätte nicht einfach so davonrennen sollen", ich fand, das war ein ganz guter Einstieg.

„Es ist vollkommen in Ordnung. Manchmal gibt es Hürden, die man erst später nehmen kann", sagte er verständnisvoll.

Sein Vertrauen und die unglaublich ruhige Ausstrahlung von Cameron fing mich in seinen Bann. Vorsichtig begann ich mir alles von der Seele zu reden. Noch über eine Stunde liefen wir weiter durch den Park, bis es fast dunkel wurde. Als hätte ich eine Last abgegeben, hatte ich an diesem Abend das erste Mal keine zerreißenden Gedanken an unser verlorenes Kind.

„Geht's deinem Kopf wieder besser?", fragte Aiden mich von der Seite. Schnell schob ich alle Gedanken in eine Ecke.

„Ja, irgendwie schon", sagte ich und puderte mir das dritte Mal die Nase.

„Bist du bereit für heute?", war die nächste Frage. Ich wusste es nicht. War ich bereit? Wovor hatte ich überhaupt Angst? Mein innerliches Gewitter ließ mich alles durcheinander fühlen. Die Aktion von gestern Abend als ich an Johns Grab gegangen war, trug ebenfalls dazu bei. Gedankenverloren schweiften meine Erinnerungen ein weiteres Mal ab.

Mit der Mütze über den Kopf gezogen lief ich in der Abenddämmerung über den Friedhof. Es nieselte. Die Luft wirkte feucht und klamm. Komischerweise stellte ich fest, dass es in New York vor meiner Abreise mit dem Zug trocken war, aber hier auf dem Dorf das Wetter unstabiler sei.

Ich schüttelte den Kopf. War das hier wirklich richtig? Cameron sagte, ich sollte mich mit Johns Tod auseinandersetzten. Da schien dieser Schritt für mich der richtige zu sein.

Nach knapp zehn Minuten suche, stand ich direkt vor dem großen grauen Grabstein mit dem der Aufschrift ‚John McLoyd'. Ein eiskalter Schauer überfuhr meinen gesamten Körper. John war wirklich tot. Er lag vor mir hier im Grab unter der Erde. Die Bilder von ihm wie er vor mir stand, wie er mich in den Arm nahm, kamen in mir auf. Ich umschloss fest meinen Körper. Die Gänsehaut ließ nicht nach. Nicht nur die Gedanken, sondern plötzlich auch der körperliche Schmerz, wie es mich zerrissen hatte bei dem was er mir antat, kamen wie ein Vorschlaghammer zurück. Ruckartig drehte ich mich herum, stützte mich an einem Baum ab und begann mich zu würgen. Es kam jedoch nichts raus. Ich wollte den Schmerz loswerden, der mich gerade so sehr in seinem Griff hatte. Mein Körper wehrte sich hier zu sein. Er wehrte sich solche Erinnerungen und Gedanken zuzulassen. Langsam und erschöpft machte ich

250

mich auf den Rückweg in mein Hotel. Ich bezweifelte das ich jemals mit dem Erlebtem abschließen könnte.

Aiden drehte sich in meine Richtung. Seine Bewegung neben mir rüttelte mich wach.

„Keine Ahnung", sagte ich leise mit den Bildern von gestern Abend noch vor Augen. Kurz fixierte ich sein Blick.

„Was stimmt noch nicht?", folgte von Aiden. Er kannte mich so gut. Ich hatte das Gefühl, das ich für ihn wie ein offenes Buch zu lesen war. Schnell versuchte ich eine Maske anzulegen.

„Sarah?", sagte er und hielt mich emotional an einer Leine. „Hatten wir nicht erst vor kurzem denselben Mist als du mir nicht alles erzählt hast?"

Die Tränen standen bereits in den Startlöchern. Und Aiden hatte ja recht.

„Ich", sprach ich und schluckte schwer, „Ich war gestern Abend an Johns Grab", gab ich zu und fuhr mir mit den Händen durchs Haar.

„Vermisst du das Arschloch oder wieso tust du dir sowas an?", schoss es aus ihm raus, dass mir der Mund offen stehen blieb. Der Damm war gebrochen. Ich quetschte mich ruckartig an ihm vorbei, ohne mich aufhalten zu lassen.

„Sarah", rief Aiden und folgte mir, „Warte. Das war doch so nicht gemeint", entschuldigte er sich. Doch was sollte er auch anderes denken? Wir beide hatten in letzter Zeit so einiges einander verschwiegen. Weiter und weiter liefen die Tränen über und nahmen mir die Sicht.

„Ist es wirklich das, was du von mir denkst?", wollte ich ehrlich von ihm wissen. Sah er mich wirklich so? Machte ich etwa so einen Eindruck auf ihn?

„Nein, natürlich nicht", sagte er brüchig. Ich wusste wie Aiden tickte und wann er eine Maske trug und wann nicht. Jetzt war es Aiden, der vor mir stand. Aiden wie er leibt und lebt. Ohne zu zögern, ließ ich seine Berührung zu. Er schloss mich fest in seine Arme und fing mich vollkommen auf. Für einen Moment herrschte kein innerliches Chaos mehr, sondern einfach nur ein warmes geborgenes Gefühl.

Wir saßen auf dem Bett. Mein inneres hatte ich ein Glück wieder relativ schnell im Griff. Aiden saß neben mir und hörte einfach nur zu.

„Ich habe auch einen Therapeuten. Nancys Cousin hat auch ihr damals geholfen und es war mir Fremd zu jemanden hinzugehen, wo ich überhaupt nicht wusste, wie derjenige so ist. Doch bei Cameron war das anders", sofort bemerkte ich das Aiden bei dem Thema extrem hellhörig wurde. Er hasste es, wenn ich mit einem anderen Mann zu tun hatte.

„Er sagte, dass ich mich mehr mit dem Thema auseinandersetzten sollte. Ich hätte wohl noch nicht mit Johns tot abgeschlossen", eine weitere Gänsehaut übersäte meinen Körper. Auch wenn es hier nicht kalt war, fühlte es sich für mich, wenn ich an John dachte, so

252

an als würde ich bei Minus Temperaturen draußen stehen.

„Nachts habe ich Albträume und dann die Flashbacks", ich wusste das auch Aiden jetzt an die Situation dachte, indem wir miteinander geschlafen hatten. Währenddessen und wegen Aidens Handlungen kam alles von der damaligen Vergewaltigung zurück.

„Ich möchte doch einfach nur wieder", was wollte ich überhaupt? Ich wusste nicht einmal, wie ich das ausdrücken sollte. Aiden spürte meine Ratlosigkeit. Sanft rückte er zu mir auf, schloss die Lücke zwischen uns und legte seine Hände auf meine.

„Sarah, bitte sei in Zukunft immer ehrlich zu mir. Nur so kann auch ich dir helfen", versprach er mir. Plötzlich änderte sich seine Haltung. Er wirkte angespannt. Ich sah ihn an. Aiden zögerte kurz, begann dann aber zu erzählen, ohne dass ich gefragt hatte.

„Ich weiß nicht, ob es richtig ist dir das zu erzählen, schließlich möchte ich nicht das du in Gefahr gerätst", begann er. Mein Herzschlag erhöhte sich. War Aiden in Gefahr?

„Du bist jedoch so ehrlich zu mir, da wäre es nicht fair dir etwas zu verschweigen", fuhr er fort.

Ich schluckte hart. Schließlich erzählte Aiden mir von den falschen Machenschaften von Jared und das er jetzt dabei war ihn zu überführen. Es konnte sich nur noch um wenige Tage oder Wochen handeln, bis er ihn am Strick hätte, wie Aiden das ausdrückte.

Nachdem Aiden mir alles erzählte hatte, sah er auf seine Uhr.

„Wir müssen langsam los, wenn wir nicht all zu spät kommen wollen", stieß er hervor.

253

Ich atmete ein paar Mal tief ein und aus. Im Rekordtempo machte ich mich Badezimmer erneut frisch, so dass wir uns schließlich gemeinsam auf den Weg machten.

Aiden lenkte das Auto über die großen fast leeren Straßen. Erst jetzt wurde mir deutlich vor Augen geführt das hier in meiner alten Kleinstadt tatsächlich nie eine Zukunft für mich herrschte. Es dauert nicht einmal zehn Minuten, als wir an dem Gemeinschaftshaus der Kirche angekommen waren, wo mein Dad seinen Geburtstag feierte. Sehr viele Autos standen bereits auf dem dafür vorgesehenen Parkplatz. Dass wir knapp zwanzig Minuten zu spät waren, zeigte sich jetzt bei der Parkplatzsuche. Als wir schließlich einen Platz gefunden hatten, machten wir uns auf direktem Weg in das sehr schlicht wirkende Gebäude.

Wir traten durch die Tür. Überall standen Menschen, die sich noch nicht gesetzt hatten und unterhielten sich angeregt. Erleichtert stellte ich fest, dass unsere Verspätung nicht auffallen würde. Aiden hielt fest meine Hand und führte mich ein Stück weit durch die Menge. Zuerst hatte Matt Aiden und dann mich entdeckt. Er kam auf uns zu und begrüßte uns aufs herzlichste.

„Komm, ihr sitzt bei uns mit am Tisch", sagte er und führte uns an einen Tisch weit vorne. Dort wartete bereits Christin mit der kleinen Emma, die in einem Tragetuch vor ihrem Bauch hing. Auch sie begrüßte uns freudig. Meine Eltern hatte ich noch nicht gesehen. Aiden und ich nahmen ebenfalls Platz.

„Matt", sprach ich quer über den Tisch. Er sah zu mir her.

„Weißt du, wo unsere Eltern sind?", er zog die Schultern hoch. Doch auf mal richtete sich sein Blick auf etwas hinter mir. Ich zögerte nicht lange, sondern drehte mich um. Unsere Eltern standen hinter uns. Wie angezogen stand ich auf. Meine Mutter war die erste die ihre Starre löste. Sie riss mich in ihre Arme.

„Oh Sarah, es ist so schön dich zu sehen", sagte sie und gab mich ungewollt wieder frei. Auch Aiden begrüßte sie kurz mit einem Handschlag.

Schließlich fing auch mein Dad meinen Blick ein. Er rührte sich jedoch nicht.

„Happy Birthday, Dad", sagte ich kaum hörbar und mit brüchiger Stimme. Ich merkte, wie die Tränen dicht davor waren erneut auszubrechen. Die Kälte, welche mein Dad mir entgegenbrachte, sorgte nicht weniger dafür sie zurückzuhalten. Ohne etwas zu sagen, nahm mein Dad die Hand meine Mutter und zog sie mit. Zurückgelassen setzte ich mich wieder auf meinen Stuhl. Matt und Christin versuchten mich mit Floskeln wie ‚Der meint es nicht so' oder ‚Das wird bald besser', aufzumuntern. Es half jedoch nicht so, wie sie es sich erhofft hatten.

Schützend legte Aiden seinen Arm um mich. Er redete nicht auf mich ein, fing mich lediglich mit seinem Blick auf. Diese Geste zeigte mir wieder einmal, dass er der Mann meines Lebens war. Aiden war die richtige Entscheidung für mich.

Nach einem großen Frühstück und einer langen Rede von vielen Gemeindemitgliedern sowie meinem Vater selbst, verließen die ersten ihre Tische.

„Wollen wir uns auch die Beine ein wenig vertreten?", bot Aiden mir an. Ich war mir nicht sicher und doch ging ich mit. Noch immer wie benebelt von der anfänglichen Situation bekam ich die Veranstaltung kaum mit. Draußen schlug die kühle Luft mir direkt die Haare vor die Augen, so dass ich kaum was sehen konnte. Aiden half mir alles wieder zu sortieren. Als ich ihn schließlich direkt vor mir sah, lag auf meinen Lippen endlich so etwas wie ein Lächeln.

„Das kann doch nicht wahr sein!", schrie eine männliche Person von weiter weg. Ich sah mich mit klarem Blick um. Nach kurzem suchen bemerkte ich das Adam, Johns Vater, direkt auf mich zusteuerte. Seine neue Frau Gale lief hektisch hinter ihm her. Sie versuchte ihn aufzuhalten, was kaum möglich war. Wie eine Walze steuerte Adam in unsere Richtung. Kurz vor mir blieb er stehen. Aiden schob sich schützend zwischen uns. Adam beachtete ihn nicht weiter, erhob den Zeigefinger und beschimpfte mich aufs übelste.

„Wie kann sich so eine Schlampe wie du hier nur sehen lassen?", prustete er weiter und weiter. Langsam und nachdem der erste Schock vorbei war, schob ich Aiden ein Stück zur Seite. Ich wollte mich nicht weiter verstecken. Denn auch in diesem Augenblick stand ich dazu das ich John damals vor Gericht gebracht hatte. Aiden machte nur widerwillig platz.

„Adam", begann ich vorsichtig. So schnell das weder Aiden noch ich es kommen sahen, hob Adam die Hand und gab mir eine geschmetterte Ohrfeige das ich Aiden fast in die Arme fiel.

Aiden

Schnell umfasste ich Sarah, damit sie den Halt nicht ganz verlor.
Das Schwein hatte ihr eine kräftige Ohrfeige verpasst. Gerade wollte
ich sie aus meinen Armen schieben, um auf das Arschloch vor mir
loszugehen, wurde meine Aufmerksamkeit unterbrochen.

„Adam!", rief jemand. Sarahs Vater stand bereits hinter Adam und
noch bevor ich handeln konnte und mindestens genauso schnell,
schlug dieser ihm mit der Faust mitten in das Gesicht. Adam viel zu
Boden. Ich betrachtete das Schauspiel nur und stützte Sarah die
noch immer schützend halt suchte.

Sarahs Vater lehnte sich über Adam.

„Wenn du es noch einmal wagst, Hand an meine Tochter zu legen,
dann werde ich dich umbringen!", drohte er ihm mit aller
Ernsthaftigkeit, wie es nur ging. Als Anwalt wusste ich, dass selbst
das zu einer Geldstrafe führen würde. Natürlich hielt ich ihn nicht
zurück. Adam, der noch immer am Boden lag, musste sich noch
immer sammeln. Sarahs Vater redete weiter auf ihm ein.

„Kein Wunder, das dein Sohn so ein Verbrecher war. Bei so einem
Vater!", kurz darauf rappelte Adam sich mit Hilfe von Gale auf. Er
sagte nichts, hielt sich lediglich die blutende Nase. „Und jetzt sehe
zu, dass du von hier verschwindest. Ich will dich nie wieder auch
nur in der Nähe meiner Familie sehen!", schrie Sarahs Vater ihm
hinterer, als dieser sich langsam auf dem Weg davon machte.

Nach diesem Schauspiel fiel mein Blick auf Sarah. Sie hatte ihr Gleichgewicht wiedergefunden und stand neben mir. Mein Arm umfasste sie weiterhin, sie sollte wissen, dass ich da war. Auch ihre Mutter redete mittlerweile auf sie ein. Es war Sarah anzusehen, dass ihr das alles zu viel war. Wenigstens lösten sich die Schaulustigen bereits auf.

„Oh Sarah mein Schatz. Zeig mal her", forderte ihr Mutter sie vorsichtig. Sarahs nahm die Hand runter und eine extrem rote Wange kam zum Vorschein.

„Ach herrje, ich hol dir etwas Eis", sagte sie und machte sich sofort auf den Weg.

Noch bevor ich etwas sagen konnte, stand auch Sarahs Vater vor uns. Er sah seine Tochter mit leidendem Blick an.

„Sarah", mehr sagte er nicht, als sie sich kurz darauf in den Armen lagen. Auch wenn das hier so ausging, freute es mich für Sarah das wenigstens die Mauer zwischen ihr und ihrem Vater eingerissen wurde.

Ich lenkte das Auto durch die Straßen. Teilweise fuhr ich viel zu schnell, was mir allerdings egal war. Die Wut in mir auf diesen Arsch ebbte nicht ab.

Sarah legte ihre Hand auf meine, welche sich auf der Kupplung befand.

„Aiden, es ist alles gut", sie wusste, wie es mir innerlich ging.

„Sarah, dieses Schwein hat dich geschlagen!", stellte ich noch einmal

deutlich fest. „Den werde ich in Grund und Boden klagen",
schimpfte ich mehr zu mir selbst. Im Augenwinkel sah ich wie Sarah
die Augen verdrehte. Diese Geste ließ mich noch ein wenig
schneller fahren.

„Aiden, halt bitte an", sagte sie mit einem Nachdruck in der
Stimme, den ich bei meiner derzeitigen Gefühlslage nicht deuten
konnte. Ich beachtete ihre Bitte zunächst nicht.

„Halte an!", rief sie lauter.

Da wir nicht den Expressway, sondern einen nicht so überfüllten
Nebenweg nahmen, steuerte ich das Auto soweit an den Rand wie
es ging.

„Was ist denn los?", schnaubte ich in ihre Richtung. Ohne eine
Antwort stieg sie aus. Meine Wut stellte sich gerade hinter meine
Sorge um sie. Schnell folgte ich ihr.

„Sarah", sagte ich nun weitaus liebevoller. Sie drehte sich zu mir um.
Nur wenige Schritte von mir entfernt sah sie mich schüchtern an.
Schnell wanderte ihr Blick von links nach rechts. Schließlich kam sie
auf mich zu, schnappte meine Hand und zog mich mit. Wir liefen in
ein kleines Stück Wald. Kurz hinter dem ersten großen Baum blieb
sie stehen und drehte mich mit den Rücken dagegen.

„Was soll das Sarah?", hackte ich genervt nach. Konnte sie nicht
einfach den Mund aufmachen? Mein Blick lag auf ihrer noch immer
geröteten Wange. Die Erinnerungen an das Schwein kamen wieder
hoch.

„Aiden", flüsterte sie und forderte mich, mit ihr Blickkontakt aufzunehmen.

Sofort als das passiert war, küsste sie mich. Es war wild und hart. Endlich war auch bei mir der Stein gefallen und ich wusste was sie vorhatte. Sie wollte mich auf andere Gedanken bringen. Sarah kannte mich gut und wusste, dass ich in besonderen Stresssituationen auf wilden harten Sex stand. Zittrig fummelte Sarah an meinem Gürtel herum. Ich ließ mich auf das Spiel ein. Doch dann nach meinen Regeln.

Bestimmend packte ich sie an der Hüfte, tauschte mit ihr den Platz und drückte sie unsanft gegen den Baum. Es gefiel ihr. Sie stöhnte auf. Mein Trieb wurde aktiviert. Voll und ganz ließ ich mich auf sie ein. Unsere Lippen trafen erneut hart aufeinander. Es war unglaublich praktisch, dass sie noch immer das Knielange Kleid von der Feier trug. Die Strumpfhose würde kein Hindernis sein. Meine Hände folgten ihren Kurven rauf und runter. Mit jeder weiteren Berührung wurde Sarah unruhiger. Sie wollte es nicht weniger als ich. Ich wies sie an die Hände über meine Schultern zu legen. Grob schob ich ihr Kleid hoch und zerriss die Strumpfhose. Sarah lachte leicht auf. Wie ein Engel, mein Engel erhellte ihr Gesang mein Inneres. Mein Schwanz wurde noch härter. Ich öffnete meine Hose. Mehr bereit als jetzt, war kaum möglich. Hart stieß ich in sie hinein.

„Ich liebe dich", stieß ich erstickend hervor, während ich mit unberechenbaren Rhythmus weiter und tiefer mich in sie versenkte. Sarah ließ den Kopf nach hinten fallen.

„Ich liebe dich auch", schrie sie fast heraus. Kurz darauf war es um

261

uns beide geschehen.

Hand in Hand saßen wir erneut im Auto.

„Das löst aber leider nicht die Tatsache, was er gemacht hat", sagte ich weitaus entspannter. Sanft nahm ich Sarahs Hand hoch und gab ihr einen Kuss auf den Handrücken.

„Ich weiß", stimmte sie zu. „Aber ich möchte einfach damit abschließen. Es ist passiert und am Ende hatte es ja auch was Gutes", warf sie ein. Ich sah sie schief und mit eng gezogenen Augenbrauen an.

„Sie es doch mal so: Schließlich reden mein Vater und ich jetzt endlich wieder miteinander. Er hat es endlich akzeptiert und das ist mir wichtiger als irgendein Arschloch, welches mir eine Ohrfeige gegeben hat", Sarah redete es sich schön. War es tatsächlich so einfach? Ich erhob meine Hand und strich ihr sanft über die Wange. Sie zuckte leicht zusammen. Bewusst nahm sie meine Hand herunter und verschloss sie abermals mit ihrer.

„Dafür hat mein Vater ihn aber auch ganz gut erwischt", argumentierte sie letztendlich. „Lass es darauf beruhen", bat sie mich inständig. Ich schluckte die Wut so gut es ging herunter. Nach der Nummer am Baum fiel mir dies auch gar nicht so schwer.

„Ok", stimmte ich ihr schließlich mit einem tiefen Atemzug zu.

Den Akten auf meinem Tisch konnte ich kaum Aufmerksamkeit schenken. Fast jede Sekunde, die ich in diesen Büroräumen verbrachte, wurmten mich innerlich so sehr, dass ich die Frage wie ich Jared endlich an den Kragen kriegen könnte, vollkommen einnahmen.

Mein Handy klingelte. Ich sah auf das Display. Anonym blinkte auf.

„Ja", sagte ich kurz und knapp.

„Brooks, Ken hier", ruckartig stand ich auf. Ich wusste nicht, ob diese Räume sicher wären. Ich durfte mir nichts anmerken lassen.

„Was gibt es denn?", fragte ich neutral.

„Ich habe Informationen, die sie interessieren könnten", sagte Ken.

Mein Herz schlug schneller. Ich lief rüber zum Fenster.

„Wo?", sagte ich leise.

„Zwölf Uhr Ecke Auckleystreet", sagte Ken und legte auf, ohne dass ich es bestätigen konnte.

Die wenigen Stunden bis zur Mittagspause vergingen so langsam, als würde man auf seine Hinrichtung warten.

Es war ein sonniger Tag. Punkt zwölf stand ich an dem abgesprochenen Treffpunkt und wartete auf Ken. Wie aus dem nichts stand er plötzlich neben mir.

„Schöner Tag", sagte er und schaute in dieselbe Richtung wie ich.

„Was haben sie?", fragte ich ohne mich direkt zu ihm zu wenden.

„Es gibt Beweise und auch Zeugenaussagen, natürlich mit der nötigen Aufwandsentschädigung für deren Unkosten, die daraufhin bezeugen können, das Schweigegeld floss", Ken sprach monoton weiter.

Ein innerlicher Höhenflug erfasste mich. Es kostete mich viel Selbstbeherrschung nicht sofort zu Jared zu rennen und ihm alles vor die Füße zu werfen.

„War schön mit ihnen Geschäfte zu machen", schloss Ken unser Gespräch ab und reichte mir die Hand. Ich nahm sie an und spürte plötzlich etwas Hartes, welches sich ab sofort in meiner Hand befand.

Ein leichtes Nicken und schon war er verschwunden.

Mir war klar, dass ich diese Daten nicht ins Büro tragen durfte. Telefonisch sagte ich alle Termine für heute ab und machte mich auf direktem Weg nach Hause.

Als ich die Unterlagen und Informationen auf dem PC gesichtete hatte, konnte ich es kaum fassen. Meine Erfahrung sagte mir das ich mit diesen Daten Jared das Handwerk legen konnte. Doch würde auch ich mit stürzen. Er würde nicht freiwillig die Segel streichen.

„Hallo", sagte Sarah die in der Tür stand. Ich war so in Gedanken vertieft, dass ich es nicht mitbekommen hatte, das sie bereits zu Hause war.

„Hey Baby", sagt ich leise. Meine Stimme war brüchig. Mein Hals war trocken.

Sarah kam zu mir herüber und setzte sich neben mir. Der Laptop vor mir war noch immer aufgeklappt, die schlagfertigen Informationen von Ken darauf zu sehen. Skeptisch sah sie zwischen mir und dem Laptop hin und her.

„Ist alles okay?", sagte sie schließlich und fixierte mich. Die aufgestaute Freude und Euphorie platze aus mir heraus. Ich stürzte mich auf Sarah und küsste sie wild. Sie ließ sich sofort drauf ein und dennoch schob sie mich nach einer kurzen Zeit sanft zurück.

„Was ist los?", frage sie und sah zu mir auf. Ich lag noch immer über ihr gebeugt.

„Ich glaube wir können Jared jetzt so richtig in den Arsch treten", antwortete ich und küsste sie erneut. Sie schob mich abermals ein Stück zurück.

„Erzähl mir bitte alles", bat sie mich.

Ich zog sie wieder in die Senkrechte und zeigte ihr die Unteralgen, welche Ken zusammengestellt hatte.

„Aber das ist ja super!", sie freute sich sehr für mich.

„Nur wie stellst du das an?", war ihre weitere Frage. Genau dieselben Gedanken wie sie hatte ich ebenfalls. Wir waren uns auf einer bestimmten Ebene sehr ähnlich. Ich lächelte sie schief an und erzählte ihr von meiner Idee.

„Bevor ich aufs Ganze gehe, möchte ich mit Elliot sprechen. Vielleicht kann er Jared dazu bringen, ohne viel drum herum sich aus der Kanzlei zurückzuziehen", erklärte ich ihr.

Sarah fand es gut, dass ich nicht gleich mit der Tür in Haus viel und erst alle Optionen durchging.

Noch am selben Abend machte ich mich auf den Weg zu Elliot.

Ohne vorher Bescheid zu sagen, fuhr ich mit meinem Wagen direkt

265

zu Elliot. Er hatte, etwas abseits der Stadt, ein prächtiges Haus. Die Unterlagen welche ich am wichtigsten Empfand, hatte ich ausgedruckt. Elliot war altmodisch und empfand das Lesen in Akten als die beste und ehrlichste Arbeit, die es gab. So könnte man nichts übersehen, war seine Aussage.

Mit der Akte unterm Arm stieg ich aus meinem Auto. Ich parkte an der Straße, damit ich kein großes Aufsehen erweckte. Wie in Zeitlupe bahnte ich mir den langen mit Granit gepflasterten Weg hoch zu Elliots Tür.

Das große Wohnzimmer beeindruckte selbst mich, wobei ich schon einiges imposantes gesehen hatte.

„Aiden", rief Elliot der durch die Tür kam. „Was für ein später, aber angenehmer Besuch."

Ich machte einen Schritt auf ihn zu und reichte Elliot die Hand. Er sah anders aus. Ihn überhaupt in solch einer legeren Kleidung zu sehen, war für mich sehr ungewohnt.

„Elliot", begrüßte ich ihn. „Wie geht es dir?", fragte ich höflich nach. Schließlich wollte ich nicht gleich mit der Tür ins Haus fallen.

„Danke. Der Ruhestand tut mir durchaus gut", bestätigte Elliot meinen Eindruck.

Sichtbar schaltete sich auf einmal der Anwalt bei ihm ein. Elliot steckte seine Hände in die Taschen seiner Hose.

„Aber", begann er und lief langsam durchs Zimmer. „Du bist doch nicht hier, um mich nach meinem Befinden zu fragen?", begann er

266

mich zu verhören.

„Du hast recht", sagte ich, um groß drum herumzureden. „Es geht um Jared."

Die Minuten vergingen. So ausführlich wie möglich erzählte ich Elliot zunächst von meinen Vermutungen und was ich herausgefunden hatte.

Elliots Gesichtsausdruck verdunkelte sich umso weiter ich sprach.

„Hast du Beweise?", hackte er sofort nach. Mir war klar, dass er seinem Neffen nicht sofort misstraute.

Ich hielt die Akte mit den wichtigsten Informationen hoch.

„Hier ist alles drin", sagte ich und legte sie in der Mitte auf den Tisch. „Du sollst wissen das ich noch keine Mittel und Wege eingeleitet habe. Vielleicht kannst du Jared dazu bringen aus der Kanzlei zurückzutreten. Dann hat das ganze auch keine Folgen", mehr hatte ich dazu nicht zu sagen.

Elliot sagte nichts, nahm die Mappe in die Hand und begann zu lesen.

So sehr ich mich auch bemühte, konnte ich in seinem Gesicht nichts auslesen. Nach einer gefühlten Ewigkeit klappte er die Mappe zu und erhob sich.

Mit weiterhin finsterer Miene sah er mich an.

„Ich werde mit Jared reden. Wenn du mich dann für heute entschuldigen würdest", verwies Elliot mich aufs freundlichste dem

Hause.

Nicht böse drum, reichten wir uns die Hand zur Verabschiedung.

Die herbeigerufene Hausdame begleitete mich zur Tür. Als diese

geöffnet wurde, konnte ich es kaum glauben. Jared stand in diesem

Augenblick vor der Tür und war gerade dabei zu klingeln.

„Aiden. Was für eine schöne Überraschung", sagte er aufgesetzt.

„Jared", erwiderte ich nur und lief an ihm vorbei. Ohne einen Blick

zurückzuwerfen, lief ich den langen Weg runter zu meinem Auto

und stieg ein.

Mit viel zu schnellem Tempo und diesem arroganten Gesicht von

dem Arsch von Jared vor Augen, machte ich mich auf den Weg

nach Hause.

Sarah - schoss es mir durch den Kopf. Bald wäre dieses Hin und

Her zu Ende und wir könnten uns endlich auf das konzentrieren,

was noch vor uns lag.

Ich aktivierte den Sprachassistenten und wählte Sarahs Nummer.

„Hey Aiden", sagte sie brüchig. Mein Herz wurde weich. Sie hatte

vermutlich bereits geschlafen. Aber es war mir ein inneres jetzt

gerade ihre Stimme zu hören.

„Hi Baby. Ich wollte dir nur kurz sagen, dass ich in zehn Minuten

zu Hause bin", erklärte ich kurz.

„Das klingt super. Wie war es denn?", fragte sie neugierig nach.

Auch Sarah wusste, was davon abhing.

Plötzlich bemerkte ich das meine Bremsen kaum reagierten.

„Scheiße!", schrie ich laut, als das letzte was ich zu sehen bekam, die Rücklichter eines großen LKWs waren, welche immer näher kamen.

Sarah

„Aiden!", schrie ich ins Telefon. Mittlerweile stand ich im
Wohnzimmer und lief aufgeregt hin und her. Auf dem Handy war
die Verbindung komplett abgebrochen.

„Scheiße bitte nicht!", flehte ich und schickte ein Stoßgebet zum
Himmel. Ich wusste ungefähr, aus welcher Richtung er kam. So
schnell ich konnte zog ich mich an, schnappte mir meine
Handtasche und lief nach unten, um das nächste Taxi aufzusuchen.

Mein Bauchgefühl sagte mir das etwas Schreckliches passiert war.
Das Taxi fuhr in die Richtung, welche ich ihm vorgab. Schließlich
standen wir.

„Ich steige hier aus", sagte ich, kramte den Betrag aus der Tasche
und gab dem Taxifahrer das Geld, ohne auf eine Antwort oder
Reaktion zu warten.

Mitten auf der Straße lief ich zwischen den Autos hindurch. Nur
wenige Meter weiter sah ich das Unglück, welches sich zugetragen
hatte. Es gab einen großen Unfall und die Straße war gesperrt.
Mehrere Rettungswagen und Polizeikräfte standen herum und
sperrten alles ab.

„Aiden", flüsterte ich. Meine Beine rannten den Rest, bis ich an
einer Absperrung ankam, wo ebenfalls mehrere Passanten drum
herumstanden. Umso dichter ich kam, umso schneller schlug mein
Herz.

Umgehend versuchte ich noch mehr zu erkennen. Ich sah nicht viel, doch dann erhaschte ich ein Blick auf den Wagen, welcher ziemlich hart und kaum noch als Auto zu erkenne war, hinten auf einem LKW draufgefahren war. Es war optisch auf jeden Fall Aidens Auto.

„Aiden!", rief ich etwas lauter und wollte nach vorne gehen.

„Moment Miss. Sie können hier nicht einfach durch", stoppte mich ein Polizist.

„Aber das. Mein Mann", stotterte ich.

Was dann geschah, war für mich nicht im echten Tempo zu realisieren. Mein Blick lag fest auf die Person, welche gerade in den Krankenwagen transportiert wurde. Es war Aiden. Ich durchbrach die Absperrung, rief wieder und wieder seinen Namen. Er reagierte nicht. Der Polizist hatte es schwer mich zurückzuhalten.

„Aiden!", schrie ich. Er sollte mich ansehen. War er tot? Meine Beine gaben nach. Schließlich hielt mich der Polizist komplett fest.

„Sie kennen den Mann?", fragte er mich deutlich.

Ich nickte.

„Aiden", wimmerte ich. „Er ist mein Mann", flüsterte ich zittrig.

Nur schemenhaft konnte ich mich daran erinnern, wie ich mit einem Polizeiauto ins Krankenhaus gefahren wurde. Dort wartete ich mehrere Stunden, bis endlich einer der Ärzte mit mir sprach.

„Miss Brooks?", sprach mich ein älterer Mann, offensichtlich Arzt, von der Seite an.

„Nein, also Ja, ich bin die Lebensgefährtin", meine Zunge verknotete sich.

„Gibt es noch andere nähere Angehörige?", fragte der Arzt. Natürlich musste er seine Schweigepflicht einhalten.

Ich schüttelte mit dem Kopf. Noch blieb mir überhaupt nicht die Zeit Aidens Eltern zu informieren.

„Okay, also wenn sie seine Lebensgefährtin sind. Kommen Sie bitte mit", sprach der Arzt vorsichtig und mit viel bedacht. Ich folgte ihm. Von da an war nichts mehr so, wie es mal war.

„Hey mein Schatz", sagte ich. Auch wenn es mittlerweile vier Tage her war, seit Aiden den Unfall hatte und ich nahezu jede Minute hier bei ihm am Bett saß, kam es mir noch immer vor wie in einem Traum.

Der Arzt hatte mir gleich zu Anfang gesagt das Aiden ein schweres Schädel-Hirn Trauma und nach dem Unfall einen hohen Hirndruck hatte. Dieser war ein Glück nach einem Tag langsam zurückgegangen. Sie hatten ihn extra in ein künstliches Koma gelegt. Doch jetzt, auch nachdem das Medikament abgesetzt wurde, war Aiden noch nicht erwacht. Alle sagten mir er benötigte Zeit. Auch wenn jeden Tag, in dem er nicht aufwachte, die Chancen geringer waren, wusste ich das er nicht kampflos aufgeben würde. Wir waren doch gerade dabei uns ein gemeinsames Leben aufzubauen. Schmerzlich dachte ich an den Moment zurück, wo ich Aiden das erste Mal hier auf der Intensivstation liegen sah.

„Wir müssen jetzt hoffen, dass der Druck schnell zurückgeht. Die nächsten Tage sind entscheidend", sagte der Arzt, während wir den langen dunkeln Flur entlangliefen.

Vor einer Tür hielten wir an.

„Bereit", fragte er mich.

Ich nickte.

Als der Arzt die Tür öffnete, hörte ich zunächst ein Piepen. Überall standen Geräte und hingen Schläuche herum. In der Mitte von alledem lag er: Aiden. Mein Engel, mein Ein und Alles. Mein Anker, mein Halt und jetzt lag er da und musste allein Kämpfen. Doch ich würde für ihn da sein. Egal was passiert.

„Ich bin hier", flüsterte ich leise. Das Piepen der Geräte übertönte alle anderen Geräusche im Raum. Zumindest war das mein Gefühl.

„Sarah?", sprach mich auf einmal jemand an. Sofort sah ich auf. Ein Mann stand in der Tür. Ich kannte ihn nicht. Doch woher kannte er meinen Namen?

„Ja?", sagte ich noch immer sehr leise.

„Könnten wir uns vielleicht kurz unterhalten?", fragte der mir noch immer unbekannte Mann.

Ohne zu antworten, stand ich auf.

„Ich bin gleich wieder da", sagte ich und drückte sanft Aidens Hand.

Vor der Tür angekommen stellte der Mann sich mir richtig vor.

„Sarah mein Name ist Ken. Ich wurde von Mr. Brooks beauftragt

273

bestimmte Informationen zu beschaffen", er sah mich fragend an.

Auch bei mir machte es jetzt klick.

„Sie sind derjenige der die Sachen über Jared herausgefunden hatte?", fragte ich direkt nach. Meine Neugier war geweckt. Was wollte Ken nur von mir?

„Sie sind also im Bilde?", versicherte er sich kurz.

Ich nickte bestätigend.

„Es sieht so aus, wir haben den Wagen von Mr. Brooks untersuchen lassen. Die Polizei denkt, es wäre ein einfacher Unfall wegen Unachtsamkeit. Aber das konnte ich so nicht stehen lassen und habe den Wagen auf Spuren untersuchen lassen", Ken sprach weiter und weiter.

„Sie haben also einen Fingerabdruck gefunden? Und wieso können wir den nicht mit Jareds vergleichen?", angestrengt strich ich mir mein Haar zurück. Das alles wollte nicht wirklich in meinen Kopf.

„Jareds Fingerabdrücke sind nicht im System. Und ohne Indizien können wir nicht einfach Fingerabdrücke nehmen. Wir müssen ihn erst Anzeigen damit die Beweise, die wir gesammelt haben, als Indiz für diese Tat benutzt werden können", erklärte Ken mir in aller Ruhe zum dritten Mal.

Ich verstand, was er sagte und doch wusste ich nicht, wie ich das lösen sollte. Mir war die völlige Überforderung anzusehen.

„Sarah, ich werde mit Elliot reden und ihn mit den Ergebnissen meiner Ermittlung konfrontieren. Ich bezweifle, dass er dann noch so einfach wegsehen kann", fasste Ken zusammen.

Ich nickte nur. Ken verabschiedete sich mit der Info das er sich bei mir melden würde, wenn er Neuigkeiten hätte. Benommen ging ich zurück zu Aiden und setzte mich für den Rest des Tages an sein Bett.

Mit Schweiß auf der Stirn erwachte ich. Mein Nacken war steif. Ich war auf der Kante von Aidens Bett eingeschlafen. Was mir erst viel später auffiel, dass mein Handy in meiner Tasche vibrierte.
Unbeholfen kramte ich es hervor und sah drauf. Nancy hatte mich bereits zum zwölften Mal angerufen.
Ich stand auf, reckte mich ein wenig und ging aus dem Zimmer. Kurz bevor ich durch die Tür trat, warf ich einen letzten Blick auf Aiden, der noch immer friedlich schlafend vor mir lag. Unter anderen Umständen hätte ich diese Art von tiefem Schlaf bei ihm gut gefunden, doch wie sehr wünschte ich mir das er aufwachen würde.
Unter persönlichem Zwang lief ich aus dem Zimmer, ging ein Stück den Flur entlang und rief Nancy zurück. Ich stellte mich an ein Fenster. Zu meiner Überraschung war es bereits dunkel draußen. Auch dieser Tag verging wie im Flug.
„Sarah", sagte Nancy erleichtert am anderen Ende der Leitung.
„Hi", sagte ich leise. „Was gibt's?", fragte ich sofort nach. Ich wollte nur noch zurück zu Aiden.
„Süße, ich mach mir Sorgen um dich. Seit Tagen warst du nur im Krankenhaus", erklärte sie direkt. Noch immer fand ich es durchaus

positiv, dass Nancy eine so direkte Art an sich hatte.

„Ich weiß, aber ich möchte bei Aiden sein", stieß ich erstickend hervor.

„Wie wäre es, wenn wir uns heute Abend kurz sehen? Nur für zwei Stunden. Du gehst Duschen und ich besorge uns was zu essen?", schlug sie vor.

„Das ist lieb aber", wollte ich mich gerade herausreden, als Nancy mir ins Wort viel.

„Sarah, wenn du zusammenbrichst, hat Aiden auch nichts davon, wenn er wieder wach wird", sagte sie bestimmend. Als sie Aiden mit ins Spiel brachte, wurde mir klar, dass sie recht hatte. Meine Lippen zogen sich zu einem leichten Schmunzeln hoch. Ich musste daran denken wie Aiden vor mir stand und wie wütend er wäre, wenn ich nicht genug acht auf mich gegeben hätte.

„Okay", stimmte ich schließlich zu, „für zwei Stunden."

„Du machst das richtige Sarah. Ich bin in zwanzig Minuten bei dir", sagte Nancy und legte auf.

Eine Stunde später saßen wir in Nancys und Mathews Wohnung. Mathew war nicht da. Sie sagte, er würde heute länger Arbeiten und sich danach noch mit Freunden treffen. Dankbar nicht noch mehr fragende und leidende Blicke zu erhalten.

„Das war lecker. Danke das du mich überredet hast", sagte ich und schob meine Schale von mir weg.

„Du bist schon fertig? Du hast nicht einmal die Hälfte gegessen",

276

stellte Nancy erschreckend aufmerksam fest.

Ich zuckte mit den Schultern.

„Tut mir leid aber", plötzlich riss mich das Klingeln meines Handys mich aus der Unterhaltung.

Sofort ließ ich alles stehen und liegen. War es das Krankenhaus? Es wurde keine Nummer übermittelt. Mit zittrigen Händen ging ich ran.

„Hallo?", sagte ich viel zu leise.

„Sarah? Hier ist Ken. Ich habe mit Elliot gesprochen und wir werden es gleich morgen alles in die Wege leiten", sagte er kurz zusammengefasst.

Mit offenem Mund stand ich da, ließ meine Hand langsam sinken, ohne eine Antwort zu geben. Umso klarer die Gedanken wurden was dieser Schritt jetzt bedeutete, begann mein Herz immer schneller zu schlagen. Mehr den je wusste ich, dass ich jetzt insbesondere für Aiden stark sein musste.

Aiden

Ich war müde. So müde wie nach zwei durchgearbeiteten Wochen.

„Aiden", hörte ich Sarah meinen Namen sagen.

„Sarah", kam stumm von meinen Lippen. Ich versuchte mich umzusehen, doch konnte sie nicht finden. Alles war dunkel. Mein Körper zwang mich abermals in die Knie, sodass die Dunkelheit und Stille mich erneut umgab.

Sarah

„Guten Morgen", begrüßte ich die Krankenschwester, welche mir
über den Flur lief.

„Hallo Sarah", begrüßte sie mich freundlich.

Drei Wochen, hallte es mir im Kopf nach. Drei Wochen und drei
Tage war Aiden bereits nicht bei Bewusstsein. Meine Kraft war
ausgezehrt und fast am Ende. Doch ich durfte die Hoffnung nicht
aufgeben. Für Aiden – für uns.

Gewohnt, wie auch schon die letzten Wochen, legte ich meine Jacke
ab, desinfizierte mir meine Hände und lief zu Aiden. Ich strich ihm
über sein Haar und gab ihm einen Kuss auf die Wange. Müde von
der letzten Nacht, denn auch da habe ich kaum bis gar kein Schlaf
bekommen, ging ich rüber zum Fenster und genoss die warme
Sonne, welche durch die Wolken gebrochen war. Meine Gedanken
warfen mich zurück an den Tag, wo es Jared an den Kragen ging.

Elliot stand vor mir.

*„Und was bedeutet das jetzt?", fragte ich. Wir standen im großen Saal und
warteten, dass das Urteil verkündet wurde.*

*Jared wurde, nachdem die Anzeige bei der Polizei gestellt wurde, direkt
festgenommen. Elliot war so überzeugend das eine Fluchtgefahr bestehen würde,
dass der Haftbefehl sofort ausgestellt wurde.*

*„Verhandlung 412 wird fortgesetzt", rief ein Mann, der die Tür zum
Sitzungssaal öffnete.*

Mit einem mulmigen Gefühl folgte ich Elliot und Ken, der ebenfalls als Zeuge ausgesagt hatte.

Nur Minuten später standen wir an derselben Stelle wie gerade noch. Jared wurde in allen Punkten für schuldig befunden.

„Danke Elliot. Ich kann mir nur ansatzweise vorstellen, wie das für dich gewesen sein muss", sagte ich unter Tränen und reichte ihm die Hand.

„Es tut mir leid, dass es zu solch einer Situation kommen musste", entschuldigte er sich praktisch für sein Handeln.

Ich nickte annehmend.

Mit meinen Fingern massierte ich mir meine Stirn. Der Schritt vor Gericht war ein erster Erfolg und doch war meine größte Sorge dadurch nicht gelöst.

„Baby", sprach Aiden leise vom Bett aus. Zwar hatte ich mir zwischendurch immer wieder eingebildet das er mit mir gesprochen hätte, doch war es diesmal anders.

Sofort drehte ich mich um. Mir schlug mein Herz bis zum Hals, als ich sah, dass Aiden die Augen geöffnet hatte. Schluchzend legte ich eine Hand auf meinem Mund. Die Tränen liefen. Sagen konnte ich nichts.

„Komm her", forderte er mich auf. Seine Stimme klang anders. Er sah nicht nur schwach aus, sondern auch seine Stimme wirkte so zerbrechlich.

Meine Beine setzten sich zittrig in Bewegung. War das hier gerade real?

„Aiden?", fragte ich ungläubig nach. Mittlerweile stand ich vor ihm.

„Ja", sagte er. Auch in seinen Augen war zu sehen, wie gerührt er war. Als hätte er gewusst, dass er so gerade noch dem Tod von der Klinge gesprungen wäre.

Ich ergriff seine Hand. Vorsichtig hob er einen Arm und zog mich im Nacken zu sich ran.

Es folgte der erste Kuss in unserem gemeinsamen neuen Leben.

Nachdem der Arzt Aiden ausgiebig untersucht hatte und die äußerlichen Wunden komplett verheilt waren, musste Aiden lediglich wieder zu Kräften kommen. Dann konnte er tatsächlich bereits zurück nach Hause.

„Ich bin stolz auf dich", sagte Aiden, der mittlerweile wieder seine richtige Stimme zurückhatte.

Mit roten Wangen lag ich, gerührt von seinem Kompliment, in seinem Arm.

„Ich war kurz davor aufzugeben", gestand ich ihm. Es war mir nicht möglich bei meinem niedrigen Energielevel irgendeine Maske aufzusetzen.

Aiden gab mir ein Kuss aufs Haar. Wir beide wussten, wie viel Glück wir hatten, überhaupt noch eine gemeinsame Chance zu bekommen.

„Ich kann es noch gar nicht glauben, dass ich über drei Wochen nicht hier war", er schluckte schwer.

Langsam richtete ich mich ein Stück auf und sah zu ihm hoch.

Antworten konnte ich auf diese Aussage nichts.

„Erzähl mir bitte, was ich verpasst habe", er drückte mich fest zu sich heran. „Außer das du offensichtlich nicht viel zu dir genommen hast", und er hatte recht. Ich habe durchaus einige Kilos verloren. Doch es war mir unmöglich überhaupt etwas zu essen. Die Sorge um ihn war einfach zu groß.

„Stimmt, das beste habe ich dir ja überhaupt noch nicht erzählt", sagte ich und atmete stoßartig aus. „Jared, er ist festgenommen. Elliot hat ihn zur Rechenschaft gezogen."

Ein ungläubiges Lächeln huschte über seine Lippen. Er strich mit der einen Hand über seine mittlerweile etwas längeren Haare.

„Zum Glück hat der Alptraum ein Ende", ergänzte er mehr für sich.

„Aber", sprach ich weiter, „Ich habe meinen Job verloren. Jeff sagte, er konnte nicht anders handeln", bewusst sah ich auf meine Hände. Es fühlte sich wie versagen an, dass ich Aiden das gestehen musste. Doch diese Konsequenzen waren mir egal. Aiden war für mich wichtiger und selbst wenn so eine Entscheidung wieder von mir gefordert werden würde, würde ich so handeln.

Aiden gab mir zunächst keine Antwort, sondern küsste erneut mein Haar. Von da an genossen wir für eine Weile einfach nur die Nähe, dass wir einander hatten und für den anderen da waren.

Zwei Tage später war es soweit. Aiden wurde entlassen. Mit seinem Auto war ich zum Krankenhaus gefahren und holte ihn ab.

Wir standen auf einem Parkplatz an der Straße zu seiner Wohnung. Die Sonne schien schon fast den ganzen Tag. Obwohl es noch immer sehr kalt war, war die Wärme der Sonnenstrahlen auf der Haut eine wahre Wohltat.

Erleichtert atmete ich tief aus, als ich den Zündschlüssel abzog.

„Das könnte ich mir gefallen lassen", neckte Aiden mich von der Seite.

Ich sah zu ihm rüber. Erstaunlicherweise, wenn man es nicht wusste, sah man es ihm nicht an das er noch vor wenigen Tagen im Koma lag.

Aiden schenkte mir ein letztes schiefes Lächeln, als er dabei war auszusteigen. Sofort folgte ich ihm und stieg aus. Gerade wollte er seine Tasche aus dem Kofferraum nehmen, griff ich reflexartig ebenfalls danach und wollte sie ihm abnehmen.

„Kommt nicht in Frage", sagte er mit dunkler Stimme. Wir waren uns so nah, dass eine ganz bestimmte Stelle von mir angesprochen wurde. Aidens Gesicht kam näher, jedoch gab es keinen Kontakt. Er nahm mir die Tasche komplett aus der Hand. Wie versteinert stand ich noch für wenige Sekunden da. Aiden war bereits auf dem Weg zum Apartment. Schnell holte ich meine Fassung zurück und folgte ihm. Verdammt, was hatte dieser Mann nur für eine Macht über mich.

Oben angekommen legten wir unsere Jacken ab. Die Tasche stellte Aiden ebenfalls einfach in den Flur.

„Möchtest du dich etwas ausruhen?", fragte ich in Aidens Richtung. Er machte einen Schritt auf mich zu.

„Das ist das letzte, was ich jetzt gerade will", sagte er brüchig. Die elektrisch geladene Spannung zwischen uns, welche bereits unten zu spüren war, wurde immer stärker.

„Was", sagte ich und schluckte schwer, „ist es denn, was du willst?", meine Frage war nur noch ein Flüstern.

Keine Antwort, nur ein fordernder Kuss. Wie sehr hatte ich das vermisst. Als würden unsere Lippen die Energie des anderen übertragen wurden wir eins miteinander. Als wäre durch den Kontakt der Kreislauf geschlossen und alles könnte fließen.

Aiden drückte mich gegen die Wand. Mir war egal, wo wir gerade waren, ich wollte ihn - jetzt.

„Aiden", sagte ich im rausch der Sinne. Seine Lippen wanderten meinen Hals hinunter. Ich spürte seine Erektion an meinem Oberschenkel.

In Sekundenschnelle hatte er mich an der Hand gefasst und führte mich rüber zum Schlafzimmer. Sofort fiel unsere Kleidung zu Boden. Wie Magnete wurden wir immer wieder voneinander angezogen. Schließlich setzte er sich aufs Bett und zog mich auf seinen Schoß. Kurz bevor er dabei war, in mich einzuleiten hielten wir kurz inne. Mein inneres war vollkommen leer. Das einzige, was für mich jetzt zählte, war das wir wieder zusammen waren, dass wir zusammengehörten, egal was passieren würde. Meine Augen füllten sich mit Freudentränen, dass ich diesen Moment noch einmal mit

284

Aiden erleben durfte. Das wir eine zweite gemeinsame Chance bekommen hatten. Zärtlich strich Aiden die herunterlaufende Träne davon. Ich lächelte - er ebenfalls. Dann legten sich seine Lippen auf meine. Sanft begann er mich zu küssen, noch immer von dieser Spannung zwischen uns aufgeheizt. Während des Kusses ließ er mich langsam tiefer in seinen Schoß sinken und begann mich tiefer und tiefer auszufüllen. Es folgte ein ruhiger und intensiver Orgasmus. Als wir gemeinsam kamen ließ ich den Kopf in den Nacken fallen und ritt mit Aiden auf einer Welle der Hemmungslosigkeit, die von purem Verlangen getrieben wurde.

Kaum zwei Wochen später war Aiden wieder fast der alte. Elliot hatte unter Aiden und Arthur die Anteile der Kanzlei von Jared in gleichen Teilen aufgeteilt. Dementsprechend hatte Aiden auch mehr Arbeit, die er nur zu gerne mit nach Hause brachte. Gerade heute hatte er einige Akten vergessen, die ich ihm nachbringen sollte. Gesagt getan und da ich noch immer keine neue Arbeit gefunden hatte, machte ich das natürlich gerne für ihn.

Mit den Akten unterm Arm stand ich im Fahrstuhl. Ohne Anspannung im Nacken öffnete sich die Tür. Ich hatte keinerlei Befürchtung das ich Natalia begegnen würde. Sie war noch am selben Tag von der Festnahme von Jared gefeuert worden.

Ich machte einen Schritt raus. Überall war das Licht aus und es wirkte dunkel. Niemand war zu sehen, kein Telefon klingelte.

„Hallo?", rief ich leise.

285

Vorsichtig bahnte ich mir den Weg über den Flur und machte mich auf den Weg in Aidens Büro. Es war so leise, dass ich meinen eigenen Herzschlag hören konnte.

Zittrig klopfte ich leise an die Tür.

„Ja", kam eindeutig von Aiden aus seinem Büro. Sofort öffnete ich die Tür und trat einen Schritt ein.

Was ich dann sah, verschlug mir die Sprache. Aiden stand zwischen einem Meer aus Kerzen in der Mitte des Raumes.

„Aiden", flüsterte ich.

Er machte einen Schritt auf mich zu und streckte mir die Hand entgegen. Ich nahm sie entgegen und folgte ihm einen Schritt weiter in den Raum.

„Aiden, was", doch Aiden unterbrach mich.

„Sarah, lass mich bitte", stoppte er mich. Doch es war nicht böse gemeint, sondern liebevoll. Er wirkte sogar leicht nervös.

„Sarah, ich weiß gar nicht wo ich anfangen soll. Du bist alles für mich. Ohne dich kann und will ich nicht mehr sein. Wir gehen jetzt schon durch gute sowie durch schlechte Zeiten. Das wir überhaupt diese zweite Chance bekommen haben, möchte ich um nichts in der Welt riskieren nicht richtig genutzt zu haben, geschweige denn auf den richtigen Moment noch länger zu warten", er stoppte für einen Augenblick. Zwar konnte ich in dem schwachen Licht nur wenig erkennen, aber die Tränen, welche sich in seinen Augen sammelten, waren unübersehbar.

Plötzlich machte er das, wovon jede Frau von Anfang an träumte, wenn sie die wahre Liebe gefunden hatte. Aiden machte vor mir einen eleganten Kniefall. Sein Blick, den er mir von unten herauf zuwarf, war ausgefüllt von bedingungsloser Hingabe und absoluter Liebe. Anders konnte ich das einfach nicht beschreiben.

Noch immer hielt er meine eine Hand fest. Mit der anderen holte er aus seiner Tasche einen Ring.

„Sarah, würdest du mich zum glücklichsten Mann der Welt machen? Willst du meine Frau werden?"

Nicht nur mein Herz schlug auf Hochtouren, auch mein Atem wurde immer flacher. Schließlich liefen mir die Tränen, ich nickte wie wild.

„Heißt das, ja?", fragte Aiden händeringend nach einer Antwort.

„Ja", wimmerte ich leise.

Aiden steckte mir ebenfalls mit zittrigen Fingern den Ring an. Ich wagte einen Blick. Es war ein zarter goldener Ring, mit einem etwas größeren Stein in der Mitte. Zudem saß er perfekt. Dieser Mann überraschte mich immer wieder, was er alles von mir wusste. Genau dieses Gefühl bestätigte mich in meiner Entscheidung Aiden tatsächlich heiraten zu wollen.

Vorsichtig stand Aiden auf. Endlich trafen sich unsere Blicke wieder und verankerten sich. Ein überdimensionales Grinsen trat auf mein Gesicht. Aiden lächelte ebenfalls. Schließlich lagen unsere Lippen aufeinander. Dieser Kuss war so voller Leidenschaft und Emotionen das die Funken fast zu sehen waren.

„Ich liebe dich", sagte ich am Ende des Kusses.

„Und ich liebe dich. Für immer und ewig."

Danksagung

Der größte Dank geht an meine Familie. Doch meine Familie
besteht nicht nur aus meinem tollen Ehemann, meinen
wundervollen Kindern oder den besten Eltern der Welt. Auch
meine Freunde, die mich beim Testlesen und Mut machen
unterstützt haben gehören dem an. Danke euch allen von Herzen.
Ganz besonderer Dank richtet sich noch an meine Seelenschwester
Anna. Ohne dich wäre ich nicht da wo ich jetzt bin - DANKE

Herstellung und Verlag:
BoD – Books on Demand, Norderstedt
ISBN: 978-3-7519-0755-2